JULIA HEINECKE

Schneesturz – Der Fall des Königenhofs

VON SCHNEE BEGRABEN Über 20 Personen leben 1844 auf dem Königenhof im Schwarzwald eng zusammen. Der Königenbauer holzt den Wald ab und stellt der Magd nach. Die Königenbäuerin streitet mit der Untermieterin. Tochter Bibiane soll einen Hoferben heiraten und hat doch ganz andere Pläne. Die Untermieterin wiederum will nichts als weg.

An einem Februarabend kommt es zur Katastrophe: Eine Lawine begräbt den gesamten Hof unter sich. Am nächsten Morgen entdecken die Nachbarn das Unglaubliche. Können sie die Verschütteten aus den Trümmern retten?

»Im selben Moment donnerte es bedrohlich, und die Stube begann zu zittern. Überrascht sahen die Männer hoch. Die Schnapsflasche auf dem wackelnden Tisch kippte um. Thomas fiel von der Bank und rappelte sich verwundert auf. Das Donnern schwoll an und ging über in ein gewaltiges Krachen. Das Licht erlosch in einem Windstoß. Nur Bruchteile von Sekunden später spürten sie den Schnee kommen.«

Nach einer wahren Begebenheit.

© R. Müller

Julia Heinecke wurde in Berlin geboren, wuchs im nördlichen Schleswig-Holstein auf und ist seit über einem Vierteljahrhundert in Südbaden zu Hause. Sie absolvierte eine Übersetzer-/Dolmetscherausbildung und studierte anschließend Kulturwissenschaften. Heute lebt und arbeitet Julia Heinecke als freiberufliche Übersetzerin, Lektorin, Texterin und Autorin in Freiburg. In mehreren Publikationen hat sie sich sowohl auf Sachebene als auch in Romanform mit der Kulturgeschichte des Schwarzwaldes auseinandergesetzt.

www.julia-heinecke.de

JULIA HEINECKE

Schneesturz – Der Fall des Königenhofs

Historischer Roman aus dem Schwarzwald

GMEINER

Immer informiert

Spannung pur – mit unserem Newsletter informieren wir Sie regelmäßig über Wissenswertes aus unserer Bücherwelt.

Gefällt mir!

Facebook: @Gmeiner.Verlag
Instagram: @gmeinerverlag
Twitter: @GmeinerVerlag

FSC www.fsc.org MIX Papier aus verantwortungsvollen Quellen FSC® C083411

Besuchen Sie uns im Internet:
www.gmeiner-verlag.de

Im Ehnried 5, 88605 Meßkirch
Telefon 07575/2095-0
info@gmeiner-verlag.de

1. Auflage 2021

Lektorat: Claudia Senghaas, Kirchardt
Herstellung: Mirjam Hecht
Umschlaggestaltung: U.O.R.G. Lutz Eberle, Stuttgart
unter Verwendung eines Bildes von: © https://commons.wikimedia.org/wiki/File:Caspar_David_Friedrich_-_Fr%C3%BChschnee.jpg
Druck: CPI books GmbH, Leck
Printed in Germany
ISBN 978-3-8392-2855-5

Matthis mit dem Beil schlägt's Eis entzwei.

Wetterregel
Matthiastag, 24. Februar

Personenverzeichnis

Die Bewohner des Königenhofs 1844

Familie Tritschler:

Martin Tritschler, der Königenbauer, *1784
Walburga, die Königenbäuerin, *1794
Ihre Kinder:
Lorenz, *1820
Elisabeth, *1821
Bibiane, *1822
Maria [Marei], *1824
Thomas, *1826
Martha, *1827
Theresia, *1828
Fidel, *1830
Magdalena, *1831
Mathäus, *1832
Leo, *1834
Julius, *1834

Maria Faller [Fallermarie], Mutter der Königenbäuerin, *1774

Die Gehausleute:

Hilar Winterhalter, *1814
Clara, seine Frau, *1816
Ihre Kinder:
Paul, 9 Jahre
Anton, 6 Jahre
Wilhelmine, 5 Jahre
Balbina, 3 Jahre

Catharina Hofmaier, Claras Schwester, *1822
Ihr Sohn Salomon, 1 Jahr

Die Nachbarn im Königenhäusle:

Philipp Beha
Maria [Behamarie], seine Frau
Ihre Söhne:
Blasius, *1821
Philipp [Philo], *1824

Johann Löffler [Löfflerjohann]
Maria [Löfflermarie], seine Frau

Der Nachbar vom Kajetanshof:

Paul Löffler [Kajetansbauer]

Der Geistliche:

Pfarrer Schilling aus Neukirch

Samstag, 24. Februar 1844, abends

DRAUSSEN STÜRMTE ES, den ganzen Tag schon. Jetzt, in den dunklen Abendstunden, ächzte und stöhnte das alte Haus sogar noch lauter als zuvor. Regen fiel hart auf das Schindeldach und ließ den Schnee in großen Brocken krachend auf den Boden fallen. Tauwetter.

Maria Beha sah von ihrer Stopfarbeit auf zu ihrem Mann Philipp, der am Stubentisch im Schein der Tranfunzel saß, vor sich das fast fertige Gestell einer Schwarzwalduhr. Er hatte genauso übermüdete Augen wie sie.

Ihre eigene Kuckucksuhr, die neben dem Herrgottswinkel hing, öffnete geräuschvoll ihr Türchen. Der Kuckuck sprang heraus und rief zehnmal.

»Zeit zu schlafen«, erklärte Maria.

»Bin fast so weit«, erwiderte Philipp Beha und setzte das Stemmeisen geschickt an.

Wenn er dieses Uhrengestell noch fertigstellte, konnten morgen früh seine Söhne Blasius und Philo es auch noch mit der restlichen Ware nach Urach bringen.

»Wo bleiben die Buben?«, fragte er, ohne aufzuschauen, während er seine Arbeit auf Fehler untersuchte.

»Sie sind noch drüben beim Königenbauern«, antwortete Maria, »aber sie werden sicher bald kommen, sie müssen schließlich morgen früh aufbrechen.«

Sie hielt ihr Gesicht dicht an die verregnete Fensterscheibe und blickte angestrengt nach draußen. Sie konnte nur einen schwachen Lichtschein erkennen, obwohl der Königenhof nicht mehr als einen Steinwurf von ihnen entfernt lag, zweiunddreißig Schritte genau.

»Sie spielen zu oft und zu lang mit dem Tritschler«, brummte Philipp.

Maria wandte ihr Gesicht vom Fenster ab und stand auf, um nicht antworten zu müssen, denn er hatte ja recht. Sie legte ihr Stopfzeug in den Korb auf der Fensterbank.

»Ich geh hoch«, gab sie das Zeichen zum Aufbruch.

»Ist recht.«

Maria zog wie jeden Abend die Zapfengewichte der Kuckucksuhr hoch, bevor sie über den schmalen Stiegenkasten die Treppe in die Schlafkammer, die über der Stube lag, nahm. Die Türe blieb geöffnet, sodass die Kachelofenwärme von unten nach oben zog. Maria zog ihr Nachtgewand und die Haube an, hockte sich über den Nachttopf, sprach schließlich ihr Nachtgebet und legte sich ins Bett. Wenig später folgte ihr Ehemann. Wie jeden Abend hatte er abgewartet, bis sie zugedeckt im Bett lag. Maria löschte die Kerze in der Laterne und zog die Vorhänge zu. Jetzt war es stockdunkel.

Wie gewohnt schlief Philipp schnell ein, während seine Frau wach auf ihren vielen Kissen lag. Sie hörte sein Schnarchen und ging im Geiste durch, woran sie morgen zu denken hatte. Den Söhnen ein Vesper richten, damit sie in Urach zu essen hatten und nicht Geld im Gasthaus ausgeben mussten. Hoffentlich würde der Sturm bis dahin aufgehört haben. Den großen Kessel mit Salz ausreiben, denn er hatte unten eine Schicht angesetzt. Die alten Leinentücher ausbessern. Brotteig ansetzen.

Normalerweise half ihr die Gewohnheit, den nächsten Tag zu planen, um in den Schlaf zu finden. Heute Abend jedoch wollte sich keine Bettschwere einstellen. Maria spürte eine innere Unruhe. Es musste am Sturm liegen.

Der Wind rüttelte zornig an den Fenstern, und der Regen prasselte ohne Unterlass. Fast glaubte Maria, dass der Holzschieber aus der Halterung fiele. Da gab es plötzlich ein gewaltiges Donnern und Dröhnen. Das ganze Haus zitterte. Maria richtete sich erschreckt auf und sprach schnell in die Dunkelheit ein Vaterunser. Es dröhnte und zitterte noch immer. Sie sprach ein zweites.

»Denn dein ist das Reich und die Kraft und die Herrlichkeit in Ewigkeit. Amen.«

Schlagartig war Ruhe. Wind und Regen wirkten auf einmal ganz leise. Der Kuckuck unten in der Stube rief unbeeindruckt elfmal. Philipp schnarchte. Maria rüttelte an der Schulter ihres schlafenden Mannes.

»Philipp, hast du das Schausen gehört?«

»Welches Schausen?«, fragte er verschlafen, ohne sich zu rühren.

»Ein Dröhnen und Donnern. Ein … gewaltiges Schausen. Alles hat gewackelt. Seltsam. Wie kannst du es nicht gemerkt haben?«

»Das ist doch nur der Sturm«, Philipp tastete im Dunkeln nach der Hand seiner Frau und streichelte sie kurz, »ein Windstoß. Sorg dich nicht. Morgen ist es vorüber. Und jetzt schlaf.«

Er nahm seine Hand weg und drehte sich schwerfällig um. Bald ertönte erneut sein Schnarchen. Maria jedoch sollte die ganze Nacht keinen ruhigen Schlaf finden.

Teil I

1833 bis 1838

1833 – 1834

340 JUCHERT FELD UND WALD. Ein über hundert Jahre altes, großes Schwarzwälder Bauernhaus mitsamt allen Fahrnissen. Daneben Speicher und Kapelle unter einem Dach. Mühle und Backhaus unter einem Dach. So stand es im Kaufvertrag. Der Königenhof war der neue Besitz von Martin Tritschler, bis jetzt Gregorihofbauer in Urach. Mit diesem Hof, so war er sich sicher, hatte er einen guten Fang gemacht. 8.200 Gulden hatte er dafür bezahlt.

Der neue Hof lag knappe drei Stunden zu Fuß von Urach entfernt. Die Familie Tritschler, ihr Knecht und die Magd hatten sich schon früh auf den Weg gemacht, um noch vor Mittag an ihrem neuen Domizil anzukommen. Das letzte Stück ging es steil hinab ins Wagnerstal. Nach dem Kajetanshof ging es wieder leicht nach oben, und an der letzten Kehre sah man bereits das riesige Bauernhaus am Ende des engen Tales stehen. Links davon schmiegte sich das kleine Nachbarhaus, das Königenhäusle, an den Hang. Mitten durch das Tal murmelte ein Bach, an dessen Ufer die dem Hof zugehörige Mühle und die Kapelle lagen. An allen Seiten ragten steile Hänge auf, sodass der Königenhof, zumal auf der Winterseite erbaut, auch jetzt, da die Sonne ihren höchsten Punkt bald erreichte, im Schatten lag.

»Schau, unser Land ... und unser Hof.«

Martin Tritschler hielt den vollbeladenen Pferdewagen an und blickte stolz seine Frau Walburga an, die neben ihm auf dem Kutschbock saß. In ihren Armen hielt sie Mathäus, ihren jüngsten, einjährigen Sohn, das zehnte Kind insgesamt. Zwischen den Eheleuten saßen der dreijährige Fidel und die zweijährige Magdalena. Der Knecht lenkte ein weiteres Gefährt, das von zwei Ochsen gezogen wurde. Die größeren Kinder liefen mit der Magd sowie den Kühen und Ziegen hinter den Wagen her und passten auf, dass kein Tier sich davonstahl.

Walburga sah sich interessiert um. Erst vor ein paar Wochen war ihr Mann mitten in der Heuernte verschwunden, und als er am Abend wiederkam, hatte er verkündet, dass die Familie ins Wagnerstal umziehen würde. Walburga war von der Vorstellung nicht sehr begeistert gewesen, aber Martin hatte ihr den neuen Hof in den schönsten Farben ausgemalt.

»Er wird recht für dich sein«, sagte er. »Der Hof ist groß, viel größer als hier, die Küche ist enorm, es gibt ausreichend Kammern für unsere Kinder und die Völcher. Wir werden mehr als doppelt so viel Land haben wie zuvor.«

Viel Landwirtschaft würde sich im hochgelegenen, schattigen Wagnerstal zwar nicht treiben lassen. Ein paar Kartoffeln, etwas Hafer und Roggen, mehr war nicht möglich. Der Reichtum dieses Hofes, war sich Martin sicher, lag hinter dem Hof an den steilen Hängen: Wald. Die Holländer waren ganz verrückt nach Holz aus dem Schwarzwald, das über den Rhein, zu riesigen

Flößen aneinandergebunden, den Weg in den Norden nahm. Und dieses Geschäft würde sich der neue Königenbauer nicht entgehen lassen.

Beim Anblick des Königenhofs sah Walburga nun, dass ihr Mann recht gehabt hatte. Der Hof wirkte stattlich, viel größer als der alte in Urach, sein riesiges Dach spannte sich weit hinunter bis fast auf den Boden und wirkte beschützend. Alles Land drum herum sollte ihres sein. Es war beeindruckend.

Sie passierten erst die Mühle mit dem angegliederten Backhaus, dann die Kapelle mit dem Speicher und schließlich das Königenhäusle. Vor dessen Tür stand eine Frau mit ihren zwei barfüßigen Söhnen und hob freundlich die Hand zum Gruß. Martin und Walburga nickten ihr zu, die Kinder winkten.

Vor dem Königenhof brachte Martin seine beiden Pferde zum Stehen und sprang vom Wagen. Walburga reichte der Magd Gertrudis und ihren ältesten Töchtern Elisabeth und Bibiane die kleinen Kinder und stieg selbst hinab. Alle schauten sich um. Bibiane, der Wildfang unter den Geschwistern, rannte schon davon, die kleine Magdalena huckepack, die vor Freude laut juchzte.

Der Stall lag im vorderen Teil des Hauses mit Blick ins Tal und würde schlechtes Wetter abhalten, während sich der Wohnteil hinten an den steilen Berg schmiegte. Eine Fensterreihe links des Hauseingangs, knapp unterhalb der Dachkante, deutete an, wo sich die Stube befand. Im Winter, dachte Walburga, würde es sehr dunkel sein. Rechterhand, neben dem Stalleingang, stand geschützt der Brunnenstock mit dem aufgesetzten Milchhäusle, das zum Kühlen von Milch und Butter diente.

Martin wartete vor der Eingangstür zum Wohnteil, bis Walburga, wieder mit Mathäus auf dem Arm, zu ihm kam. Der neue Königenbauer steckte den mächtigen Schlüssel ins Schloss, drehte ihn und stieß die Haustür auf. Quietschend gab sie den Weg ins Innere frei, und Martin ließ seine Frau eintreten.

»Willkommen im Königenhof.«

Die geöffnete Tür ließ ein wenig Licht in den schummrigen Hausgang. Sein Boden war mit Stein ausgelegt. Rechterhand ging es durch eine Verbindungstür in den Stall, während sich linkerhand die Stube befand, die vollständig möbliert war. Über die gesamte Fensterseite sowie an der Querseite und entlang der Wand links neben der Tür verlief eine Sitzbank, davor stand ein sehr langer, massiver Tisch, der Platz für die gesamte Großfamilie Tritschler bot. Eine weitere einfache Sitzbank auf der der Stube zugewandten Seite des Tisches sowie mehrere Stühle komplettierten die Einrichtung. Ein grüner Kachelofen rechts neben der Tür sorgte für Wärme in der kalten Jahreszeit. Walburga fiel außerdem der reich geschmückte Herrgottswinkel ins Auge.

Gleich hinter der Stube folgte die Küche. Es war eine über zwei Geschosse gehende Rauchküche ohne Kamin, wie sie im Schwarzwald üblich war, von oben bis unten schwarz von Ruß. Sie war sehr groß, Walburga erschrak dennoch, denn sie hatte keine Fenster. Nur von oben fiel hier und da ein wenig Licht durch die Ritzen der Bretterwände. Walburga blickte hoch und erahnte das verrußte Gewölm, in dem sich der Rauch fing. Mehrere Holzstangen waren dort angebracht, um Schinken und Würste zur Haltbarmachung aufzuhängen. Ein einzelnes Stück Speck vom Vorbesitzer baumelte noch herab und wurde von zahllosen Fliegen umschwirrt. Nachdem sich ihre Augen an die Dunkelheit gewöhnt hatten, bemerkte Walburga, dass es an jeder Seite der großzügigen Küche einen Herd gab, einen für sie, die Hofbäuerin, und einen für die Altvorderen, die ältere Generation, wenn sie denn mit auf dem Hof lebte. Eigener Herd ist Goldes wert, dachte Walburga. Man konnte ja nie wissen, ob die Eltern hier nicht eines Tages einzögen.

Sie kehrte zurück in den Hausgang, nun gefolgt von mehreren Kindern unter der Führung von Bibiane, die immer den Ton angab. Auf der anderen Seite der Küche gab es ein Stüble, einen kleinen Wohnraum für die Altvorderen. Sie würden sehen, wie sie diesen Raum nutzen konnten. Neben dem Stüble gab es eine weitere Haustür, die zur anderen Seite ins Freie führte.

Walburga und ihre Kinder stiegen nun die Holztreppe ins erste Obergeschoss hinauf. Direkt über der Stube lag die Schlafkammer der Bauern, hier würden Walburga und Martin ihre eigenen Möbel, die sie zur Hochzeit geschenkt bekommen hatten, aufstellen, wenngleich die vorhandenen auf Walburga keinen schlechten Eindruck machten. Über dem Stüble wiederum lag eine ebenfalls eingerichtete Schlafkammer für die Altvorderen. Gegenüber befanden sich eine weitere, kleine Kammer für den Knecht sowie der riesige Heustock, der fast die Hälfte der gesamten Geschossfläche einnahm und gut gefüllt war.

Eine Tür neben der Bauernschlafkammer führte nach draußen auf den Außengang, der Zugang zu drei weiteren Kammern bot, die nur über diesen Weg erreichbar waren. Sie lagen direkt über dem Stall, der von unten Wärme spendete.

»Können wir in einer dieser Kammern schlafen?«, fragte Bibiane. Sie wartete die Antwort nicht ab und rannte ihrem großen Bruder Lorenz über den Gang hinterher.

Es gibt wirklich viel Platz, dachte Walburga beeindruckt. Ihr Mann hatte richtig entschieden. Dies war ein stattlicher Hof, der etwas hermachte und ihnen ein gutes Auskommen sichern würde.

Eine weitere Treppe führte sie schließlich ins zweite Obergeschoss auf die Tenne. Diese hatte ein beachtliches Ausmaß. Walburga blickte hoch und sah die enorme Spannweite des Daches, das sogar vier Fenster aufwies, durch die Licht fiel. In einem Lichtstrahl machte sie einen Ochsenkopf aus, der von der Decke hing, und Walburga war froh über dieses nicht gerade christliche Zeichen, denn ein Ochsenkopf, so waren die Bauern im Schwarzwald fest überzeugt, hielt Unglück vom Hof fern.

Schließlich gab es ein Tor, das direkt nach draußen auf die Hocheinfahrt führte. Martin hatte es bereits geöffnet und wartete auf seine Frau und die Kinder.

»Hab ich dir zu viel versprochen?«, fragte er. Er strahlte über das ganze Gesicht. »Du wirst sehen, Walburga, hier werden wir unser Glück finden.«

Seine Frau nickte. Sie überlegte, wann sie Martin

jemals so stolz und zufrieden gesehen hatte. Normalerweise war er keiner, der viel lachte und übermäßig freundlich war. Jetzt schaute er sich selig um. Auch Walburga freute sich über den neuen Hof. So geräumig und mächtig hatte sie ihn nicht erwartet.

»Komm mit«, sagte Martin, »jetzt zeige ich dir noch den Stall. Du glaubst gar nicht, wie groß der ist.« Er griff nach ihrer Hand und zog sie die Hocheinfahrt hinunter.

Familie Tritschler begann, sich einzurichten. Die älteren Kinder trieben das Vieh in seinen neuen Stall. Man hörte sie fröhlich rufen und lachen. Martin und sein Knecht Wendelin luden die Kisten und Körbe mit Wäsche, Vorräten, Werkzeugen und Geschirr von den Wagen und brachten sie ins Haus.

Walburga nahm ihre neue Küche in Besitz. Um besser sehen zu können, stellte sie zwei Kienspäne auf, die beständig vor sich hinglommen und zumindest etwas Licht spendeten. Dann packte sie ihre Töpfe und Pfannen aus und verstaute sie im Küchenschrank, in dem ihre Vorgängerin zwei tadellose Schmalzhafen zurückgelassen hatte.

Neben dem Herd lagen Holzscheite und Reisigwellen, die Walburga in den Herd warf und anzündete. Mit einem langen Stecken holte sie schließlich das von Maden durchzogene Stück Speck aus dem Gewölm und warf es ins Feuer. Es knisterte laut.

»Erst einmal müssen wir kräftig durchräuchern, damit das Ungeziefer sich verzieht«, meinte sie. Ihr Kopf war ganz in Rauch gehüllt, und sie musste husten.

Gertrudis, die Magd, holte Wasser vom Brunnenhäusle und goss es in den großen Kochtopf. Bald kochte das Wasser und Walburga warf Kartoffeln, Rüben und Zwiebeln hinein, die sie zuvor an dem großen Tisch, der sich in der Küche befand, geschnitten hatte.

Schließlich fanden sich alle zum Essen in der Stube an dem langen Tisch ein. Martin, der neue Königenbauer, setzte sich ans Kopfende, zu seiner Rechten der prächtige Herrgottswinkel, während daneben auf der Fensterbank der Knecht Wendelin Platz nahm. Es folgten der älteste Sohn Lorenz, Thomas, der siebenjährige, und Fidel, der dreijährige Sohn. Zur Linken des Bauern saß Walburga, auf ihrem Schoß den Jüngsten, Mathäus. Neben ihr saßen die Töchter: Elisabeth, zwölf, Bibiane, fast elf, und Maria, genannt Marei, neun Jahre alt. Schließlich noch Martha mit sechs und Theresia mit fünf Jahren. Die jüngste Tochter, die zweijährige Magdalena, saß auf dem Schoß der Magd am Ende der Tafel.

Lorenz durfte heute das Tischgebet sprechen. Danach griffen alle nach ihren Löffeln und schauten Martin am Kopf der Tafel erwartungsvoll an, dass er als Erster von der Suppe nahm.

Nach dem Essen standen die Königenhofbewohner auf und beteten ein weiteres Mal. Diesmal sprach Martin: »Vater im Himmel, wir bitten um Schutz für unser neues Haus. Halte fern von ihm die Angriffe des Feindes. Es mögen die heiligen Engel kommen und uns den Frieden bewahren, und all dein Segen möge immer bei uns bleiben.«

»Amen.«

Später, am ersten Abend in ihrer neuen Schlafkammer, ließ Walburga ihren Mann gewähren. Er schob ihr Nachthemd hoch und fuhr mit seiner Hand zwischen ihre Schenkel. Schließlich legte er sich auf sie. Walburga schloss die Augen und betete wie immer, dass dieser Akt ohne Folgen bliebe.

Am nächsten Morgen standen die zwei Buben vom benachbarten Königenhäusle wieder vor ihrer Haustür und glotzten. Bibiane rannte mit nackten Füßen auf sie zu.

»Wie heißt du?« Sie zeigte auf den Größeren.

»Blasius«, erwiderte er, »und du?«

»Bibiane.«

Blasius zeigte mit seiner Hand auf seinen jüngeren Bruder. »Das ist Philipp«, stellte er ihn vor.

»Philo«, sagte dieser. »Ich heiße Philo.«

»Wie denn nun?«, fragte Bibiane.

»Ich heiße Philipp wie mein Vater, aber alle sagen Philo zu mir«, klärte der Junge sie auf. Er war etwa gleich alt wie Bibiane, Blasius ein paar Jahre älter.

»Ihr wohnt ganz schön nah bei uns«, meinte Bibiane.

»Oder ihr bei uns. Wir wohnen ja schon lange hier«, erwiderte Philo.

»Rat mal, wie viele Schritte es von eurem Haus zu unserem sind«, forderte Blasius sie auf.

Bibiane überlegte kurz. »Bestimmt hundert«, befand sie.

»Es sind viel weniger«, trumpfte Blasius auf.

»Woher willst du das wissen?«

»Wir wissen es, weil wir es schon längst gezählt haben«, erklärte Blasius.

»Kannst du denn nicht zählen?«, wollte Philo wissen.

Bibiane wurde rot. Sie war in Urach nur sehr wenig zur Schule gegangen, aber das wollte sie nicht zugeben. Ihre Eltern legten mehr Wert darauf, dass Thomas und Lorenz lernten und nicht die Mädchen.

»Natürlich kann ich zählen«, behauptete sie dennoch. »Das kann ja wohl jeder.«

»Dann siehst du doch, dass das bestimmt nicht hundert Schritte sind«, sagte Blasius.

Bibiane, sonst um kein Wort verlegen, schwieg und schaute zur Seite.

»Komm, wir probieren es mal aus. Eins.« Blasius machte einen großen Schritt und drehte sich dann um. »Na, komm.«

Bibiane ließ sich nicht lange bitten. »Zwei.« Sie streckte sich.

»Deine Schritte sind viel zu klein«, befand Philo. »Du musst sie größer machen.«

Bibiane sprang. »Drei!«

Bis zum neunzehnten Schritt konnte sie laut mitzählen, dann aber wurde sie still.

»Was ist?«, forderte Blasius sie auf.

»Zähl du«, entgegnete Bibiane. Aus den Augenwinkeln sah sie ihren großen Bruder Lorenz vor dem Könighof stehen, der die Arme verschränkt hatte und sie mit einem spöttischen Grinsen beobachtete.

»Zwanzig, einundzwanzig, zweiundzwanzig …«

»Vierundzwanzig!«, rief Bibiane.

»Du hast eine Zahl vergessen«, sagte Philo. Bibiane schaute verwirrt und war dankbar, dass er sich nicht über sie lustig machte.

»Also, dreiundzwanzig, dann vierundzwanzig …«

Sie zählten weiter gemeinsam, bis sie am Königenhof ankamen.

»… zweiunddreißig!«, schrie Bibiane. »Es sind zweiunddreißig Schritte.«

Sie lachte mit den Buben, bis ihre Mutter aus dem Haus kam.

»Bibiane, was soll das? Geh lieber die Schweine aus dem Stall holen.«

Bibiane hielt kurz inne, dann drehte sie sich zu ihren neuen Nachbarn um. »Kommt ihr mit?«, fragte sie.

»Natürlich.«

Damit war ihre Freundschaft besiegelt.

Der Hof brachte mehr Arbeit mit sich als der alte in Urach, und jeder musste noch stärker anpacken als zuvor. Der Grund und Boden der Tritschlers hatte sich fast verdoppelt. Sie konnten mehr anbauen als auf dem alten Hof und große Mengen Holz im Wald schlagen.

Auch im Haus gab es genug zu tun. Gertrudis grummelte, dass sie vor lauter Schaffen weder ein noch aus wüsste, und Walburga musste sie regelmäßig zurechtweisen. Sie fand ihre Magd einfach nur faul. Lange würde sie sich das nicht mehr anschauen, dachte Walburga bei sich, als Gertrudis sich widerwillig ans Bodenschrubben in der Stube gemacht hatte. Aber gerade konnte sie es sich nicht leisten, der jungen Frau den Laufpass zu geben. Es war gar nicht so einfach, gute Arbeitskräfte zu finden, seit es mit der Uhrmacherei so einen Aufschwung genommen hatte. Walburga war sich bewusst, dass die Leute viel lieber in ein eigenes kleines Häuschen zogen, Uhrengestelle bauten oder Uhrenschilder bemalten, wenn sie genügend Geschick hatten, als auf einem Hof in Arbeit und Kost zu stehen. Sie halfen nur noch bei Bedarf beim Bauern aus, um etwas von seinen Kartoffeln und Hafer abzubekommen.

Martin suchte zusätzliche Kräfte für die Arbeit im Wald und stellte sich gleich nach dem Einzug bei seinen Nachbarn vor.

»Wenn ihr Arbeit sucht, ich kann fähige Leute immer gebrauchen«, erklärte er. »Im Wald gibt es viel zu tun, jede Hand ist willkommen.«

Der Löfflerjohann, der mit seiner Frau in der einen Hälfte des Königenhäusles wohnte, ließ sich gerne als Tagelöhner im Wald verpflichten. Auch der Gestellmacher Philipp Beha und seine Frau Maria, die mit ihren Söhnen Blasius und Philo in der anderen Hälfte lebten, gingen auf das Angebot ein. Philipp half beim Fällen, Maria sammelte Reisigwellen, und Blasius und Philo hüteten auf der Weide das Vieh des Königenhofs. Dabei wurden sie schon bald von Bibiane begleitet.

Walburga seufzte bei diesem Gedanken auf, während sie den Wasserkessel für die Abendsuppe auf die Feuerstelle wuchtete. Die Küche war mit Rauch erfüllt, und der Bäuerin brannten die Augen. Es war ihr gar nicht recht, dass Bibiane jeden Tag Stunden mit den beiden Nachbarbuben auf der Weide fernab des Hofes verbrachte, aber ihre Tochter hatte sich durchgesetzt. Bibiane war im Haus einfach nicht zu halten. Sie musste draußen herumrennen, sonst wurde sie unleidig, fing an, ihre Geschwister zu ärgern oder sich gänzlich der Hausarbeit zu verweigern. Schläge, um ihr diesen Unsinn auszutreiben, blieben wirkungslos. So war Martin auf die Idee gekommen, sie ziehen zu lassen.

»Dann müssen weder Lorenz noch Thomas das Vieh hüten, und ich kann die beiden mit in den Wald nehmen. Dann lernen sie früh das Holzfällen. Das ist mir recht«, sagte er.

Walburga musste ihm zustimmen, dass es eine gute Lösung sein könnte, da es mit Bibiane im Haus oft mehr Scherereien als Hilfe gab. Trotzdem war ihr nicht wohl dabei.

Das Wasser kochte, und Walburga warf die Rüben hinein, die Elisabeth geschnitten und ihr gereicht hatte. Elisabeth, die älteste Tochter, war immer folgsam, das genaue Gegenteil von Bibiane. Mit ihr war es leicht. Warum konnte Bibiane nicht so sein?

»Fang mich doch«, forderte Philo Bibiane auf. Sie hatten das Vieh auf die Weide getrieben, das jetzt zufrieden graste und keine Anstalten machte, den Wiesenabschnitt, von dem es heute Nachmittag fressen sollte, zu verlassen. Zeit für Bibiane, Philo und Blasius, sich abzulenken. Oft sammelten sie Pilze oder Beeren, aber am liebsten spielten sie Verstecken.

Die beiden Buben und Bibiane verbrachten seit dem Einzug der Tritschlers jeden Tag miteinander. Sogar am

Sonntag zogen sie nach dem Kirchgang auf die Weide. Bibiane genoss es, draußen zu sein, weg von dem Hof, auf dem an jeder Ecke eine Aufgabe wartete. Die Freiheit auf der Weide erschien ihr grenzenlos. Kälte und Regen, was beides selbst jetzt im Sommer häufig vorkam, nahm sie gerne in Kauf. Philo und Blasius zeigten ihr alle Stellen im Wald und auf den Höhen, sodass sie sich schon bald gut auskannte.

Beim Fangen- und Versteckenspielen weiteten die drei Kinder ihren Umkreis immer mehr aus. Heute vergaßen sie darüber die Zeit. Als es zurück an den Hof gehen sollte und Bibiane nassgeschwitzt zur Weide gerannt kam, stand Philo schon da und zählte die Schafe, Ziegen und Kühe.

»Es fehlt eine Kuh«, stellte er fest, »die Liesel.«

Bibiane erschrak. Ihr Vater würde wütend werden, wenn sie ohne ihre beste Milchkuh auf den Hof zurückkamen. Jetzt kam auch Blasius angelaufen.

»Dann müssen wir sie suchen«, erklärte er. »Jeder von uns schwärmt in eine Richtung aus. Bibiane, lauf du dort Richtung Tal, Philo schaut da hinten, und ich laufe weiter hoch.«

Bibiane nickte. Sie griff nach ihrem Weidestock, mit dem sie normalerweise das Vieh in Schach hielt, und wandte sich Richtung Tal. Anfangs konnte sie Philo und Blasius noch hören, bis ihre Stimmen schließlich nicht mehr wahrzunehmen waren.

Sie lief eine Weile bergab und rief nach der Kuh. Schließlich hörte sie weiter unten eine einzelne Kuhglocke.

»Liesel?«

Bibiane sah eine Abzweigung in einen schmalen, zugewachsenen Weg. In diesem kleinen Seitental war sie noch nie gewesen. Es kam ihr in der beginnenden Dämmerung noch düsterer vor als das Wagnerstal. Vorsichtig lief sie hinein. Der Weg war unregelmäßig, und Bibiane schmerzten die Steinchen und Ästchen unter ihren nackten Fußsohlen. Aber sie hatte Glück. Das Läuten der Kuhglocke kam näher.

»Liesel, wo bist du denn?«

Bibiane nahm plötzlich einen Schatten wahr. Das musste die Kuh sein.

»Liesel, komm her, was machst du für Sachen?«, rief Bibiane und lief auf den Schatten zu. Jäh hielt sie an und stieß einen spitzen Schrei aus.

»Der Teufel!«, entfuhr es ihr.

Sie drehte sich um und rannte, so schnell sie konnte, den Weg wieder hoch. Die Schmerzen durch die Steinchen und Ästchen spürte sie nicht. Schließlich stieß sie auf Philo und fing an zu weinen.

»Was ist los, Bibi, warum hast du so geschrien?«

»Da unten … dort ist der Teufel, ich schwör's.« Bibiane zitterte.

»Beruhige dich«, erwiderte Philo. »Wo soll das denn sein?«

»Da unten, die Liesel ist auch dort und kommt nicht.«

Philo schaute etwas verunsichert, gab sich aber einen Ruck und lief in die Richtung, aus der Bibiane hochgerannt war. Sie folgte ihm zögerlich und mit gehörigem Abstand.

Schließlich blieb Philo stehen und lachte erleichtert auf. »Aber nein, Bibi. Das ist doch ein alter umgestürzter Baum. Schau, seine Wurzeln sehen nur so aus, als säße dort der Teufel.«

»Bist du sicher?«

»Ja, ganz sicher. Schau mal genau hin.«

Bibiane kam vorsichtig näher, hielt es aber für besser, hinter Philo zu bleiben. Vorsichtig lugte sie hinter seinem Rücken hervor. Jetzt erkannte sie, dass es tatsächlich altes Wurzelholz war. Die Grimasse und die Hörner sah sie trotzdem noch darin.

»Du musst keine Angst haben«, beruhigte Philo sie. »Komm, jetzt schnappen wir uns die Liesel und machen uns endlich auf den Heimweg. Wir werden bestimmt schon erwartet.«

Bibiane lachte erleichtert auf. »Aber gib zu, ein bisschen hast du dich auch gefürchtet«, stellte sie fest.

»Na ja, nicht wirklich«, schwächte Philo ab. »Komm, wir sollten jetzt schnell die anderen Tiere holen und zum Hof laufen. Sonst setzt es noch was.«

Er fing die Kuh ein und gab ihr mit seiner Geißel die Richtung zu verstehen, und gemeinsam liefen sie zurück zur Weide. Während des ganzen Weges schämte Bibiane sich abgrundtief, dass sie vor Philo in Tränen ausgebrochen war. Sie wollte vor ihren Freunden ganz sicher nicht als schwaches Mädchen dastehen. Doch Philo sagte nichts, sondern lächelte sie nur aufmunternd an.

Als die beiden auf dem Weidestück ankamen, waren dort keine Tiere mehr zu sehen. Das Vieh wusste, wann es Zeit war, zum Hof zurückzukehren, und hatte sich ohne die Kinder auf den Weg gemacht. Blasius kam aus dem oberen Wald auf sie zugerannt.

»Verflixt«, keuchte er. »Jetzt hat sich das ganze Vieh schon davongemacht, und wir kriegen erst recht Ärger.«

Den Kindern blieb nichts anderes übrig, als mit der abtrünnigen Kuh zurückzulaufen. Zwei weitere Kühe und eine Ziege fingen sie auf dem Rückweg noch ein. Bibiane hoffte, dass ihr Vater noch beim Holzfällen war, denn sie hatte Angst vor seiner Wut, wenn er sah, dass die Herde ohne Hirten nach Hause gekommen war.

Ihre Hoffnung erfüllte sich nicht. Als die drei den Königenhof erreichten, wurden sie von Martin an der Stalltür erwartet. Für alle drei Kinder setzte es Ohrfeigen, weil sie nicht richtig aufgepasst hatten.

Einige Wochen nach ihrem Einzug saß Walburga am Morgen auf der Bank vor ihrem Haus. Das Öhmden, der zweite Schnitt im Jahr, war vorüber, und die Tritschlers hatten Glück gehabt, dass es nur wenig geregnet hatte und das Gras schnell getrocknet war. Der Heustock ihres neuen Hofes war voll bis zum Rand, sie würden gut über den Winter kommen. Auch heute schien die Sonne mild. Bald würde sie nicht mehr ins Tal reichen und der Schatten überhandnehmen.

Walburga spürte eine altbekannte Übelkeit in sich aufsteigen. Seit einiger Zeit ging es morgens schon so, und die Bäuerin wusste nur allzu gut, was das bedeutete. Ihr Beten hatte nichts genützt, sie trug ihr elftes Kind unter dem Herzen. Walburga seufzte. Vierzig Jahre zählte sie bald. Ihre Haare waren grau, Falten zogen sich über ihr

Gesicht. Wie sehr hatte sie gehofft, dass das nicht mehr passieren würde. Sie und Martin konnten Gott nur danken, dass sie zehn Kinder auf die Welt gebracht hatte, die alle gesund waren und von denen kein einziges gestorben war. Kaum ein anderer Hof in der Umgebung brachte es auf so viel Nachwuchs, und es gab kaum eine Familie, die nicht ein totes Kind zu beklagen hatte. Aber waren zehn nicht genug? Musste ihr Glück noch ein weiteres Mal herausgefordert werden? Walburga wünschte, sie könnte es ändern, und erschrak bei diesem Gedanken. Sie bekreuzigte sich und entschied, mit der Mitteilung an ihren Mann noch etwas zu warten. Sie musste sich erst selbst daran gewöhnen, dass sie schon wieder ein Kind bekam.

Nach Weihnachten war Walburgas Bauch so groß wie nie zuvor in ihren anderen Schwangerschaften. Martin zog sie auf, dass sie wahrscheinlich schon im Januar niederkommen würde. Doch Walburga war sich sicher, dass dies nicht der Fall sein konnte. Sie ging zur Hebamme nach Neukirch. Der über eine Stunde dauernde Fußmarsch stramm bergauf durch den Schnee war beschwerlich, und Walburga war froh um den Stock, den sie mitgenommen hatte, um sich beim Laufen abzustützen. Sie hoffte inständig, dass die Hebamme überhaupt da war und nicht gerade unterwegs bei einer Geburt.

Sie hatte Glück. Theodora, eine ältere Frau mit freundlichem Lächeln, öffnete die Tür ihres winzigen Hauses und ließ sie eintreten.

»Guten Tag«, sagte Walburga, »ich bin vom Königenhof.«

»Und bald kommst du nieder«, meinte Theodora fachkundig mit Blick auf ihren Bauch.

»Nein, eben nicht«, erwiderte Walburga, »das kann überhaupt nicht sein. Es können höchstens fünf Monate sein.«

»Dann komm rein.«

Walburga war froh, in die Wärme zu gelangen. Ihre Füße waren durchgefroren. Ihre nassen Schuhe zog sie aus und schlüpfte in die Strohschuhe, die Theodora ihr hinstellte. Über einen schmalen Hausgang ging es linkerhand in eine kleine Stube, in der neben dem Kachelofen ein Bett stand.

»Leg dich hin«, die Hebamme deutete auf das Bett, »ich werde dich abtasten.«

Geschickt strichen ihre warmen Hände wenig später über Walburgas Bauch, die sich nach einer Weile entspannte. Theodora schwieg und arbeitete ruhig und gewissenhaft. Schließlich schaute sie auf.

»Du kriegst Zwillinge.«

»Zwillinge?« Walburga sah die Hebamme erschreckt an. »Bist du sicher?«

»Ja, ganz sicher, ich kann beide spüren.« Sie lächelte. »Zwei Kinder sind etwas Besonderes. Du kannst stolz sein.«

»Wie soll ich mich um zwei Säuglinge gleichzeitig kümmern können?«, fragte sich Walburga leicht verzweifelt. »Und um die anderen Kinder noch dazu?«

»Wie viele hast du schon?«

»Zehn.«

»Dann wird es nicht so schlimm, du wirst sehen.«

Theodora stand auf. »Du weißt, wie es geht. Deine großen Kinder werden dir helfen. Versuche, dich zu schonen, mach nur das Nötigste. Ich kann in einem Monat noch einmal nach dir schauen.« Die Hebamme sah Walburga direkt in die Augen. »Wenn du möchtest.«

Walburga verstand und setzte sich auf. Sie griff nach ihrem Beutel und holte ein ordentliches Stück frisch geräucherten Speck hervor.

»Ist das ausreichend?«

Theodora griff zu. »Danke, das passt fürs Erste.«

Leo und Julius kamen im April 1834 zur Welt. Theodora war an Walburgas Seite, die sich vor Schmerzen wand. Kaum war Leo auf der Welt, versagte ihr die Kraft, doch die Hebamme hieß sie durchzuhalten. Als es am frühen Nachmittag geschafft war, kümmerte sich Theodora um beide Säuglinge, wickelte sie in Decken und legte sie in Walburgas Arme. Dann holte sie Martin.

»Schau, zwei Buben.« Walburga strahlte ihren Mann erschöpft an. »Beide kräftig und gesund.«

Martin kam näher ans Bett und betrachtete eine Weile mit zufriedenem Gesichtsausdruck seine neugeborenen Söhne.

»Sie ähneln sich wie ein Ei dem anderen«, stellte er fest. »Wie sollen wir sie je auseinanderhalten?«

»Nein, so ähnlich sehen sie sich nun auch wieder nicht«, widersprach Walburga. »Ich kann die Unterschiede schon erkennen. Bald geht es dir auch so.« Die Königenbäuerin glühte vor Stolz. »Wie gesegnet wir mit Kindern sind, nicht wahr, Martin?«

»Ja, um einen Hoferben brauchen wir uns wahrlich keine Sorgen zu machen.« Er legte seine Hand auf ihre Schultern. »Jetzt erhol dich. Die Magd kommt auch ohne dich in der Küche zurecht.«

Martin war angesichts zweier weiterer Söhne in bester Stimmung. Nachdem er die Schlafkammer verlassen hatte, ging er direkt in den Bergschopf und kehrte mit einer Flasche Obstbrand in die Stube zurück.

»Lorenz, hol die Nachbarn«, wies er seinen Ältesten an.

Kurze Zeit später trafen die ersten Gratulanten im Königenhof ein. Der Gestellmacher Philipp Beha und der Löfflerjohann aus dem Königenhäusle setzten sich gerne und ließen sich einschenken. Der Bauer vom Kajetanshof kam dazu, sogar dem Knecht Wendelin wurde ein Platz am Tisch angeboten.

»Zwei Söhne auf einmal«, rief Martin und hob das Glas, »das muss mir erst mal einer nachmachen.«

»Gratulation.«

»Das Glück dem Tüchtigen!«

»Prost.«

Die gefüllten Gläser stießen gegeneinander. Aus der Stube drang bald das dröhnende Lachen der Männer nach oben in die Schlafkammer, in der Walburga mit den Zwillingen lag. Sie war zu erschöpft, um sich über das immer lauter werdende Saufgelage zu ärgern. Ihr Mann stolperte später betrunken die Treppe hinauf und schlief in einer der Gangkammern. Das war Walburga nur recht.

1835

Im Sommer 1835 zog Walburgas verwitwete Mutter zu ihrer Tochter ins Wagnerstal. Maria Faller, die von allen Fallermarie genannt wurde, war sechzig Jahre alt, aber keineswegs unbeweglich oder hilfebedürftig. Im Gegenteil, sie entschied sich für den Königenhof, weil sie Walburga mit ihren zwölf Kindern unterstützen wollte.

Martin hatte nichts dagegen, und Walburga empfand die Anwesenheit ihrer Mutter als Segen. Die Fallermarie hatte kräftige Arme und eine gerade Haltung, als hätte sie in ihrem Leben nie buckeln müssen, dabei kannte sie nichts als harte Arbeit. Sie zog ins Stüble und tat klaglos das, was ihr aufgetragen wurde. Sie brachte eine gewisse Ruhe und Gelassenheit mit auf den Hof, auf dem oft ein schroffer Ton herrschte. Martin neigte zu einer derben, beleidigenden Sprache, wenn ihm etwas gegen den Strich ging, und auch Walburga geizte nicht mit bösen Worten, wenn sie sich angegriffen fühlte. Und das war oft der Fall. Am meisten bekam es Gertrudis zu spüren. Die Magd konnte es ihrer Bäuerin selten recht machen und wurde dafür ständig herumgescheucht.

»Geh runter zum Waschen«, befahl Walburga heute.

Es war Sonntag, und die Bäuerin schien nicht gewillt, ihrer Magd am Tag des Herrn Ruhe zu gönnen. Sie stellte einen Weidenkorb voller Kleidungsstücke vor Gertrudis ab. Nach der Feldarbeit der letzten Tage standen sie vor Dreck.

Gertrudis nickte wortlos. Sie holte zunächst Wasser vom Brunnenstock und setzte es auf den Herd, dann legte sie die Kleidung in eine Wanne und lief damit an den Bach. Am Backhaus konnte sie später auf dem Brett, auf dem sonst die Brotlaibe auskühlten, die eingeweichte Kleidung ausbreiten und die Flecken ausbürsten. Als Gertrudis das heiße Wasser für die Lauge holen wollte, kam die Fallermarie hinzu.

»Ich helfe dir«, bot sie freundlich an.

Gertrudis war dankbar. Die alte Frau hatte ein Gespür dafür, wann sie Unterstützung brauchte. Gemeinsam trugen sie den schweren, heißen Kessel zum Bach und schütteten das Wasser in die Wanne.

»Den Rest schaffe ich allein, danke«, sagte Gertrudis.

Die Fallermarie ging zurück ins Haus, und mit einem Stock bewegte Gertrudis schließlich die Wäsche in der Aschelauge hin und her.

Die Magd war keineswegs faul, wie ihr Walburga unablässig unterstellte. Gertrudis tat ihr Bestes, mehr schaffte sie einfach nicht, zumindest empfand sie es so. Denn kaum hatte sie eine Aufgabe erledigt, gab ihr Walburga die nächste. Gertrudis kam nie zum Durchschnaufen. Sie wusste schon, warum die Bäuerin es so auf sie abgesehen hatte, aber dafür konnte sie doch nichts. Denn wenn Gertrudis nur etwas sagen, eine eigene Meinung haben dürfte, dann würde sie sich das Verhalten des Königenbauern bestimmt nicht bieten lassen. Seit der Geburt der Zwillinge war es so, und sie musste sich ständig vorsehen. Wo Gertrudis nur konnte, ging sie Martin aus dem Weg. Aber manchmal war sie einfach nicht schnell oder nicht schlau genug.

Gertrudis zog das erste eingeweichte Hemd aus der Lauge und machte sich ans Wäscheschrubben. Sie mochte den Arbeitsplatz am Backhaus, denn er war vom Haus nicht einsehbar, und so hatte sie hier ihre Ruhe. Sie summte vor sich hin, während sie mit der Bürste einen hartnäckigen Fleck auf einem Hemd bearbeitete. Es war ein heißer Tag, und sie war von der Tätigkeit schweißgebadet. Ihre rotblonden Haare hatte sie im Nacken zu einem Zopf geflochten, aber immer wieder musste sie sich eine Strähne aus dem Gesicht streichen.

Wie lange Martin schon dastand, wusste sie nicht. Gertrudis erschrak, als sie ihn wahrnahm. Das Summen blieb ihr im Hals stecken. Mit schnellen Schritten kam der Bauer wortlos auf sie zu und drückte sie mit dem Gesicht an die Wand des Backhauses. Er keuchte, während er hinter der Magd stand und seine Hand auf ihre rechte Brust legte. Gertrudis spürte sein hartes Geschlecht an ihrer Hinterseite. Sie roch seinen Schweiß. Ihr wurde übel.

»Lass das«, ächzte sie, aber Martin presste sie nur stärker gegen das Backhaus und fuhr mit seiner Hand unter ihren Rock. Gertrudis schickte ein Stoßgebet gen Himmel, während sich der Bauer an ihr abarbeitete und dabei stöhnte.

»Gertrudis, wo bleibst du?« Walburga rief vom Hof. Sie klang verärgert. »Was ist mit der Wäsche?«

Augenblicklich ließ Martin von der Magd ab und verschwand, ohne ein Wort zu verlieren. Gertrudis sank zu

Boden. Am liebsten hätte sie losgeweint, aber sie unterdrückte die Tränen und schluckte die aufkommende Übelkeit hinunter.

Walburga kam jetzt selbst zum Backhaus, um sich vom Fortgang der Wäsche zu überzeugen. Auf dem Arm hielt sie einen der Zwillinge, der brüllte. Verwundert blickte sie auf die am Boden hockende Gertrudis. »Was machst du da unten?«, fragte sie gereizt.

Schnell rappelte Gertrudis sich auf. »Entschuldigung, ich bin gerade gestolpert.«

»Gestolpert?« Misstrauisch schaute Walburga ihre Magd an, die sich den Rock glattstrich.

»Ich bin gleich so weit. Muss nur noch auswaschen.«

»Und dann kommst du hoch. Ich brauch dich im Haus.«

»Das mache ich gerne.«

Gertrudis lächelte Walburga an, die verwundert zurückblickte, bevor sie sich mit dem schreienden Kleinkind abrupt umdrehte und zurück zum Haus lief.

»Puh.« Gertrudis atmete tief durch. Nie war sie froher gewesen, dass die Bäuerin sie kontrollieren kam.

Das Land an den steilen Hängen rund um den Königenhof gehörte größtenteils Martin Tritschler. Der dichte Wald, der sich über die Berge zog, hatte sich an der einen oder anderen Stelle schon gelichtet. Denn seit die Tritschlers vor einem Jahr ins Wagnerstal gezogen waren, hatte Martin Dutzende von Bäumen gefällt.

Gemeinsam mit Wendelin, den Nachbarn Philipp Beha und Johann Löffler sowie seinem ältesten Sohn

Lorenz zog Martin beinahe täglich in seinen Wald. Hatten sie in stundenlanger Arbeit einen Baum gefällt, die Äste abgeschlagen und zerteilt, schließlich die Rinde entfernt und die Spitze des Baumes zu einer runden Schnauze gehauen, schlugen sie ihre Äxte hinein, um den Stamm mit vereinter Kraft zur Riese zu ziehen, entlang derer das Holz ins Tal geschickt wurde. Rechts und links der Riese lagen Baumstämme zur Begrenzung, in der Rinne selbst quer dazu schmale Rundhölzer, die für das Gleiten sorgten. Lorenz lief neben der Riese ein Stück weiter nach unten, blieb schließlich stehen und blies in sein Kuhhorn. Die Töne warnten alle, die sich in der Nähe befanden.

»Auf geht's!«

Ächzend gab Martin das Kommando, und die Männer schoben mit aller Kraft. Der Stamm schoss polternd die Riese hinab. Lorenz bekam derweil einen roten Kopf, so stark pustete er in sein Horn. Während der Stamm seine rasante Reise ins Tal unternahm, zogen die Männer schon den nächsten an den Startpunkt.

Nachdem sie drei Weißtannen auf diese Weise ins Tal befördert hatten, liefen die Männer nach unten zum Ankunftspunkt. Martin begutachtete, wie viel Schaden das Holz auf seiner Reise genommen hatte.

»Es sieht ordentlich aus«, sagte er zufrieden. »Die paar Stellen können wir jetzt ausbessern. Lorenz, hol die Pferde.«

Lorenz, stolz, diese Aufgabe übertragen bekommen zu haben, lief los, während die Männer sich daranmachten, die Stämme zu glätten. Das Pferdegespann zog anschließend das Holz aus dem Wald zur Sammelstelle. Dort traf sich Martin am nächsten Tag mit Händlern, die die Baumstämme über die Wilde Gutach bis an den Rhein brachten, von wo es weiter bis nach Holland geflößt wurde. Es zahlte sich aus. Schon ein Jahr nach dem Kauf war der Königenhof schuldenfrei.

Der junge Kajetansbauer, dessen Hof nur eine Viertelstunde vom Königenhof entfernt lag, beäugte das unentwegte Baumfällen seines Nachbarn indes mit Argwohn und Sorge. Als er die Männer wieder einmal mit ihren Äxten den Weg an seinem Hof vorbeilaufen sah, kam er auf sie zu.

»Man muss vorsichtig sein und es nicht übertreiben«, warnte der Kajetansbauer nach einer Begrüßung, »sie kommen von der Behörde. Bei mir waren sie schon. Man darf nur noch nach Erlaubnis des Försters fällen, so will es das Gesetz.«

»Welches Gesetz soll das sein?«, fragte Martin unwirsch.

»Das neue Waldgesetz. Hast du es nicht gehört? Wir dürfen nicht mehr selbst entscheiden, welche Bäume wir fällen. Und wie viele. Das macht jetzt ein Förster.«

Der Königenbauer tippte sich an den Kopf. »Die können mich mal mit ihrem Drecksgesetz. Was geht es die da oben an, was ich hier mache?«, brauste er auf. Martin hasste es, wenn man sich in seine Angelegenheiten einmischte, seien es der Förster oder sein Nachbar.

Der Kajetansbauer versuchte es mit Erklärungen. »Es ist zu viel Wald abgeholzt worden. Ich will ja selber noch fällen, aber mich haben sie kontrolliert. Vor zwei Tagen erst. Eine saftige Geldstrafe soll ich jetzt zahlen. Und fällen darf ich nichts mehr. Zunächst muss ich neu pflanzen. Zu dir, Martin, werden sie auch noch kommen, wirst schon sehen. Sieh es als Warnung.«

»Was schert's mich? Die da oben haben uns lange genug drangsaliert. Wir sind freie Leute, und es ist mein Wald. Dort mache ich, was ich will«, erklärte Martin mit Nachdruck und sah seine Begleiter an. »Kommt, wir gehen.« Er wandte sich ab und ließ seinen Nachbarn stehen.

»Es war nur ein gut gemeinter Rat«, rief der Kajetansbauer ihnen hinterher.

Martin drehte sich noch einmal um und machte eine abwehrende Handbewegung. »Wir sind keine Leibeigenen mehr«, gab er laut zurück, »die feinen Beamten sollen bleiben, wo der Pfeffer wächst.«

1838

Es war erneut passiert. Vierundvierzig Jahre war Walburga nun alt und wieder war sie schwanger geworden. Das dreizehnte Kind. Was hatte sie nicht alles unternommen, damit das nun ein Ende haben würde. Aber ewig ließ sich ihr Mann nicht abweisen, und Walburga hatte sehr wohl wahrgenommen, dass er sich regelmäßig an die Magd heranmachte. Dabei hatte diese doch schon genug mit dem Knecht zu tun. Nicht, dass sie Gertrudis in irgendeiner Weise zu schonen gedachte, aber dass Martin mit ihr tändelte, das ging dann doch zu weit. Also hatte Walburga in der bäuerlichen Schlafkammer nachgegeben. Und jetzt das.

Dass es sie Mühen kostete, ließ sich Walburga, wie in ihren Schwangerschaften zuvor, nicht anmerken. Hochschwanger stand sie mit den anderen während der Heuernte am Hang und verzettelte die Scharen. Trotz dicken Bauches hatte sie Kraft in den Armen und arbeitete in ihrer gewohnten Geschwindigkeit, schließlich hatte sie nie etwas anderes getan. Auch als die Zeit für den Roggen kam, ging sie wie üblich mit aufs Feld. Doch sie merkte, dass es beschwerlicher wurde.

An einem heißen Nachmittag Ende Juli brauchte es alle Überwindungskraft, in gebückter Haltung die frischgeschnittenen Halme zusammenzuraufen. Die

Sonne brannte auf der Königenhöhe. Walburga biss die Zähne zusammen. Seit dem Mittagessen hatte sie Wehen, und diese kamen in immer kürzeren Abständen. In der Reihe neben ihr stand ihre Mutter, die Fallermarie, und sah sie prüfend an.

»Geht es noch«, fragte sie, »oder kommt das Kind gleich hier auf dem Acker?«

»So weit ist es nicht«, erwiderte Walburga und griff nach den nächsten Roggenhalmen, die Martin gerade mit der Sense geschnitten hatte. In dem Moment spürte sie einen Schwall. An ihren Beinen lief das Fruchtwasser herab. Sie ließ den Roggen fallen und richtete sich auf.

»Ich geh kurz ins Haus«, erklärte sie knapp und setzte sich in Bewegung.

»Muss das sein?«, fragte Martin.

Alle sahen Walburga nach, aber keiner begleitete sie, nicht einmal ihre eigene Mutter. Der Himmel ließ Regen erahnen, und Martin drängte zur Eile. Je mehr sie jetzt noch einbrachten, desto besser.

Im Haus herrschte eine angenehme Kühle. Walburga war allein, und sie war froh drum. Sie wusste, was zu tun war, sie hatte es oft genug gemacht. Sie stieg die Treppe hoch. In der Schlafkammer angekommen, hockte sie sich vors Bett und hielt sich am Rand fest. Dann stieß sie einen lauten Schrei aus.

Nur wenig später lag Walburga mit ihrer Tochter im Arm auf dem Bett. Ihr dreizehntes Kind hatte sie ohne Hilfe zur Welt gebracht, selbst die Nabelschnur abgetrennt. Während sie den Säugling an ihrer Brust betrachtete, hörte sie, wie die Magd unten zur Tür hineinkam und in die Küche eilte, um das Feuer erneut zu schüren. Elisabeth schimpfte mit den Zwillingen, sie sollten nicht so viel Unsinn treiben. Walburga hörte die Glocken der Kühe, Ziegen und Schafe, die von der Weide heimkehrten, und Bibianes fröhliches Lachen, während die Kinder das Vieh nach dem Tränken in den Stall trieben. Die Hofgemeinschaft machte sich bereit für die Stallarbeit, Martin gab Anweisung, wie immer knapp und herrisch. Der erwartete Regen setzte ein. Erst als das Melken erledigt war und alle wieder ins Haus kamen, hörte Walburga, wie jemand die Treppe hinaufstieg und die Tür zur Schlafkammer öffnete. Ihre Mutter schaute hinein.

»Ja, Walburga, warum hast du denn nichts gesagt?«

Die Fallermarie schloss die Tür und trat ans Bett ihrer Tochter. Prüfend blickte sie auf das Neugeborene.

»Ein Mädchen«, sagte Walburga lächelnd.

»Es sieht schlecht aus«, stellte die Fallermarie unmissverständlich fest, »ganz grau.«

»Meinst du?«, fragte Walburga überrascht.

Die Fallermarie nahm das Kind vorsichtig auf den Arm und betrachtete es lange. »Vielleicht sollten wir die Hebamme holen. Ich sage Martin Bescheid.«

Mit dem Pferdewagen brachte Martin wenig später die Hebamme Theodora aus Neukirch zum Königenhof. Theodora untersuchte den Säugling und wirkte besorgt.

»Das Kind wird es schwer haben«, meinte sie, als sie es wieder in Walburgas Arme legte. »Es kommt jetzt auf dich an. Du musst dich schonen, kräftige Kost zu dir nehmen«, Theodora machte eine Pause, bevor sie fortfuhr, »und beten.«

Ihre jüngste Tochter war tatsächlich anders als alle Kinder, die Walburga zuvor geboren hatte. Sie war kleiner, fahler, jämmerlicher. Nicht mal die Zwillinge hatten je so schwach und kränklich gewirkt. Vielleicht gerade deshalb fühlte sich Walburga von Liebe für dieses zarte Wesen überwältigt. Bei keinem ihrer Kinder zuvor war sie nach der Geburt so von Gefühlen ergriffen gewesen. Keine Sekunde ließ sie ihren Säugling aus den Augen, der die ganze Nacht weinte. Erst am Morgen beruhigte sich das Kind, und Walburga konnte kurz schlafen. Danach stand sie auf, richtete sich her und ging mit ihrer Tochter hinunter in die Stube. Dort wurde sie von ihren anderen Kindern umringt, die neugierig ihre neue Schwester betrachteten. Die vierjährigen Zwillinge Leo und Julius streichelten ihr abwechselnd sanft über die Stirn und lachten aufgeregt.

Am Nachmittag erschien Pfarrer Schilling auf dem Hof, um die Taufe durchzuführen. Die Hebamme hatte ihm Bescheid gesagt.

»Nennen wir sie Jakobea«, schlug der Geistliche vor. »Das heißt ›Gott schütze‹. Und Schutz kann dieses zarte Wesen ja sicher gut gebrauchen. Was meint ihr?«

Martin und Walburga sahen sich an. Wer wollte einem Pfarrer widersprechen? Sie waren einverstanden, zumal der Name für sie wohlklingend war. Schilling nickte und tauchte seinen Finger ins Weihwasser, von dem es stets welches im Weihwasserkesselchen neben der Stubentür gab.

»Ich taufe dich im Namen des Vaters und des Sohnes und des Heiligen Geistes auf den Namen Jakobea Tritschler. Möge Gott seine Hand über dich halten.«

Jakobea, die zuvor leise gejammert hatte, hielt still. Der göttliche Beistand schien bald Wirkung zu zeigen. Das kleine Mädchen kam etwas zu Kräften.

Gertrudis richtete sich auf und schwang die Beine über die Bettkante. Sie spürte Wendelins Hand auf ihrem Rücken.

»Ich muss gehen«, flüsterte sie.

»Bleib noch ein bisschen«, versuchte Wendelin sie leise zu überreden.

Wie so oft in letzter Zeit war Gertrudis zu später Stunde in die Knechtskammer geschlichen, in der Wendelin alleine schlief. Sie war beiden ihr sicherer Hafen. Hier waren sie unter sich, die Magd und der Knecht, die sogenannten Völcher, und mit der Zeit waren sie sich nähergekommen. Doch sie mussten vorsichtig sein. Wenn die Bauersleute das mitbekamen, waren sie bestimmt nicht angetan, das war beiden bewusst. Ganz besonders der Königenbauer schien Gertrudis als sein Eigentum zu betrachten. Sie konnte sich seiner kaum erwehren.

»Es wird immer schlimmer. Gestern hat der Alte mir wieder unter den Rock gefasst«, vertraute Gertrudis Wendelin an, während sie ihre Bluse zuknöpfte. »Ich hasse es.«

»Dieser Glotzbock«, grollte Wendelin wütend. »Ich wünschte, ich könnte ihm …«

»Lass«, Gertrudis legte ihren Zeigefinger auf seinen Mund. »Ich darf einfach nicht irgendwo allein sein. Kaum ist das so, taucht er auf. Du musst darauf achten, dass du dich nicht so weit von ihm entfernst, dann kannst du mich vielleicht schützen. Manchmal glaube ich, die Bäuerin lässt mich mit Absicht Arbeit machen, bei der ich alleine bin, damit der Alte kommen kann. Die ist doch froh, wenn sie ihre Ruhe hat im Ehebett.«

»Er soll *dich* in Ruhe lassen.« Wendelin zog Gertrudis zu sich heran. »Wir verschwinden von hier. Bald. Ich versprech's dir.«

»Dir tut er ja nichts.« Missmutig stand Gertrudis auf. »Ich gehe jetzt. Schlaf gut.«

»Du auch.«

Ein letzter Kuss und Gertrudis machte sich auf in die Gangkammer, in der sie mit den drei jüngsten Tritschler-Kindern schlief. Dazu musste sie leise die Tür von Wendelins Schlafkammer auf- und zumachen, durch den Hausgang huschen, an der bäuerlichen Schlafkammer vorbei, um die Tür zum Außengang genauso leise zu öffnen und wieder zu schließen. Gertrudis wusste ganz genau, wie weit sie die Türen in welcher Geschwindigkeit öffnen musste, damit sie nicht knarrten. Barfuß lief sie in der Dunkelheit über den Holzboden. Es war erstaunlich, wie behände und lautlos sie in der Schwärze der Nacht ihren Weg fand. Sie trat auf den Außengang und zog sachte die Tür hinter sich zu. Gleich war sie bei ihrer Kammer. Wie kalt es schon Anfang Oktober ist, dachte sie. Ihre Füße fühlten sich wie Eisklötze an, seit sie Wendelins Bett verlassen hatte.

»Pst«, kam es von hinten.

Gertrudis zuckte zusammen. In der Dunkelheit kam Martin auf sie zu. Sie sah nur seine Umrisse, aber wusste doch allzu genau, dass es der Bauer war. Sie konnte es riechen. Er hatte auf dem Außengang gestanden und sie offenbar erwartet.

»Was machst du hier?«, herrschte er sie leise an.

»Ich, ich …«

Gertrudis konnte nur stammeln. Der Bauer griff nach ihrem Arm. Gertrudis war im ersten Moment wie erstarrt. Im zweiten überkam sie Wut. Sie riss sich mit aller Macht los.

»Nein«, zischte sie, »lass mich!«

Sie drehte sich um und rannte zu ihrer Kammer. Als sie drinnen war, drückte sie die Tür zu und unterdrückte ein Keuchen. Starr stand sie da und betete zu Gott. Wenn Martin wollte, konnte er problemlos die Tür öffnen und die Magd herausziehen. Doch Gertrudis hatte Glück. Die Schritte des Bauern entfernten sich.

Seinen Unmut über die Abfuhr ließ Martin am nächsten Tag weidlich an der Magd aus. Beim Morgenessen ging es schon los. Kaum war Gertrudis bei der Milchsuppe an der Reihe, legte Martin seinen Löffel nieder. Alle folgten seinem Beispiel, sodass Gertrudis auch nichts anderes übrigblieb. Du nicht, schienen seine Augen zu sagen, als Martin sie finster ansah. Schließlich nahm er seinen Löffel wieder auf und schöpfte aus der Schüssel. Dann war Wendelin dran, danach die Buben, schließlich Walburga, alle Töchter und die Fallermarie. Als Gertrudis erneut zu löffeln versuchte, wiederholte der Bauer das Spiel. Keinen Bissen bekam Gertrudis ab, aber neben den bösen Blicken des Bauern reichlich spöttische von der Bäuerin. Gertrudis wurde rot vor Scham, aber sie hielt sich aufrecht und versuchte, sich nichts anmerken zu lassen. Wendelin schaute mitleidig zu ihr herüber, aber er konnte nichts machen, und Gertrudis wich seinem Blick aus. Als sie abgeräumt hatte und Wasser vom Brunnen in die Küche trug, erschien die Fallermarie und steckte ihr ein Stück Brot zu.

»Gräm dich nicht«, sagte sie freundlich und verschwand wieder. Gertrudis biss dankbar in die Rinde und machte sich an den Abwasch.

Beim Mittagessen ließ Martin die Magd wie gewohnt löffeln, aber zum Abendessen gab es wieder nichts für sie. Hungrig stand Gertrudis danach in der Küche und spülte Schüsseln und Topf. Diesmal kam niemand mit Essen herein, aber der Anschnitt vom Brot lag noch da. Das Brot war schon alt, das Endstück steinhart und eigentlich nicht essbar, aber in ihrem Hunger griff Gertrudis zu und stopfte es sich in den Mund, um es aufzuweichen.

Walburga kam in die Küche und sah die Hamsterbacken der Magd.

»Stiehlst du jetzt etwa Brot?«, fuhr sie sie an. »Raus damit. In meinem Haus wird nicht gestohlen.«

Gertrudis öffnete ihre Hand und spuckte das harte Stück hinein. Walburga griff tatsächlich danach und warf es auf den Boden. Dann trampelte sie darauf herum und blickte Gertrudis wütend an.

»Wenn ich dich noch mal erwische, du Luder«, sagte sie böse, »dann jag ich dich vom Hof.«

Walburga wandte sich ab. An der Tür drehte sie sich noch einmal um.

»Jetzt kannst du's essen, ich hab nichts dagegen.«

Gertrudis hob das Brot vom Boden auf und warf es in den Schweineeimer. Sie hasste die Bäuerin.

»Soll dich der Teufel holen«, fluchte sie und spuckte Richtung Küchentür, »dich und deine ganze Familie.« Sie wünschte der Alten alles Unglück.

Der Königenhof konnte mit der diesjährigen Ernte zufrieden sein. Genug Hafer und Roggen hatten die Bewohner eingebracht, der Kartoffelkeller war gut gefüllt, auch Lein hatten sie ausreichend anbauen können, der jetzt in der kommenden dunklen Jahreszeit von den Frauen zu Garn und Tuch weiterverarbeitet wurde. Zur Kirchweih, der Kilbi, ging die Hofgemeinschaft fast geschlossen nach Neukirch in den Gottesdienst und feierte anschließend auf dem Platz vor dem Gasthaus Rössle bei Musik und Jahrmarkttreiben.

Am Abend ging es mit einem großen Essen im Hause Tritschler weiter, für das eigentlich Walburga verantwortlich war. Doch heute konnte sie sich nicht darum kümmern, und deswegen standen die Fallermarie, Elisabeth und Bibiane in der Küche, während Walburga in der Stube Jakobea in den Armen hielt. Ihr jüngstes Kind, das sich eigentlich gut entwickelt hatte, kränkelte seit Tagen erneut. Wieder und wieder legte Walburga Jakobea an die Brust, aber die Kleine wollte nicht trinken. Stattdessen weinte sie ohne Unterlass.

Walburga betrachtete das immer noch zierliche, jammernde Kind und war verzweifelt. Wenn Jakobea nicht langsam etwas zu sich nahm, würde sie zu schwach zum Überleben, da machte Walburga sich nichts vor. Über dieser Sorge vernachlässigte sie seit Tagen ihre Pflichten und wurde von Martin getadelt. Aber was sollte sie tun? Es ging doch um ein Menschenleben.

Bibiane kam mit einem Stoß Teller in die Stube und stellte sie auf dem Tisch ab. Dann setzte sie sich neben ihre Mutter auf die warme Ofenbank und betrachtete ihre kleine Schwester.

»Sie sieht so fahl aus«, sagte sie, »jeden Tag mehr.«

Walburga schaute ihre zweitälteste Tochter streng an. Sie sollte so etwas nicht sagen, aber die Sechzehnjährige hatte recht.

»Soll ich sie mal halten?«, bot Bibiane an.

Walburga legte das kleine Bündel in die Arme seiner Schwester und spürte Erleichterung. Bibiane wiegte Jakobea hin und her und summte ein Lied für sie. Ganz weich und zärtlich sah sie dabei aus, wie Walburga es bei der energischen Bibiane noch nie wahrgenommen hatte. Walburga war gerührt von diesem Anblick. Gleichzeitig war sie sich plötzlich sicher, dass das kleine Mädchen nicht zu retten sein würde.

Jakobea starb in der Nacht nach Allerseelen. Als Walburga am Morgen aufwachte, lag der Säugling tot neben ihr im Bett. Die Bäuerin war untröstlich. Auch Martin war traurig. Die kleinen Geschwister weinten hemmungslos.

In der Stube stellte Martin in der vorderen Ecke zwei

Stühle zueinander und legte ein Brett dazwischen. So bahrten sie den Säugling auf, holten das Totenkreuz hervor und versammelten sich geschlossen um das kleine Totenbett. Pfarrer Schilling kam. Walburga sah verhärmt aus, grau, faltig. Sie fühlte sich abwesend, als säße sie woanders und hörte die Stimmen aus weiter Ferne. Ausgerechnet das dreizehnte Kind von ihnen war verstorben. Walburga hatte das Gefühl, als würde ihr eine besondere Prüfung auferlegt. Was hatte Gott mit ihnen vor? Das dreizehnte Kind.

»Und ob ich schon wanderte im finsteren Tal, fürchte ich kein Unglück, denn du bist bei mir, dein Stecken und Stab trösten mich«, sprach der Pfarrer.

»Amen«, antwortete die Hofgemeinschaft.

»Es ist Vorsehung«, fuhr der Pfarrer fort. »Es liegt nicht in unserer Hand, sondern ist allein Gottes Entscheidung, wann es Zeit ist, zu ihm zu gehen.«

Er segnete Jakobea und verabschiedete sich bald darauf. Gertrudis trat vor Walburga, die sich mit dem Zipfel ihrer Schürze die Tränen aus dem Gesicht wischte. Seit der Todesnachricht war Gertrudis von Zweifeln geplagt, ob nicht sie das Kind auf dem Gewissen hatte, nachdem sie Walburga nach dem Zwischenfall in der Küche vor wenigen Tagen so heftig verflucht hatte. Gertrudis hatte den Teufel heraufbeschworen und ihrer Kostgeberin alles Schlechte gewünscht, aber doch nicht den Tod.

»Es tut mir leid, Bäuerin. Aber du und der Bauer, ihr könnt ja froh sein, dass ihr noch so viele weitere Kinder habt, die alle gesund sind«, versuchte sie wohlmeinend ihr Beileid auszudrücken.

Walburga, die an nichts anderes als an die Zahl dreizehn denken konnte, glaubte, sie hätte sich verhört. Und deshalb sollte der Tod von Jakobea weniger schlimm sein? Ach, sie konnte diese dumme, liederliche Magd nicht länger ertragen! Die Bäuerin sprang auf.

»Raus! Raus mit dir, aber sofort. Verlass diesen Hof, ich will dich nie wieder hier sehen.«

Mit der ausgestreckten Hand wies sie zur Stubentür. Gertrudis schaute sie irritiert an und war wie erstarrt.

»Was …?«

»Raus, hab ich gesagt!«, bellte Walburga.

Martin ging dazwischen. »Du wirst jetzt nicht die Magd rauswerfen, Walburga, lass es sein.«

»Du willst nur weiter mit ihr tändeln, aber ich ertrag sie nicht mehr. Sie soll gehen. Raus!«

Walburga zitterte, aber ihre Entscheidung stand fest, auch wenn ihr Mann das letzte Wort hatte. Gertrudis hatte den Bogen überspannt, und jetzt war Schluss.

Gertrudis wirkte verschüchtert und glaubte zunächst nur an einen der üblichen Wutanfälle der Bäuerin. Einige Momente stand sie unbeweglich da und schaute von einem zum anderen. Als sie merkte, dass die Bäuerin es ernst meinte, löste sich ihre Erstarrung, sie zuckte wortlos mit den Schultern und verließ die Stube. Kaum war sie draußen, ließ Walburga den Arm sinken und setzte sich erschöpft auf die Ofenbank.

Im selben Moment erhob sich Wendelin. »Wenn Gertrudis geht, dann muss ich auch gehen.«

»Was zum Teufel …?« Martin sah seinen Knecht fassungslos an.

»Nicht fluchen!«, zischte die Fallermarie dazwischen.

»Gertrudis und ich gehen zusammen. Tut mir leid, Bauer.«

Wendelin breitete entschuldigend die Arme aus. Er spürte, dass er in seinem ganzen Leben noch nie so viel Mut gehabt hatte wie in diesem Augenblick. Jetzt war der Moment gekommen, an dem sie sich entscheiden mussten. Hinter der Stubentür wartete Gertrudis, und auch wenn sie jetzt nicht wüssten, wohin, so war doch klar, dass sie gemeinsam den Weg gehen würden. Er würde sie nicht im Stich lassen. Kaum hatte Wendelin die Stubentür zugezogen, fielen er und Gertrudis sich im Hausgang in die Arme.

»Lass uns unsere Bündel packen, und dann sind wir weg«, sagte Wendelin.

Drinnen hörte man den Bauern zürnen.

»Beide Völcher weg. Du bist ja von allen guten Geistern verlassen!«, schrie Martin seine Frau an. »Wie kannst du es wagen? Welcher Knecht geht jetzt mit mir in den Wald? Wer macht die Arbeit der Magd? Du weißt es nicht? Das ist jetzt dein Problem, du wirst es ausbaden!«

»Das ist mir gleich«, keifte Walburga zurück. »Lieber schufte ich die ganze Nacht durch, als dass ich diese Allmannshure hier noch länger ertrage. Glaubst du, ich habe nicht gesehen, wie du ihr ständig hinterhersteigst? Ist Jakobeas Tod vielleicht die Strafe Gottes dafür, dass du die Finger nicht von der Magd lassen kannst?«

»Du bist ja irre, vollkommen verrückt. Du hast wohl zu viel Zeit zum Nachdenken. Aber die Arbeit wird dir diese Gedanken schon austreiben«, entgegnete Martin wütend.

»Hört auf, alle beide«, ging die Fallermarie dazwischen. »Das ist nicht der Zeitpunkt, um zu streiten. Vor eurem toten Kind. Habt ihr denn keine Ehre?«

Sie hielt kurz inne und sah Walburga und Martin streng an, bevor sie weitersprach: »Bei Gott, reißt euch zusammen. Macht es nicht noch schlimmer. Reicht es nicht, dass euer Kind gestorben ist? Eines ist sicher: Noch mehr Unglück auf dem Hof können wir nicht gebrauchen. Also betet zu Gott, dass er uns gnädig sei.«

Walburga trug schwer am Verlust ihrer Tochter. Darüber hinaus erschien ihr die Vorstellung, noch einmal schwanger zu werden, furchterregend. Sie wollte ihre Ruhe. Sie konnte es nicht mehr ertragen, wenn Martin sich abends im Bett ihr näherte, der Atem nach Schnaps riechend, und sein eheliches Recht einforderte.

Wenige Wochen nach Jakobeas Tod sah Walburga ihre Stunde gekommen, um das fortan zu verhindern. Martin tauchte mit einem jungen Ehepaar im Haus auf und zeigte ihnen das Stüble und die darüber liegende Schlafkammer. Auch die Küche inspizierten sie, während Walburga das Mittagessen vorbereitete. Die Tränen liefen ihr gerade die Wangen herunter.

»Es sind die Zwiebeln«, erklärte sie und deutete mit dem Messer auf den Tisch vor sich.

Das war eine gute Ausrede, doch kamen Walburga seit Jakobeas Tod oft die Tränen, wenn sie allein war. Jetzt war sie dazu noch fassungslos. Denn statt noch vor Weihnachten eine neue Magd und einen neuen Knecht auf den Königenhof zu bringen, kam Martin plötzlich mit Gehausleuten daher. Untermieter, die ihren eigenen Herd in der Küche und ihr eigenes Stüble haben sollten. Sie schaute der Gruppe nach, als diese wieder ihre Küche verließ, legte das Messer nieder, wischte sich mit der Schürze die Tränen ab und folgte ihnen in die Stube.

»Walburga, bring etwas zu trinken und Brot«, befahl Martin, kaum dass sie zur Tür hineinkam.

Walburga tat wortlos, wie ihr geheißen, und ging zurück in die Küche. Die junge Frau lächelte sie freundlich an, als sie mit dem Wasserkrug wieder in die Stube trat. Augenblicklich entwickelte Walburga eine Abneigung gegen das junge Paar. Die Frau hatte lange blonde Locken und sah aus wie ein Engel. An ihrem Rockzipfel hing ein etwa dreijähriger Bub, und in ihrem Arm hielt sie einen Säugling. Walburga spürte einen Stich.

»Das sind Hilar Winterhalter und seine Frau Clara«, stellte Martin vor. »Hilar ist Uhrmacher. Sie ziehen hier ein und kriegen das Stüble und die Stüblekammer. Und Clara bekommt den zweiten Herd in der Küche.«

Walburga sah von dem Mann zu dessen Frau. Sie verspürte keinerlei Interesse daran, sich ihre Küche mit einer fremden Frau zu teilen. Was dachte sich Martin bloß?

»Wir freuen uns sehr«, sagte Clara nun. »Es ist schön, dass wir auf dem Königenhof wohnen können.«

»Auf gute Nachbarschaft«, ergänzte Hilar.

Beide strahlten Walburga an, waren froh, eine Bleibe für sich und ihren Nachwuchs gefunden zu haben. Martin vereinbarte mit ihnen, dass sie gleich am nächsten Samstag einziehen könnten. Walburga saß stumm daneben und schaute zu, wie die beiden Männer am Stubentisch ein entsprechendes Papier aufsetzten.

Nachdem die jungen Leute gegangen waren, erklärte Martin, dass die Fallermarie das Stüble samt Stüblekammer zu räumen hatte.

»Einverstanden«, erwiderte Walburga bestimmt, »wenn das so ist, dann schläft die Mutter ab sofort bei mir. Du kannst in die leere Knechtskammer ziehen. Da ärgere ich mich auch nicht, wenn du dich viel später als ich volltrunken hinlegst und die ganze Nacht schnarchst.«

Erstaunlicherweise hatte Martin keinerlei Einwände. Noch am selben Abend zog er um. Das Ehepaar Tritschler würde nie wieder beieinanderliegen.

Teil II

1843 bis 1844

Herbst 1843

Bibiane wartete an ihrem üblichen Treffpunkt. Sie hoffte, Philo hatte mitbekommen, dass sie sich vom Hof gestohlen hatte. Viel Zeit blieb nicht bis zur Stallarbeit, aber sie hatte Sehnsucht gehabt. Bibiane hockte sich auf den großen Findling und schaute angestrengt ins Tal hinunter in Richtung Königenhäusle. Als sie den jüngsten Beha-Sohn vor die Tür treten sah, lächelte sie, und ihr Herz tat einen Hüpfer. Philo schlug einen Bogen und lief den Berg von hinten hoch. Er war schnell, und Bibiane flog ihm schier in die Arme.

Der Findling war von Bäumen umgeben und von unten schwer einsehbar, zumindest, wenn man nicht so genau hinschaute, wie es Philo oder Bibiane taten, wenn sie sich dort treffen wollten. Sie brauchten keine Worte zu machen. Waren sie gemeinsam auf dem Feld oder im Wald am Arbeiten, reichte ein einfacher Blick, und dann legten beide es darauf an, sich fortzustehlen. Schon seit der Heuernte ging es so. Bibiane schwebte förmlich. Philo, ihr Gefährte seit Kindertagen, war gutaussehend, zärtlich und sagte ihr liebe Sachen, wie sie es gar nicht gewöhnt war. Am liebsten würde sie ihn sofort heiraten. Er hatte dazu aber noch nichts gesagt, und Bibianes Eltern hatten sicher eher einen Bauern für ihre zweitälteste Tochter im Kopf als den Sohn vom Nachbarn.

Bibiane holte die alte Decke unter dem Findling hervor, die sie dort in einem Hohlraum versteckt hielten, und breitete sie aus. Beide setzten sich auf den Waldboden, Philo lehnte sich an einen Baumstamm und öffnete seine Arme. Bibiane kuschelte sich hinein.

Philo schaute auf die Baumstümpfe, die überall aus dem Waldboden ragten. Weiter hinten am Hang oberhalb des Königenhofs war es schon sehr kahl geworden.

»Wenn dein Vater so weitermacht, haben wir bald kein Versteck mehr«, sagte er.

Bibiane grinste Philo an. »Dann sorg doch dafür, dass er hier in der Ecke nicht die Axt schwingt.«

»Schön wär's, wenn er sich von mir etwas sagen ließe.«

»Wem sagst du das.«

Beide mussten lachen.

»Der Herbst wird es bringen, dass wir uns woanders treffen müssen«, meinte Philo, während er Bibiane liebevoll über das Haar strich. »Jetzt fallen schon bald die ersten Blätter, und dann ist hier sowieso alles licht.«

Sie küssten sich. Schon wenig später mahnte Philo zum Aufbruch. Bibiane hatte keine Lust. Sie sollte als Erste zum Hof laufen, mit gehörigem Abstand würde dann Philo zurückkehren.

»Zieh nicht so einen Mund, Bibi«, munterte Philo sie auf. »Heute Abend ist wieder Cego bei euch, dein Vater hat's gesagt, dann sehen wir uns schon wieder.«

Bibianes Gesicht hellte sich auf. »Jetzt geht es schon mit dem Cego los?«

Philo grinste. »Wir können es kaum abwarten.«

Cego war ein Kartenspiel für die langen Winterabende und in der Stube des Königenhofs fester Bestandteil, der den Männern großen Spaß machte. Philo und sein Bruder Blasius kamen regelmäßig dazu, manchmal der Löfflerjohann und der Kajetansbauer. Und natürlich Hilar, ihr Gehausmann. Für die Frauen, die nicht mitspielten, war es auch stets ein lustiger Abend. Sie saßen am Spinnrad oder strickten. Alle schwatzten miteinander und erzählten sich Geschichten. Die Zeit verging auf diese Weise wie im Fluge.

Bibiane hatte die Regeln des Kartenspiels allein durchs Zuschauen längst begriffen, aber die Männer ließen sie nicht mitmachen. Eine Frau, die Karten spiele, wo gäbe es denn so was, meinten sie. Also blieb sie meist am Spinnrad sitzen und vergnügte sich damit, das Treiben am Stubentisch zu betrachten. Sie freute sich auf den heutigen Abend.

Walburga stand in der schwarzen Küche und blickte in dem schwachen Licht, das die Kienspäne spendeten, auf die zweite Kochstelle Richtung Stüble, die seit fünf Jahren von Clara, der Frau ihres Gehausmannes Hilar Winterhalter, genutzt wurde. Die Bäuerin grollte. Es war schwer genug, sich die eigene Küche mit einer eigentlich fremden Person zu teilen, dachte Walburga, aber wenn diese Person auch noch so unordentlich wie Clara war, dann war es fast nicht auszuhalten. Und nicht nur das: Die Untermieterin wagte es darüber hinaus, sich an Walburgas Kochgeschirr zu bedienen und es nicht zurückzulegen. Walburga wollte schier platzen. Denn es war doch eindeutig *ihr* Schürhaken, der da auf dem Stübleherd lag!

Seit das Ehepaar Winterhalter mit ihren mittlerweile vier Kindern im Stüble wohnte, hatte Walburga das Gefühl, nicht mehr Herrin im eigenen Haus zu sein. Ständig gab es Ärger mit Clara, die auf ihrer Kochstelle und drum herum einfach nicht so Ordnung halten wollte, wie Walburga es in ihrer Küche von allen, die hier arbeiteten, verlangte. Martin hingegen war mit der Lösung, einen Gehausmann samt Ehefrau statt eines Knechts und einer Magd auf den Hof geholt zu haben, sehr zufrieden. Und da Walburga die ihrer Meinung nach liederliche Magd samt Knecht damals vom Hof gejagt hatte, musste sie hinnehmen, was ihr Mann sich in Ermangelung neuer Völcher überlegt hatte.

Hilar Winterhalter arbeitete als Uhrmacher im Stüble und Clara unterstützte ihn, indem sie die Uhrenschilder bemalte. Die Abmachung war, dass beide den größten Teil der Miete durch Arbeit erbringen mussten. Und da gab es schon das nächste Problem. Denn während Martin und Hilar sich gut verstanden und stets in der Lage waren, sich über die Arbeitsaufteilung im Wald und auf dem Feld zu einigen, gab es mit Clara nur Streit. In Walburgas Augen wollte die junge Frau nicht richtig zupacken und mitarbeiten. Aufs Feld ging sie gar nicht, mit der Entschuldigung, sie müsse auf ihre Kinder aufpassen oder ein Uhrenschild fertig malen. Ja, wo gab es denn so was, dass sich jemand aus der Hofgemeinschaft, der zwei gesunde Arme und Beine besaß, vor der Feldarbeit drücken konnte? Dass sie dabei auch ein Auge auf die jüngsten Kinder der Tritschlers hatte, ignorierte Walburga.

Um das Maß vollzumachen, war nun auch noch Claras Schwester Catharina mit ihrem unehelichen Balg auf den Königenhof gezogen, weshalb Paul und Anton, die zwei ältesten Buben der Winterhalters, ein Bett in der Schlafkammer der Zwillinge bekommen hatten. Walburga war wegen des Neuzugangs gar nicht gefragt worden. Es ging ihr gehörig gegen den Strich. Aber dafür würden die Winterhalters noch einen Obolus zahlen müssen, dessen war sich Walburga sicher. Schließlich waren sie nun mehr als zwanzig Personen im Haus.

Es war nicht alles schlecht. Hilar selbst war ein anständiger Mann, fand Walburga. Er hatte sich schon bald nach ihrem Einzug ihres mittlerweile elfjährigen Sohnes Mathäus angenommen, der großes Talent mit den Händen zeigte. »Sie sind viel zu schade für Feld und Stall«, pflegte Hilar zu sagen. Er ließ den Buben bei ihm am Stübletisch Platz nehmen und zeigte ihm, wie das mit den Uhren ging. Mathäus lernte schnell und fleißig. Wie geschickt der Bub schon jetzt, in so jungen Jahren, mit dem Zahnrad umging! Walburga lächelte bei dem Gedanken. Er würde einen ausgezeichneten Uhrmacher abgeben, erklärte Hilar; und weil Mathäus es unbedingt wollte, hatte Martin ihm eine Lehrstelle in Urach besorgt, obwohl er noch so jung war. Seit ein paar Wochen war er dort, die Tritschlers hatten ihn seitdem nicht mehr gesehen, und dass er noch nicht wieder zu Hause aufgetaucht war, nahmen sie als gutes Zeichen.

Clara kam in die Küche. Auf dem linken Arm trug sie ihr jüngstes Kind, die zweijährige Balbina. In der rechten Hand hielt sie einen Rettich, den sie auf dem Küchentisch auf ihrer Seite ablegte. Balbina setzte sie daneben. Die Kleine lutschte an einem Stück Brot und brabbelte zufrieden vor sich hin.

Walburga stemmte die Hände in die Hüften. »Du hast schon wieder von meinen Sachen genommen und sie nicht zurückgelegt.« Mit dem Kinn wies sie auf den Stübleherd. »Das ist mein Schürhaken.«

Clara lächelte sie an und schüttelte ihren blonden Lockenkopf. Sie war sehr hübsch, musste Walburga zugeben. Aber das entschuldigte nichts.

»Jetzt reg dich nicht so auf. Es war keine böse Absicht«, erklärte Clara gleichmütig.

»Ich habe es dir schon oft gesagt, in der Küche muss Ordnung herrschen. Du verbreitest Unordnung«, legte Walburga nach. »Und was willst du mit meinem Schürhaken? Wo ist dein eigener?«

»Jetzt sei mal still. Es geht dich nichts an, ob ich Ordnung halte oder nicht. Dieser Bereich der Küche gehört mir. Hier«, Clara zeigte auf die Fuge zwischen den Steinplatten am Boden, »verläuft die Linie. Auf dieser Seite ist mein Reich, und da kann es aussehen, wie ich es will.«

»Es ist meine Küche, die ganze Küche, dir gehört hier gar nichts. Auch nicht mein Schürhaken.«

Clara griff nach dem Streitobjekt und drückte es Walburga entnervt in die Hand. »So nimm ihn doch, bei Gott. Der Haken ist ja nicht abhandengekommen. Und jetzt lass mich in Ruhe, ich will das Abendessen ohne dein

Geschrei zubereiten. Sonst wird die Suppe noch sauer. Und außerdem«, Clara zeigte auf eine Schöpfkelle, die auf Walburgas Küchenseite auf dem Tisch lag, »ist das meine. Huch, wie kommt sie denn dahin?« Clara grinste breit.

Walburga war einen Moment verdattert. Die Schöpfkelle hatte sie gar nicht gesehen. Aber sie selbst hatte sie doch bestimmt nicht benutzt oder dort hingelegt. Sie wurde rot im Gesicht.

»Das war sicher Martha. Oder Bibiane. Bibiane vergisst immer, die Sachen an ihren Ort zurückzulegen.« Mit der freien Hand griff Walburga nach dem Utensil und streckte es ihrer Untermieterin entgegen.

Clara schaute schadenfroh, als sie die Schöpfkelle in Empfang nahm. »Na, siehst du. Es gibt auch noch andere Leute, die so unordentlich sind wie ich.« Dann verfinsterte sich ihr Blick. »Und jetzt lass mich einfach in Ruhe arbeiten, ja?«

Walburga stand unschlüssig herum, ehe sie sich ihrer Kochstelle zuwandte. Sie fragte sich, wie es sein konnte, dass die Kelle auf Claras Tisch gelandet war. Es war eigentlich nicht vorstellbar. Warum hätte eine ihrer Töchter dies tun sollen? Die Mädchen wussten, welchen Wert Walburga auf Ordnung legte, und arbeiteten entsprechend, um sich keinen Ärger einzuhandeln. Es gab nur eine Möglichkeit. Walburga drehte sich wieder um.

»Du. Du hast die Schöpfkelle dorthin gelegt. Du willst mir eins auswischen.«

Clara sah die Königenbäuerin verärgert an. »Jetzt wirst du langsam verrückt. Ich hab wirklich anderes zu tun, als mich um deine wirren Gedanken zu kümmern.« Sie machte eine Pause. Spott lag in ihren Augen. »Gewöhn dich an den Gedanken, dass dein Reich ein geteiltes ist. Nach fünf Jahren solltest du es ja langsam mal verstanden haben, oder?«

Nach dem Abendessen ließ Bibiane an der Ofenbank ihr Spinnrad surren, daneben taten es ihre Schwestern Elisabeth und Marei ihr gleich. Theresia und Martha gesellten sich zu ihnen und beschäftigten sich mit ihrer Stickarbeit. Am langen Tisch saßen Martin, wie immer am Kopfende, daneben der älteste Tritschler-Sohn Lorenz sowie Philo; gegenüber auf den Stühlen Hilar und Philos Bruder Blasius. Philo hatte sich besonders bemüht, einen Platz zu ergattern, von dem aus er genau hinüber zu Bibiane am Kachelofen schauen konnte. Die fünf Schwestern teilten sich einen einzigen Kienspan, der für die Handarbeit eigentlich viel zu wenig Licht gab. Um die Cego-Karten gut zu erkennen, hatte Martin eine Tranfunzel über den Tisch gehängt, die beständig vor sich hinqualmte. Philo mischte die Karten und teilte aus, und weil nur vier mitspielen konnten, setzte in jeder Runde abwechselnd derjenige aus, der die Karten gab. Philo nutzte die Pause erfreut, um Bibiane dabei zuzusehen, wie sie im Zwielicht den Faden laufen ließ. Er bekam gar nicht mit, wie die Partie der anderen verlief. Mit der letzten Karte knallte Martin den Gstieß, den höchsten Trumpf, auf den Tisch und feixte. Die anderen johlten und klopften mit ihren Schnapsgläsern. Martin goss nach.

»Walburga, hol neuen Schnaps. Die Flasche ist leer«, rief der Bauer.

Walburga, die strickend in der Ecke saß und eins mit der Dunkelheit war, erhob sich wortlos und lief hinaus. Wenig später kehrte sie zurück und stellte den Obstbrand lautstark auf den Tisch.

»Sauft nicht so viel«, grummelte sie.

»Was du immer hast«, entgegnete Martin und füllte die restlichen Gläser.

»Ich geh schlafen«, erklärte Walburga und an ihre Töchter gewandt: »Ihr auch.«

»Ja, gleich«, antwortete Bibiane fröhlich, während der Faden durch ihre Hand lief.

Walburga öffnete die Tür zum Stiegenkasten und verschwand ohne ein weiteres Wort in der über der Stube liegenden Schlafkammer. Marei hielt ihr Spinnrad an und wünschte eine gute Nacht, bevor sie ebenfalls ins obere Stockwerk stieg. Sie schlief in derselben Kammer wie Walburga, die Fallermarie und die jüngste Schwester Magdalena, die schon im Bett lag.

Die Männer stießen an und tranken ihre Gläser in einem Zug leer. Donnernd stellten sie sie wie auf Kommando zurück. Blasius war dran mit Geben.

»Was ist das eigentlich mit dem Philo?«, flüsterte Elisabeth Bibiane zu. »Der guckt die ganze Zeit zu uns rüber.«

»Nur zu mir«, erwiderte Bibiane vielsagend und strahlte.

Elisabeth sah sie verwundert an. »Hab ich da etwas nicht mitbekommen?«

»Sieht ganz so aus.«

»Ja, Bibiane, das ist ja was!«

Elisabeth war überrascht und neidisch zugleich. Sie selbst interessierte sich insgeheim für Blasius, aber der hatte sie noch nie so angeschaut, auch jetzt nicht, während er eine Runde aussetzte.

»Hat er dich schon gefragt?«, wollte sie wissen.

»Was? Ob er mich heiratet?« Bibiane tauschte einen besonders langen Blick mit Philo und lächelte ihn verliebt an, bevor er sich in sein Blatt vertiefte. »Noch nicht, aber ich glaube, er wird es bald machen.«

»Oh, Bibiane, wie wunderbar!« Elisabeth rief es so laut aus, dass Theresia und Martha neugierig zu ihren Schwestern schauten.

»Ja, aber so lange sagst du es niemandem, hast du verstanden?«, forderte Bibiane sie flüsternd auf. »Noch ist es nicht so weit.«

»Bestimmt nicht«, Elisabeth legte ihre Hand aufs Herz, »du kannst dich auf mich verlassen.«

»Wer weiß, was die Eltern sagen. Aber ich will keinen anderen.«

Nach der Sonntagskirche griff sich Bibiane einen Korb aus der Speisekammer und zog ihre Strickjacke an. »Ich geh Pilze sammeln«, rief sie in die Stube.

Walburga schaute kurz auf und nickte. Sie hatte nichts dagegen, im Gegenteil. Wenn sie abends ein paar Pilze in die Suppe schneiden konnte, dann war das eine willkommene Ergänzung zum üblichen Speiseplan. Darüber hinaus war Bibiane auch mit zwanzig Jahren noch genauso rastlos und voller Energie wie als kleines Mädchen; wenn sie sich also heute am heiligen Sonntag im Wald austobte, sollte es der Mutter recht sein.

Draußen lief Bibiane auffällig nah am Königenhäusle vorbei und winkte der Behamarie, die im Garten stand, mit ihrem Korb fröhlich zu. Der Herbsttag versprach mild zu bleiben. Schäfchenwolken zogen über den blauen Himmel. Bibiane lief den Hang hinauf direkt auf den Findling zu. Pilze würde sie an dieser Stelle nicht finden, dafür gab es dort mittlerweile viel zu wenige Bäume, in deren Schutz sie wachsen konnten, aber Bibiane kannte weiter unten im Tal einige vielversprechende Stellen. Sie hockte sich auf den Stein, blinzelte in die Sonne und hoffte, dass Philo überhaupt kommen würde, denn am Abend zuvor war von den Kartenspielern mehr als eine Flasche Schnaps geleert worden, und Elisabeth und Bibiane hatten zu vorgerückter Stunde höchstpersönlich dafür gesorgt, dass Philo und Blasius überhaupt die zweiunddreißig Schritte nach Hause machen konnten. Ganz schön mühselig war das gewesen. Bibiane musste lachen, wenn sie jetzt daran dachte. In der Kirche am Morgen hatte man die beiden dann nicht gesehen, genauso wenig wie Hilar.

Es dauerte nicht lange, bis Philo am Waldrand auftauchte. Ein bisschen müde und verknittert wie ein ungebügeltes Leinentuch sah er im Gesicht aus, aber er strahlte Bibiane schon von Weitem an. Sie sprang auf und rannte ihm entgegen. Die beiden griffen nach ihren Händen und liefen im Schutz der Bäume weiter, schlugen einen Bogen hinunter Richtung Gütenbach, in den noch dichten Wald hinein.

Dort wurde Bibiane fündig. Ein paar Tage zuvor hatte es ergiebig geregnet und jetzt schossen die Pilze nur so aus dem Boden. Bibiane kannte sich gut mit den verschiedenen Arten aus, wusste giftige von essbaren zu unterscheiden, und der Korb war bald mit Pfifferlingen, Steinpilzen und Maronenröhrlingen gefüllt. Während sie suchte, bereitete Philo unter einer Weidbuche ein weiches Lager aus Tannenzweigen vor. Dann nahm er sein Messer und ritzte ein Herz in die Rinde des Baumes. Schließlich ein zweites daneben.

»Jetzt kannst du kommen«, rief er Bibiane zu.

Sie lief auf ihn zu und streckte ihm freudig ihren Korb entgegen. Philo nahm sie fest in die Arme und Bibiane hatte das Gefühl, sich ganz fallen lassen zu können. Der Korb landete auf dem Boden, ein paar Pilze purzelten heraus.

»Schau, Bibi, hier ist unser neuer Platz.« Philo zeigte stolz auf seine zwei eingeritzten Herzen.

»Oh, Philo!« Bibiane war entzückt. »Das ist aber lieb von dir.«

Philo setzte sich hin und streckte seine Hand aus. Bibiane ließ sich gerne von ihm herunterziehen. Er fuhr mit dem Mund küssend ihren Hals entlang. Es kitzelte.

»Ich liebe dich, Bibi.«

»Ich dich auch, Philo.«

»Wir gehören zusammen.«

»Ja.«

Ihre Küsse wurden intensiver und bald fanden Philos Hände den Weg unter Bibianes Rock. Ein wohliger Schauer durchfuhr sie. Hoffentlich ist es nie vorbei, dachte sie.

Am dritten Sonntag im Oktober stand der Höhepunkt des Jahres für die Königenhofbewohner bevor, die Kirchweih, die sie »Kilbi« nannten. Das Heu und die Garben waren eingeholt, die Reisigwellen trocken gelagert, nichts Gesätes war mehr auf den Feldern, zum ersten Mal seit Langem gab es keine Verpflichtung. Als die Tritschlers die letzten Kartoffeln aus ihrem steilen Acker hervorgeholt hatten, hatte es schon Frost gegeben, und die Kinder, die barfuß am Hang standen, bekamen Frostbeulen an ihren Füßen. Am Samstag vor der Kilbi harkten sie schließlich gemeinsam das Laub der Kartoffeln zusammen und warfen alles auf einen großen Haufen, um den sich am Abend die Hofgemeinschaft versammelte. Martin hielt seine Fackel hinein, bis Flammen aufschlugen.

»Es brennt!«, riefen die Zwillinge erfreut.

Auch Familie Beha fand sich am Laubfeuer ein, und Philo stellte sich hinter Bibiane. Elisabeth schaute auf die beiden und grinste verschwörerisch. Philo berührte unauffällig Bibianes Rücken, und in ihrem Bauch fühlte es sich an, als flatterten Schmetterlinge.

Walburga klatschte in die Hände. »Lasst uns singen«, rief sie gut gelaunt.

»Hid isch Kilbi, morge isch Kilbi, bis zum Zischdig obe«, sangen alle gemeinsam und wiegten sich im Takt dazu.

»Komm, wir tanzen.« Jetzt griff Philo nach Bibianes Hand.

Während die anderen klatschten, drehten sie sich im Kreis um das Feuer. Bibiane wurde schwindelig. Wie schön es war. Elisabeth ließ sich von Blasius herumführen und strahlte vor Glück, Lorenz forderte Catharina auf. Sogar Martin zog seine Frau an sich. Walburga, die mit Argusaugen auf ihren ältesten Sohn und Catharina geschaut hatte, lachte und vergaß ihre Beobachterrolle. Wann hatten sie und Martin das letzte Mal miteinander getanzt? Es war eine Ewigkeit her. Seit Jahren schon war sie nicht mehr so unbeschwert gewesen wie an diesem Abend.

Am nächsten Morgen war die Kirche bis auf den letzten Platz besetzt. Nach dem Gottesdienst ging es auf dem Platz vor dem Gasthaus Rössle weiter. Dort war ein Karussell aufgebaut, und Bibiane und ihre jüngeren Geschwister baten ihren Vater um etwas Geld, um damit fahren zu dürfen. Martin war bester Dinge, und es zog ihn mit seinen Nachbarn ins Gasthaus zu den anderen Männern. Großzügig gab er ein paar Münzen aus, bevor er ins Rössle verschwand. Walburga blieb draußen und unterhielt sich mit der Frau des Kajetansbauern, die von ihren vier kleinen Töchtern umringt war. Eine Musikkapelle spielte, die Menschen klatschten dazu. Lorenz schlenderte mit Catharina über den Platz. Bibiane reihte sich mit den jüngeren Brüdern, Magdalena und Theresia in die Warteschlange vor dem Karussell ein.

Der junge Hochdobelbauer Josef stand etwas abseits und beobachtete Bibiane, wie sie in der Schlange stand und mit ihren Geschwistern lachte. Schon lange hatte er an den Sonntagen in der Kirche ein Auge auf sie geworfen. Die fröhliche Tritschler-Tochter vom Königenhof, die so zupackend wirkte, hatte es ihm angetan.

Josef war der einzige Sohn auf dem Hochdobel, der baldige Erbe eines soliden Hofguts, und auf der Suche nach einer guten Partie. Gegen eine der Töchter des Königenbauern wäre nichts einzuwenden. Jetzt sah er Bibiane auf einen freien Platz im Karussell zustreben, mit ihren Brüdern rannte sie um die Wette, und Josef nahm sich vor, sie heute endlich anzusprechen. Geduldig wartete er, bis sie mit ihren Geschwistern gut gelaunt von ihrer Fahrt zurückkam. Dann ging er entschlossen auf sie zu.

»Du bist Bibiane, oder?«

Er stellte sich so vor sie, dass Bibiane anhalten musste, während ihre Geschwister weiterliefen. Sie wusste, dass er der Josef vom Hochdobel war. Der junge Mann hatte ein rundes, pockennarbiges Gesicht, das sie an einen Pfannkuchen erinnerte. Jeder kannte ihn, denn alle sprachen über sein Aussehen. Er schaute sie zwar freundlich an, aber die zahllosen Narben wirkten auf Bibiane abstoßend.

»Ja, Josef, gell?«, entgegnete sie.

»Ich würde dich gerne kennenlernen«, erklärte er frei heraus.

Bibiane lachte überrascht auf. »Warum?«

»Du gefällst mir.« Josef war keiner, der lange um den heißen Brei herumredete.

»So?«

Bibiane versuchte, ihm auszuweichen. In den Augenwinkeln hatte sie Philo entdeckt, der zu ihr herüberschaute, und sie hatte viel mehr Lust, mit ihm zusammen zu sein als mit dem Pfannkuchengesicht.

»Möchtest du eine weitere Runde Karussell fahren? Mit mir?«, fragte Josef. »Ich lade dich ein.«

Bibiane wollte nicht und überlegte, wie sie ihm antworten sollte. Josef zog sie leicht an ihrem Arm Richtung Karussell.

»Wo bleibst du, Bibi?«, rief Julius von weiter hinten.

»Ich komme«, antwortete Bibiane laut. Dann wandte sie sich an Josef. »Danke für dein Angebot. Vielleicht später? Ich muss zu meinen kleinen Geschwistern. Du hörst es ja. Sie warten auf mich.«

Josef wirkte enttäuscht. »Gut, der Tag ist ja noch lang.« Er lachte etwas unbeholfen. »Dann bis später?«

»Ja, bis später.«

Bibiane lief davon, und Josef sah ihr hinterher. Zwar lief seine Bekanntschaft mit Bibiane nicht so, wie er es sich vorgestellt hatte, aber er fühlte sich von ihrer Abfuhr nicht abgeschreckt. Im Gegenteil, sie spornte ihn an. Die Tritschler-Tochter mochte jetzt keine Zeit für ihn haben, aber das konnte man ja ändern. Der junge Hochdobelbauer ging ins Wirtshaus und hielt Ausschau nach seinem Vater.

Nach den Vergnügungen in Neukirch ging es auf dem Königenhof mit dem großen Festmahl am Abend weiter. Seit Tagen waren Walburga und ihre Töchter schon mit den Essensvorbereitungen beschäftigt gewesen. Es war zur guten Tradition im Hause Tritschler geworden, zum Kirchweihfest diejenigen einzuladen, die im Jahresverlauf für sie auf dem Feld oder im Wald arbeiteten. Auch die Gehausleute würden sich dazusetzen, und Clara half diesmal sogar in der Küche, wie Walburga zufrieden zur Kenntnis nahm. Ihr ging es zwar gegen den Strich, dass auch Catharina mit ihrem Bankert dazukommen würde, aber sie wollte zu diesem Anlass nicht kleinlich sein. Heute und in den nächsten zwei Tagen würde die Bäuerin nur das beste Essen auffahren, damit man sich im Wagnerstal und darüber hinaus noch lange erzählte, was für ein ordentlicher, wohlhabender und großzügiger Hof der Königenhof war. Sogar den Tisch aus dem Stüble hatten die Männer hineingetragen, damit alle Platz an der langen Tafel fanden, und zur Feier des Tages benutzten die Bewohner Teller, statt aus einer gemeinsamen Schüssel zu essen. Der erste Gang war eine Suppe mit Rindfleischeinlage.

»Hervorragend, Walburga«, lobte Maria Beha und löffelte eifrig.

Es folgten frisches Brot mit Eingemachtem und dünne Scheiben vom guten Schinken. Schließlich tischte Walburga den Schafsbraten mit gestampften Kartoffeln und Endivienblättern auf. Dazu reichte sie Apfelmus.

»Großartig, dieses Apfelmus«, ließ Maria nun wissen, und Walburga ärgerte sich, dass ihre Nachbarin nicht den Braten selbst erwähnte, hatte doch Clara das Apfelmus gemacht, und in den Augen Walburgas war das läppisch im Vergleich zu ihrem Schafsgericht.

»Was gibt es zum Nachtisch?«, fragte Lorenz. Dabei hielt er sich schon den Bauch, so viel hatte er gegessen.

»Und wir brauchen Wein zur Feier des Tages«, stellte Martin fest.

Walburga, Elisabeth und Bibiane gingen in die Küche, um die Kilbiküchlein frisch auszubacken. Sie trieften vor Fett, als sie sie auf den Tisch stellten, wo sie lautstark begrüßt wurden. Dazu brachte Walburga neuen Heidelbeerwein, dem sowohl die Männer als auch die Frauen begeistert zusprachen. Die Stimmung wurde immer ausgelassener. Der dreizehnjährige Fidel durfte zum ersten Mal vom Wein probieren und starrte nach einer Weile mit glasigen Augen in die Runde, bevor er unvermittelt aufsprang und zur Tür rannte. Man hörte, wie er sich draußen übergab, was die Männer dazu veranlasste, schallend loszulachen, während Walburga ihrem Sohn zu Hilfe eilte.

Jetzt im Herbst nahmen Hilars Verpflichtungen auf dem Königenhof ab, und er konnte sich wieder mehr seinem eigentlichen Beruf widmen, der Uhrmacherei. In ihrem Stüble beugten sich er und seine Frau über ihre Handarbeit und fertigten gemeinsam ein neues Stück. Während Hilar das Uhrwerk in das Gestell einbaute, war Clara für die Bemalung des Uhrenschildes zuständig. In dem Stüble wurde es so recht eng, vor allem seit Catharina und ihr kleiner Sohn Salomon zu ihnen gezogen waren. Da Catharina als Ledige mit einem unehelichen Kind nicht wusste, wohin sie gehen sollte, war nicht absehbar, dass sie bald wieder ausziehen würde.

Es wäre gut, sie würden sich endlich eine neue Bleibe suchen, dachte Clara, denn nicht nur fehlte ihnen jetzt Platz zum Wohnen und Arbeiten, sondern sie war auch das Gezänk mit Walburga leid. Recht schnell nach ihrem Einzug hatte Clara beschlossen, den Königenhof nur als Übergang zu betrachten, bis sie etwas Besseres gefunden hätten, doch mittlerweile dauerte dieser Zustand schon fünf Jahre an. Clara lebte nicht gern im engen, dunklen Wagnerstal, jeder andere Ort im Schwarzwald wäre ihr lieber gewesen. Und seit sie und ihr Mann Catharina und Salomon aufgenommen hatten, herrschte zwischen Clara und Walburga überhaupt kein Frieden mehr. Hilar hingegen gefiel es auf dem Königenhof. Er kam gut zurecht mit dem Bauern und sah keine Veranlassung für einen baldigen Wechsel. Kein Wunder bei all dem Cego und Schnaps, grollte Clara.

Sie nahm die Schablone, tauchte den dünnen Pinsel in die schwarze Farbe und fing an, auf der grundierten Fläche konzentriert die Uhrenziffern aufzutragen. Sie hatte ein Händchen für die filigrane, künstlerische Bemalung und sie liebte diese Tätigkeit. Meist malte sie klassische Apfelrosen oben in den Schildbogen und zarte Muster in die vier Ecken unterhalb des Bogens. Sie hatte sich aber auch schon getraut, andere Motive zu kreieren, zum Beispiel ein galoppierendes Pferd mit einem Reiter in Uniform, der die Fanfare blies. Für keine Uhr hatte Hilar mehr Erlös erzielt als für jene, so außergewöhnlich war sie gewesen. Clara konnte also zu Recht stolz auf ihre Kunst sein.

Dieses Schild sollte ein ganz besonderes werden, klassisch und gleichzeitig außergewöhnlich, so lautete Hilars Auftrag an seine Frau. Keine typische Schwarzwälder Lackschilduhr, sondern eine Kuckucksuhr war geplant.

Hilar hatte dafür schon eine Öffnung in das Schild hineingeschnitten und ein Türchen mit einer Feder aufgesetzt. Jetzt baute er im Gestell den Blasebalg ein, der für den Kuckucksruf sorgte. Den später damit über einen Draht verbundenen winzigen Kuckuck hatte Hilar selbst mit einem kleinen Messer geschnitzt, und Clara hatte ihn mit Sorgfalt bemalt.

»Ich möchte die Uhr für den Philipp Beha bauen«, hatte ihr Mann erklärt. Der Nachbar war ihr treuer Lieferant von Uhrengestellen. Da er handwerklich hervorragend arbeitete, war es Hilar ein Anliegen, seine Dankbarkeit auszudrücken. Gute Qualität von einem Zuarbeiter zu bekommen, das wusste das Ehepaar Winterhalter, war seit einiger Zeit gar nicht mehr so einfach. Es gab mittlerweile viele Handwerker, die versuchten, im Uhrengeschäft mitzumischen, und damit hatte die Güte der Uhren abgenommen und so auch ihr Preis. Für Hilar kam nur der Bau hochwertiger Uhren infrage, er wollte keinen Schund herstellen, aber es wurde immer schwieriger, einen guten Preis dafür zu erzielen, zu groß war die Konkurrenz an Billiguhren geworden.

Nachdem die Uhrenziffern getrocknet waren, machte sich Clara an den Schildbogen. Sie malte zwei Vögel rechts und links des Türchens. Während der eine Vogel saß und den Schnabel geöffnet hatte, als würde er singen, spannte der andere gerade seine Flügel. Beide schauten Richtung Türchen, das Clara mit Eichenblättern verzierte. Am Schilderrand entlang rankten sich schließlich Rosenmotive. Als Clara fertig war, beugte sich Hilar über ihre Schulter und begutachtete ihr Werk.

»Wunderschön«, er küsste seine Frau auf die Wange, »Philipp und Maria werden sich freuen.«

Zwei Tage später brachten sie die Uhr gemeinsam zu ihren Nachbarn. Maria Beha schlug begeistert die Hände zusammen, als sie das Geschenk sah.

»Das können wir doch nicht annehmen«, sagte sie, »so eine schöne Uhr. Ihr werdet sie sehr gut verkaufen können.«

Doch Hilar bestand darauf. »Nehmt sie. Ohne die Beha'schen Uhrengestelle würde ich nicht so gut arbeiten können. Es ist an der Zeit, dass ich euch etwas zurückgebe.«

Philipp Beha nahm die Uhr gerührt in Empfang. Er schaut sich in der kleinen Stube um und zeigte auf den Herrgottswinkel. »Daneben hängen wir sie auf«, sagte er, »das ist ein Ehrenplatz.«

»Weißt du was, Clara«, meinte Hilar später, als sie kurz darauf die wenigen Schritte zurück nach Hause liefen, »wir sollten viel mehr Uhren bauen, die nicht so aussehen wie die anderen aus dem Schwarzwald. Nicht so altbacken. Wenn das Motiv etwas anderes zeigt als die immer gleichen Apfelrosen, zeigen sich die Leute stets begeistert.«

»Sie wollen etwas Neues sehen«, pflichtete ihm Clara bei.

»Genau. Wir sollten deine Kunst einsetzen, um außergewöhnlichere Schilderuhren zu verkaufen als die anderen Uhrenmacher.«

»Das mache ich gern«, antwortete Clara stolz.

»Dann können wir sicher auch einen guten Preis dafür

verlangen. Gerade jetzt, wo jeder Möchtegern meint, schlechte Uhren auf den Markt bringen zu können.«

»Das glaube ich auch. Aber versprich mir eines, Hilar«, Clara blieb stehen und sah ihrem Mann ernst in die Augen, »wenn wir wirklich mehr Uhren verkaufen wollen als in den letzten Jahren, dann müssen wir hier endlich weggehen.«

»Wieso?«, fragte Hilar überrascht. »Wir haben es doch gut auf dem Königenhof. Wir zahlen sehr wenig und bekommen reichlich von den Vorräten.«

»Wer sagt, dass wir reichlich Vorräte bekommen?« Clara schüttelte verächtlich den Kopf. »Und wo sollen wir eigentlich die ganzen Uhren fertigen? Hier ist nicht genügend Platz, wir haben bald ein Kind mehr, Catharina und Salomon sind ja auch noch da.«

»Es geht schon«, fand Hilar. »Wir müssen nicht anspruchsvoll sein.«

»Nein«, entgegnete Clara bestimmt, »wir können ruhig etwas anspruchsvoller werden. Vor allem will ich mir nicht noch länger mit einer Hexe die Küche teilen. Du weißt genau, wie schwer es mit Walburga ist.«

»Du könntest versuchen, besser mit ihr zurechtzukommen. Sie ist keine so schlechte Frau, wie du sie immer beschreibst.«

»Zu dir ist sie ja auch freundlich, während sie mich wie Dreck behandelt. Bitte«, Claras Ton wurde dringlicher, »versprichst du mir, dass wir von hier weggehen?«

Hilar atmete tief aus. »Also gut, ich verspreche es dir. Aber wir sollten es nicht überstürzen.«

Clara war enttäuscht, kannte ihren Mann aber gut genug, um zu wissen, dass weiteres Beharren zu diesem Zeitpunkt zwecklos war. Sie nahm sich vor, selbst dafür zu sorgen, dass sie hier nicht mehr lange wohnen mussten.

Schon kurz darauf bekam Clara die erste Gelegenheit dazu. Die Tritschlers schlachteten ein Schwein. Lorenz und Thomas holten es gemeinsam aus dem Stall, und es quiekte verängstigt, als wüsste es, was ihm bevorstand.

»Ganz ruhig, du liebes Eberle.«

Bibiane kraulte das Tier am Hals und beruhigte es, bis Martin mit dem großen Messer kam und gezielt zustach. Bibiane schloss die Augen. Sie mochte den Moment nicht, in dem das Schwein verstummte und umkippte. Die Männer wuchteten das tote Tier schnell auf eine liegende Leiter und banden es an den Hinterbeinen fest. Schließlich stellten sie die Leiter so auf, dass das Schwein kopfüber hing, und Walburga hielt ein Gefäß darunter, um das Blut aufzufangen, bevor das Schwein in der Brühwanne landete. Am Abend kochte Walburga Blutsuppe, die allen gut schmeckte.

Zwei Tage lang waren die Tritschlers mit der Verarbeitung beschäftigt, schnitten den Speck und die Schinken ab, weideten aus, wuschen den Darm und machten Wurst. Schließlich öffnete Fidel im ersten Stock die kleine Tür, die zum Gewölm über der Kochstelle führte, wo sich der Rauch fing. Geschickt rutschte der Junge rittlings über die Stangen und ließ sich Schinken, Speck und Würste anreichen, die er vorsichtig in den Rauch hängte. Als er zurückkam, waren seine Hände und seine Hose pechschwarz von Ruß.

Unter dem Gewölm positionierte Walburga mehrere Näpfe auf dem steinernen Küchenboden, um das herabtriefende frische Fett aufzufangen. Im Zwielicht der fensterlosen Küche waren sie kaum zu erkennen, doch Clara hatte gute Augen. Bei der Zubereitung des Abendessens trat sie wie zufällig gegen einen tönernen Schmalzhafen, der polternd umfiel und zerbrach. Eine Fettlache breitete sich auf dem Steinfußboden aus. Walburga drehte sich um und sah den Schaden.

»Clara, bist du närrisch? Hast du keine Augen im Kopf? Du kannst doch nicht einfach in den Fettnapf treten!« Die Königenbäuerin war außer sich.

»Oh, es tut mir leid«, bedauerte Clara, »ich habe ihn nicht gesehen.«

»Das ganze gute Fett, schau dir an, was du angestellt hast! Und was machst du überhaupt hier auf meiner Seite der Küche? Das ist mein Bereich. Du hast hier nichts verloren.«

»Es war keine Absicht«, behauptete die Gehausfrau unschuldig und grinste insgeheim. »Und der Napf stand genau auf der Grenze. Hier, siehst du?« Sie zeigte auf den Boden entlang der angenommenen Linie. Dann schaute sie hoch. »Kann ich es wiedergutmachen?«

Walburga blitzte Clara empört an. »Du weißt ganz genau, dass man hier nichts mehr gutmachen kann. Ein ganzer Schmalzhafen ist dahin. Weil du nicht aufpasst. Nichts als Ärger gibt es mit dir. Du bist schlimmer als eine Magd in der Küche zu ertragen.«

Wütend ging sie in die Knie und hob eine Scherbe auf. Noch in der Hocke hielt sie diese Clara anklagend entgegen. »Hol wenigstens ein Tuch und mach den Boden sauber.«

Walburga erhob sich und verließ mit der Scherbe in der Hand wütend die Küche, während sich Clara dranmachte, das Fett aufzuwischen. Sie hörte, wie Walburga sich nebenan bei Martin lautstark über sie beklagte.

In der Stube konnte sich Walburga nicht so schnell beruhigen. Aufgebracht warf sie die Scherbe vor ihrem Mann auf den Tisch.

»Mach was, Martin, so geht es nicht weiter«, verlangte sie. »Ich will mir mit diesem Weib nicht länger eine Küche teilen. Sie ist böse. Sie ist unordentlich. Sie zerstört unsere Fettvorräte. Sie lügt. Ach, sie ist unerträglich!«

»Beruhige dich, Frau«, antwortete Martin, während er seine Pfeife stopfte. »Wir können sie nicht einfach hinauswerfen. Es sind unsere Gehausleute, keine Völcher. Abgesehen davon will ich es auch nicht. Hilar ist ein guter, zuverlässiger Arbeiter, und ich brauche ihn im Wald. Es wird ja wohl möglich sein, dass ihr Weiber miteinander auskommt, ohne dass es ständig zu Streit zwischen euch kommt, Herrgott noch mal.«

»Hilar soll seiner Frau erklären, dass es Regeln gibt. Hörst du? Sag es ihm. Es ist nicht auszuhalten. Ich bitte dich, Martin, erlöse mich von diesem Weib«, barmte Walburga.

»Jetzt sei still!«, wies der Bauer sie harsch zurecht. »Reiß dich zusammen. Du hast damals die Völcher unnötigerweise aus dem Haus gejagt. Nun sieh zu, wie du mit Clara zurechtkommst.«

»Wenigstens mit Hilar reden könntest du«, erwiderte Walburga erregt. »Er soll seine Frau zurechtweisen. Das ist ja wohl nicht zu viel verlangt.«

Martin seufzte genervt. »Also gut. Ich werde es versuchen.«

In der Küche wischte Clara den Rest des Fettes vom Boden auf und lachte in sich hinein. Sie kam ihrem Ziel, das Wagnerstal verlassen zu können, langsam ein Stückchen näher.

Hilar zeigte keine Bemühungen, vom Königenhof wegzuziehen. Wie gewohnt begleitete er Martin und die anderen Männer regelmäßig in den Wald. Das Holzgeschäft lohnte sich nach wie vor für den Königenbauern, denn das Waldgesetz hatte dafür gesorgt, dass die Preise stiegen, und das sollte sein Schaden nicht sein.

Am Umschlagplatz trafen Martin und Hilar den Zwischenhändler, der die frisch geschlagenen Baumstämme in Augenschein nahm.

»Gut, Bauer«, sagte dieser nach einer Weile. »Aber die Stämme könnten noch länger sein. Die Holländer wollen möglichst lange Stücke verbauen. Du hast doch sicher noch hohe Weißtannen in deinem Wald?«

»Sicher«, erwiderte Martin, »es sind noch genug da.«

»Ich zahle anständig, das weißt du«, fuhr der Händler fort. »Viele Bauern können ja gar keine hohen Tannen mehr liefern. Oder sie wollen nicht. Fünfzehn, zwanzig Stück mindestens wären gut.«

»Das ist kein Problem«, erklärte Martin. »Schon nächste Woche hast du die erste Lieferung.«

Der Händler nickte zufrieden und streckte Martin die Hand entgegen. Der Königenbauer schlug ein und machte sich mit Hilar auf den Rückweg.

»Woher nimmst du jetzt die Bäume, Martin?«, fragte Hilar nach einer Weile. Ihm war aufgefallen, dass die alten Tannen kaum mehr in ausreichender Zahl im Wald standen, und er wunderte sich über die eilfertige Zusage des Königenbauern, dem diese Tatsache doch sicher auch nicht entgangen war.

»Oben am Steinberg stehen noch genügend alte Weißtannen, dort gehen wir als Nächstes hin«, erwiderte Martin.

»Willst du sie nicht stehen lassen?«, fragte Hilar. »Sie bieten doch Schutz. Und so viele sind es nicht mehr.«

»Jetzt fängst du auch damit an. Was habt ihr nur alle? Es bleiben schon noch genügend stehen«, antwortete Martin gereizt. »Lass es meine Sorge sein, ich weiß, was ich tue. Ich zahle euch für eure Arbeit, der Rest ist meine Sache.«

»Natürlich, Bauer«, lenkte Hilar ein, »es war nur so ein Gedanke.«

»Es reicht, wenn ich mir Gedanken mache.«

»Ja, sicher.«

Schweigend setzten sie ihren Weg fort.

»Kann losgehen«, rief Martin ganz oben am Kopf der Riese. »Bahn frei?«

»Bahn frei«, rief Thomas weiter unten.

Schließlich ertönte noch weiter unten im Tal das Kuhhorn des Rieshirten. Diese Aufgabe hatte der dreizehnjährige Fidel übernommen. Oben am Startpunkt keuchten Martin, Hilar, Lorenz, Philo, Blasius und der Löfflerjohann und zogen mit aller Kraft an der gefällten Weißtanne. Ihre Länge betrug sicher hundert Fuß. Der Schweiß lief den Holzfällern in Strömen den Rücken hinab, als sie den enormen Baumstamm endlich in Fahrt brachten. Erst bewegte sich die Weißtanne nur wenig, dann schoss sie polternd Richtung Tal hinab.

»Achtung!«

Fidel rettete sich mit einem Sprung zur Seite, denn die Tanne sprang fast aus der Riese. Erst im letzten Moment fiel der Stamm wieder in die vorgesehene Bahn zurück. Die Männer oben schleiften unter Anstrengung schon den nächsten Stamm zum Ausgangspunkt.

»Bahn frei?«, rief Martin vom Berg herab.

Fidel antwortete nicht. Sein Blick blieb an einem Mann hängen, der unten im Tal den Weg auf einem Pferd entlangritt.

»Bahn frei?« Sein Vater klang jetzt verärgert.

Fidel schaute weder rechts noch links, sondern beeilte sich, ins Horn zu blasen. Der Mann lenkte sein Pferd zur Seite und ließ es anhalten. Nachdem der Baum Ross und Reiter passiert hatte, setzten sie sich wieder in Bewegung. Fidel rannte den Berg hoch.

»Da kommt ein Reiter«, vermeldete er außer Atem, als er oben angekommen war.

Martin ließ die Axt sinken und schaute hinab Richtung Tal. Ein Mann auf einem Pferd, das war nicht das, was man hier üblicherweise zu sehen bekam. Ein Schwarzwaldbauer würde sich niemals auf sein Pferd setzen, das war schließlich nicht zum Reiten da. Der Mann saß auch nicht auf einem kräftigen Schwarzwälder Arbeitspferd, sondern auf einem schönen, schlanken Schimmel. Er näherte sich ihnen langsam, und Martin erkannte seine Uniform.

»Gendarmerie«, grollte er.

Hilar trat neben ihn. »Was will der hier?«

»Ich kann's mir schon denken.« Martin spuckte auf den Boden und schaute feindselig auf den Herannahenden. Gemeinsam warteten sie auf die Ankunft des Reiters.

Der Gendarm brachte sein Pferd direkt vor den Waldarbeitern zum Stehen und hob grüßend die Hand an die Stirn.

»Martin Tritschler, der Königenbauer?«, fragte er.

»Bin ich.«

Der Gendarm kam gleich zur Sache. »Sie fällen hier Bäume.«

»Darauf kannst du einen lassen. Das ist mein Wald.«

Der Gendarm ignorierte die Beleidigung. »Wenn ich mich so umschaue, sehe ich nicht mehr viel zum Abholzen. Sie wissen sicher, dass auch auf Ihrem Besitz das Waldgesetz von 1834 Anwendung findet.« Es war keine Frage, sondern eine Feststellung.

Martin geriet augenblicklich in Rage. »Was interessiert mich in meinem Wald euer Gesetz? Jahrhundertelang haben wir unter der Knute der Fürsten geknechtet und gebuckelt, damit die feinen Herren da oben sich bereichern konnten. Das ist jetzt vorbei«, schimpfte der Bauer. »Du hast es richtig gesagt. Das ist mein Land. Mein Besitz. Da lass ich mir doch nicht vorschreiben, wie viele Bäume ich fällen darf.«

»Wenn keine Bäume mehr da sind, können Sie nichts mehr fällen«, erklärte der Gendarm ruhig.

»Das ist dann mein Problem, aber nicht das der Polizei.«

»Auch auf Ihrem Land entscheidet der Förster, wo und was zu fällen ist. Das ist keine Privatsache mehr. Das ist Gesetz und damit im Interesse der Öffentlichkeit. Wer sich darüber hinwegsetzt, macht sich strafbar. Und Sie«, der Gendarm wurde jetzt streng, »setzen sich darüber hinweg. Ein Wunder, dass Sie schon so lange damit durchkommen. Aber jetzt ist Schluss. Sie stellen das Fällen auf der Stelle ein und warten, bis der Förster Ihnen eine Genehmigung erteilt. Das ist ein Befehl.«

»Einen Teufel werd ich tun!«, begehrte Martin wütend auf.

»Sie haben außerdem eine Ordnungsstrafe über dreihundert Gulden zu bezahlen.« Der Gendarm griff in seine innere Jackentasche und holte ein Papier heraus, das er Martin reichte. Der Königenbauer reagierte nicht.

»Nehmen Sie es«, forderte der Gendarm ihn auf.

Schließlich griff Martin danach und ließ es umgehend auf den Boden fallen. Im vorauseilenden Gehorsam hob Fidel das Papier auf, ließ es aber sofort wieder los, als ihn der Blick seines erbosten Vaters traf.

»Die Zahlung ist sofort fällig«, erklärte der Gendarm ungerührt. »Sie haben bis nächsten Sonntag Zeit, das

Geld zum Vogt zu bringen. Bei so vielen Bäumen, die hier abgeholzt wurden, dürften Sie ja ordentlich was auf der hohen Kante haben. Sollten Sie nicht zahlen, werden Sie das Gefängnis von innen kennenlernen.« Wieder legte er die Hand zum Gruß an die Stirn. »Habe die Ehre.« Er zog am Zügel, um sein Pferd zum Umdrehen zu bewegen.

Martin schaute finster. Jetzt hob er den rechten Arm und holte aus. Seine Axt sauste durch die Luft und bohrte sich mit der Klinge direkt vor den Hufen des Pferdes in den Boden. Es scheute zur Seite und stieg. Nur mit Mühe hielt sich der Gendarm oben.

»Sind Sie wahnsinnig?«, rief er.

»Runter von meinem Land!«, brüllte Martin. »Ich mach, was ich will.«

»Das werden wir ja sehen.« Der Gendarm gab seinem Pferd die Sporen und verschwand.

Martin sah seine Helfer an. »Hören wir hier auf für heute. Wir machen morgen am Hang oberhalb vom Königenhof weiter. Der Staat kann mich mal.«

Drei Tage später verließ Martin den Königenhof, ohne zu sagen, wohin er ging. Mit mächtiger Wut im Bauch lief er zum Vogt, die dreihundert Gulden in der Hosentasche. Gerade hatte das Vogtamt ein Neukircher Bauer inne. Er war selbst in seinem Wald, und Martin blieb nichts anderes übrig, als auf ihn zu warten. Das machte ihn noch wütender. Als der Vogt schließlich auftauchte, brachte Martin kein Wort des Grußes über seine Lippen.

»Du willst zahlen, nehme ich an«, meinte der Vogt und wies mit seiner Hand Richtung Hauseingang. »Ich bin schon informiert. Komm rein.«

In der Stube holte er eine große Schatulle von dem Brett über dem Fenster, steckte einen Schlüssel hinein und hielt die Hand auf, in die Martin verächtlich den Geldbeutel legte. Ruhig zählte der Vogt die Münzen, bis er schließlich aufschaute.

»Stimmt genau. Warte, ich quittiere dir noch die Zahlung.« Er legte das Geld in die Schatulle und stellte sie zurück auf die hohe Kante. »Ansonsten halte dich in Zukunft fern aus deinem Wald. Ist besser so.«

»Das sagt der Richtige«, grollte Martin erbost. »Jetzt habt ihr euer Geld, und jetzt lasst mich in Frieden.«

Ohne sich zu verabschieden, verließ der Königenbauer die Stube. Offiziell beließ er es bei dem Eindruck, dass er sich der Staatsmacht nicht zu beugen gedachte. Wie zum Trotz legte er jetzt erst recht die Axt an seine Bäume, und er und seine Mitstreiter fällten mehr als je in den Jahren zuvor. Philo blutete das Herz, als es an die Baumgruppe rund um den Findling, an dem er sich mit Bibiane regelmäßig getroffen hatte, ging. Das Wetter kam den Holzfällern entgegen: Schnee blieb im November und Dezember 1843 aus. Zum Jahresende, als er endlich und reichlich fiel, war der Hang oberhalb des Königenhofs komplett kahl.

Neben den zahllosen Stümpfen wirkte der Findling riesig. Offen lag er jetzt da, bis eine hohe Schneeschicht ihn bedeckte, und kam als Treffpunkt für Bibiane und Philo nicht mehr infrage. Draußen war es sowieso zu kalt geworden, und die beiden Liebenden mussten erfinderisch werden. Der Königenhof mit seinen über zwanzig Bewohnern war gefährlich, sodass sie sich meistens auf den kleinen Heustock im Königenhäusle zurückzogen, aber das war gar nicht so einfach. Wenn es gelang, konnten sie ihre Leidenschaft kaum zügeln. Danach, beim Abklopfen der Heuhalme von ihrem Rock, hoffte Bibiane, dass Philo endlich um ihre Hand anhalten würde. Sie verstand nicht, warum er zögerte. Denn sie hatte allen Grund zur Eile: Bibiane war schwanger. Aber das hatte sie noch niemandem gesagt.

Februar 1844

Von oben hörte man regelmäßiges Klopfen. Die Männer auf der Tenne waren mit Dreschen beschäftigt. Im Takt schwangen sie die Flegel, und zwischendurch hörte man sie sprechen und lachen.

Walburga bereitete derweil in der Küche das Mittagessen vor. Sie nahm einen Korb und eine Laterne, um Kartoffeln zu holen, die im Bergschopf lagerten. Eine Tür von der Küche führte ebenerdig direkt hinein. Im dunklen Bergschopf griff Walburga in die Vorratskiste und holte einen Erdapfel nach dem anderen heraus. Als der Korb voll war, zog sie die Kiste vor und inspizierte sie genauer. Sie hatte das Gefühl, dass sie hätte voller sein müssen. Die Bäuerin herrschte sehr genau über ihre Vorräte, die schließlich über den Winter hinaus reichen mussten, und war stets im Bilde, wie viel zur Verfügung stand. Sie machte sich Markierungen auf den Kisten. Hier also fehlten Kartoffeln. Oder wurde sie jetzt endgültig verrückt? Walburga schüttelte den Kopf. Sie ging näher mit dem Licht an die Kiste heran. Nein, ganz sicher nicht, und sie wusste auch schon, woran das liegen könnte. Sie merkte, wie ihr der Kamm schwoll. Wütend stellte Walburga den Kartoffelkorb auf dem Küchentisch ab und lief zum Stüble. Ohne an die Tür zu klopfen, trat sie ein.

Clara und ihre Schwester Catharina saßen am Tisch, beschäftigt mit dem Bemalen von Uhrenschildern, die Kinder spielten auf dem Fußboden, als Walburga wie eine Furie in den Raum stürmte. Vor Schreck stieß die kleine Balbina mit dem Kopf gegen die Sitzbank und fing an zu schreien. Clara zuckte zusammen, und der Pinsel mit schwarzer Farbe lief unkontrolliert über die prachtvoll gemalte Apfelrose im Schildbogen.

»Bist du von allen guten Geistern verlassen? Jetzt ist das Schild verdorben. Ich war fast fertig. Ersetzt du mir den Schaden?«, schimpfte Clara, während sie ihre heulende Tochter auf ihren Schoß hob.

»Ich ersetze gar nichts, sondern du hörst auf, mir Kartoffeln zu stehlen.«

»Jetzt geht das schon wieder los.« Clara stöhnte hörbar. »Ich klau nichts von dir, so merk es dir doch endlich.«

»Ihr seid jetzt eine erwachsene Person und ein Kind mehr im Haus, also brauchst du ja wohl auch mehr Kartoffeln. Aber so war das nicht ausgemacht.«

»Seit wann bestimmst denn du, was ausgemacht ist?«, fragte Clara. »Das ist immer noch die Sache unserer Männer. Und mein Mann hat mir mitgeteilt, dass die Menge an Kartoffeln mit deinem Mann neu besprochen wurde.«

Clara zuckte mit den Schultern und setzte ihr spöttisches Lächeln auf, mit dem sie Walburga regelmäßig zur Weißglut trieb.

»Ich kann nichts dafür, dass Martin dir nichts sagt. Aber am besten fragst du ihn, bevor du mir Diebstahl unterstellst. Ich nehme genauso viele Kartoffeln, wie abgemacht ist. Wir haben es sogar schriftlich. Hier«, sie stand auf und griff auf dem Brett über ihr nach einem Papier und zeigte es Walburga, »steht alles ganz genau drin.«

Walburga konnte nicht lesen, und ihre Augen wichen dem Blatt gewohnheitsmäßig aus. Sie war irritiert. Sagte die Gehausfrau die Wahrheit? Warum wusste sie dann nichts davon? Sie würde Martin fragen, musste jetzt aber halbwegs unbeschadet aus der Sache herauskommen.

»Nun denn, dann lass ich es für diesmal gut sein«, erklärte sie säuerlich. »Es tut mir leid wegen des Schildes.«

Die Entschuldigung kam ihr nur schwer über die Lippen. Die Bäuerin wurde das Gefühl nicht los, dass Clara sie belog und betrog, wann und wo immer es ging.

»Wir essen ja auch gar nicht so viel«, fiel Catharina ins Gespräch ein. »Mein Bub ist noch viel zu klein, der kriegt ja noch die Brust.«

Walburga, die ihre Augen zunächst nicht von Clara gelassen hatte, schaute nun zur Schwester herüber. Auf Catharina war sie genauso schlecht zu sprechen wie auf Clara. Und die Königenbäuerin hatte sich noch nicht wieder ganz beruhigt.

»Du, Catharina, lässt mal schön die Finger von meinem ältesten Sohn. Glaubst du, dass ich nicht sehe, wie du ihm schöne Augen machst? Lorenz hat aber etwas Besseres verdient als eine dahergekommene Ledige mit einem Bankert.«

Catharina setzte zur Verteidigung an, aber Clara ging dazwischen.

»Das hättest du wohl gerne, dass sie das lässt. Scheint ja aber gar nicht so einfach zu sein, eine gescheite Bauersfrau mit Hof für den Ältesten zu finden«, keifte sie. »Ich an deiner Stelle, Walburga, wäre vorsichtig mit dem Gift, das du verspritzt. Wer selbst den Schaden hat …«

»Was redest du denn da?«, fragte Walburga verärgert.

»Schau doch mal deine Tochter Bibiane genauer an«, empfahl Clara triumphierend. »Also, ich sehe sie oft mit dem Philo von nebenan. Findest du nicht auch, dass sie neuerdings ein kleines Bäuchlein hat?«

»Spar dir deine Lügen«, fuhr Walburga sie an. »Du bist so böse.«

»Und du bist eine Hexe. Für das verdorbene Uhrenschild will ich eine Extraration Kartoffeln.«

Walburga erkannte, dass es besser war, sich nicht länger mit Clara auseinanderzusetzen, und verließ das Stüble noch wütender, als sie gekommen war. Sie lief in die Stube, setzte sich an den Kachelofen und schnaufte tief durch. Sie musste sich beruhigen. Diese Gehausfrau trieb sie wirklich noch in den Wahnsinn.

Über ihr klopften die Dreschflegel unaufhörlich im Takt auf den Holzboden der Tenne. Nachdenklich schaute Walburga aus dem Fenster. Draußen türmte sich der Schnee. Erst gab es gar keinen und jetzt so viel, dachte sie, während sie sich in Erinnerung zu rufen versuchte, ob Bibiane und Philo wirklich ständig zusammen waren. Gut, zur letzten Kilbi hatten sie abends am Feuer gemeinsam getanzt, aber das war in den Jahren davor auch schon vorgekommen. Die beiden waren ja seit dem ersten Tag im Wagnerstal ein Herz und eine Seele. Walburga war bis jetzt nichts Besonderes aufgefallen, aber Bibiane in ihrem Ungestüm war schwer zu kontrollieren und außerdem kein Kleinkind mehr. Und bei zwölf Kindern konnte man nicht nach allen gleichzeitig schauen. Da war es schon möglich, dass Bibiane ein Schlupfloch gefunden hatte.

Walburga wischte den Gedanken beiseite. Clara war einfach nur bösartig und rachsüchtig. Sie stand auf, ging zurück in die Küche und machte sich daran, die aus der Kiste hervorgeholten Kartoffeln zu schälen.

Elisabeth kam mit dem Arm voller Holzscheite herein, die sie polternd neben dem Herd ablegte, und griff selbstverständlich nach einem Messer, um bei der Essenszubereitung zu helfen.

»Elisabeth, was weißt du von Bibiane und Philo?«, fragte Walburga unvermittelt.

»Ich?« Elisabeth schaute erschrocken auf. »Ich weiß gar nichts, was soll ich wissen?«

»Hast du mitbekommen, dass die beiden miteinander tändeln?«, bohrte die Bäuerin nach.

»Ich habe keine Ahnung, was du meinst«, erwiderte Elisabeth und wich dem strengen Blick ihrer Mutter aus.

Eine schlechte Lügnerin ist sie, dachte Walburga. Sie begann sich nun ernsthaft Sorgen zu machen.

Als Bibiane kurz darauf in der Küche erschien, schaute die Bäuerin genau hin. Beim Blick von der Seite wirkte es tatsächlich so, als hätte ihre Tochter an Umfang zugenommen. Die Wölbung sah verdächtig aus. Konnte das wahr sein? Vielleicht hatte sie auch einfach nur die Schürze ungünstig gebunden. Walburga bemerkte, dass Clara, die mittlerweile auch in die Küche gekommen war, sie von ihrem Stübleherd aus beobachtete und hämisch grinste. Jetzt scherzte sie mit Bibiane.

Dieses Giftweib, grollte Walburga. Man konnte deutlich sehen, dass auf jeden Fall Clara wieder schwanger war.

Die Bäuerin griff zum Kochlöffel und rührte im Topf. Philo war ein anständiger Kerl, aber für Bibiane hatten Walburga und Martin andere Pläne. Erst gestern hatten sie darüber gesprochen, nachdem der Hochdobelbauer und Martin nach der Sonntagskirche übereingekommen waren, dass Bibiane für seinen Sohn Josef, der bald den Hof übernehmen sollte, eine rechte Bauersfrau sein könnte. Denn ausgerechnet an Bibiane hatte der Josef wohl einen Narren gefressen, meinte der Hochdobelbauer. Vom Alter her würde es gut passen, Bibiane war einundzwanzig, Josef vierundzwanzig Jahre alt. Und da Bibiane so ein Wildfang und so eigenwillig war, gar keine normale Frau, dachte Walburga, könnten sie froh sein, wenn ihre Tochter so eine gute Partie machen würde – als zukünftige Hofbäuerin.

Walburga schüttete Salz in die Suppe. Es war Eile geboten. Wenn Bibiane wirklich schwanger war, dann müsste man sofort etwas arrangieren, bevor es auffiel. Die Bäuerin würde dafür sorgen, dass Josef sich in den nächsten Tagen beim Königenhof vorstellte.

Ihren Verdacht einer Schwangerschaft Bibianes behielt Walburga zunächst für sich, aber ihrem Mann gegenüber setzte sie sich vehement für die baldige Heirat ihrer Tochter ein. Martin war daraufhin schon am nächsten Tag höchstpersönlich durch den tiefen Schnee zum

Hochdobel gestapft und hatte Josef und seinen Vater gleich mitgebracht.

Am Nachmittag saßen sie gemeinsam in der Stube, und der Königenbauer goss einen Schnaps nach dem anderen ein, während sich die Männer über den Hochdobelhof und die zukünftige Braut unterhielten.

Bibiane stand unterdessen auf der anderen Seite in der Küche, um zu lauschen, dicht hinter ihr Elisabeth. Bibiane hatte die Durchreiche einen Spalt geöffnet. Zu wenig, um in die Stube zu schauen, aber genug, um jedes Wort zu verstehen.

Drinnen stellte Walburga gerade einen Laib Brot auf den Tisch. Martin schnitt vom guten Schinken einige Scheiben herunter. »Warum die Bibiane, Josef?«, wollte er wissen. »Ich habe viele Töchter.«

Walburga wurde bei der Frage ganz blass. Der Josef soll bloß nicht auf die Idee kommen, eine andere auszuwählen, dachte sie insgeheim, weil Martin jetzt seine anderen heiratsfähigen Töchter anpreist.

Auf Josefs rundem Pockengesicht erschien ein breites Grinsen. »Die Bibiane ist mir schon lange aufgefallen. Immer sonntags, in der Kirche und danach auf dem Kirchplatz. Sie ist so … kräftig. So fröhlich. Sie gefällt mir einfach.«

In der Küche hielt sich Elisabeth den Mund zu, um nicht laut herauszuprusten, während Bibiane die Augen rollte.

»Mir gefällt er nicht«, wisperte sie. »Und seit der Kilbi rennt er mir jeden Sonntag nach der Kirche hinterher.«

»So schlimm ist es nun auch nicht«, meinte Elisabeth. »Freu dich doch, dass du so begehrt bist.«

»Nimm doch du ihn.«

»Er will aber dich.«

»Ich werd ja nicht mal gefragt. Ich will den Philo.«

»Das kannst du vergessen«, war Elisabeth überzeugt.

»Will ich aber nicht. Ich krieg doch ein Kind von ihm.«

»Was kriegst du?« Elisabeth sah ihre Schwester verblüfft an.

Ihre Mutter öffnete die Küchentür, und die jungen Frauen schreckten ertappt zurück.

»Bibiane, komm mal in die Stube«, forderte Walburga sie auf und an Elisabeth gewandt: »Steh nicht rum. Mach du mit dem Brotteig weiter.«

In der Stube saßen die Männer entlang der Fensterreihe auf der Bank, sodass Bibiane gegen das fahle Licht schaute und blinzeln musste, um Josef überhaupt zu erkennen. Sie sah sein Pfannkuchengesicht und erahnte in den Schatten die Krater darin. Nein, er gefiel ihr nicht, obwohl er sie anlächelte.

»Bibiane, der Josef möchte dich heiraten, und wir sind einverstanden«, erklärte Martin unumwunden.

Bibiane verschlug es die Sprache. »Ja, aber ich …« Sie kam nicht weiter. Sie wurde wirklich nicht gefragt.

»Ihr könnt ja draußen ein wenig spazieren gehen, dann lernt ihr euch kennen«, schlug Martin großzügig vor. »Wir besprechen hier drinnen den Rest.« Er nahm die Schnapsflasche in die Hand und füllte die Gläser erneut.

Draußen war es eiskalt und windig. Freiwillig wären sie wohl beide nicht vor die Tür gegangen, um sich kennenzulernen, aber sie hatten ja keine Wahl, und Josef schien sogar erfreut.

Bibiane war aufgewühlt. Sie stapfte mit großen Schritten durch den Schnee und konnte nicht fassen, dass sie gerade wie ein Stück Vieh auf dem Markt an den Mann gebracht worden war. Sie wollte diesen Josef ganz bestimmt nicht heiraten, egal wie groß sein Hof war. Er lief wie ein lästiges Anhängsel hinter ihr her und zählte auf, wie viele Kühe, Schweine und Ziegen er hatte. Dass seine zukünftige Frau sich nicht darum scherte, auf ihren Bräutigam zu warten und ihm freundlich zu begegnen, schien sein Interesse an Bibiane nur noch größer werden zu lassen. Ja, sie war in ihrem Sträuben wirklich etwas ganz Besonderes, mochte er sich denken, grollte Bibiane innerlich. Sie hielt vor dem Königenhäusle an, und Josef schloss zur ihr auf.

In der Stube sah Bibiane die Umrisse von Blasius und Philo, die auf der Bank am Fenster saßen und ihr den Rücken zukehrten. Sicher arbeiteten sie gerade mit ihrem Vater an neuen Uhrengestellen, die dann von den Söhnen sonntags nach Urach oder Neustadt gebracht wurden, wo sie sie an die Uhrenhändler, die nach dem Gottesdienst im Gasthaus zusammenkamen, verkauften. Mariä Lichtmess war vorüber, das Uhrengeschäft ging wieder los.

»Ich schwöre dir schon jetzt, liebe Bibiane, dass ich alles tun werde, um dich glücklich zu machen«, rief neben ihr Josef feierlich in den Wind. »Ich kann dir viel bieten.«

Bibiane schaute ihn an. In seinem Pfannkuchengesicht,

nun gerötet von der Kälte, glaubte sie Gutmütigkeit zu erkennen. Eine romantische Ader hatte er offensichtlich auch. Aber ihr Traummann, dessen Kind sie unter dem Herzen trug, saß da drinnen im Königenhäusle. Bibiane lächelte Josef gequält an, während in ihrem Kopf ein Gedanke den nächsten jagte. Sie musste etwas unternehmen, ehe sie gegen ihren Willen auf den Hochdobel verheiratet wurde.

In diesem Moment stand innen im Königenhäusle Philo auf und drehte sich zum Fenster, als hätte er sie gehört. Überrascht schaute er auf Josef und dann auf Bibiane, die verzweifelt die Schultern hob und den Kopf schüttelte.

Josef und Bibiane kehrten zurück ins Haus, und nachdem der Bräutigam und sein Vater mit Martin noch ein letztes Glas Schnaps getrunken hatten, machten sich die Besucher auf den Heimweg. Als Termin für die Hochzeit hatte man bereits Ende März, noch vor Ostern, ins Auge gefasst – so früh wie möglich, wie Walburga bekräftigte. Worauf warten? Gleich morgen wurde Bibiane mit ihrem Vater auf dem Hochdobel zur Beschau erwartet. Schließlich wollte Martin als Brautvater sehen, was der Hochdobelbauer so zu bieten hatte, und die Hochdobelbäuerin wollte sich von ihrer zukünftigen Schwiegertochter auch noch ein Bild machen. Bibiane schaute fassungslos von ihrer Mutter zu ihrem Vater und überlegte fieberhaft, wie sie aus dieser Lage wieder herauskommen könnte.

»Ich komme nicht mit«, erklärte sie.

»Natürlich kommst du mit«, erstickte Martin die Diskussion im Keim. Ohne ein weiteres Wort zu verlieren, stand er auf und verließ die Stube.

Die ganze Nacht machte Bibiane kein Auge zu. Elisabeth, die ihre Not bemerkte, versuchte sie zu beruhigen.

»Vielleicht ist es nicht so schlimm«, flüsterte sie.

»Er ist hässlich.«

»Immerhin wärst du dann Hofbäuerin«, meinte Elisabeth leise. »Besser kannst du es doch nicht treffen. Dann bist du keine einfache Magd, sondern hast selbst eine.«

»Ich will nicht«, erklärte Bibiane zum wiederholten Male aufgebracht und fing an zu weinen. »Was soll ich auf so einem Hof? Ich krieg doch ein Kind vom Philo. Ich liebe den Philo und nicht diesen … dieses Pfannkuchengesicht.«

»Jetzt seid mal still da drüben«, zischte Martha ungnädig von der anderen Seite. »Ich will endlich schlafen. Sei doch froh, dass du einen Bauern abkriegst.«

Am nächsten Tag sträubte Bibiane sich mit aller Macht gegen den Besuch auf dem Hochdobel. Walburga zwang sie, ihr Sonntagskleid anzuziehen. Bibiane weigerte sich so hartnäckig, mitzukommen, dass Martin die Geduld verlor und ihr einen Stoß in den Rücken versetzte. Widerwillig stieg Bibiane schließlich auf den Pferdeschlitten, der sie und ihren Vater zum Hof ihres Bräutigams brachte.

Der Hochdobelhof lag auf einer Hochebene und gewährte einen Rundblick auf die umliegenden Berge des Schwarzwaldes. Das Gebäude war noch größer als der Königenhof. Kaum waren der Königenbauer und seine widerspenstige Tochter vorgefahren, ging auch schon die Tür zum Wohnteil auf.

»Du reißt dich jetzt zusammen und machst uns keine Schande«, herrschte Martin sie leise an, bevor er vom Schlitten stieg.

Bibiane schaute stur nach vorne und sagte kein Wort. Erst als Josef und seine Eltern vor die Tür traten, kletterte auch sie vom Schlitten und setzte unter größten Mühen kurz ein Lächeln auf. Nachdem sich alle begrüßt hatten, ging es direkt zur Stallbesichtigung. Ein Stall voller Vieh gegen eine Frau, dachte Bibiane verächtlich, wenngleich sie zugeben musste, dass es ein großer Stall mit einer stattlichen Anzahl von Kühen, Schweinen, Ziegen und Schafen war. Weiter ging es zum gut gefüllten Speicher. Martin war sehr zufrieden mit dem, was er sah. Wenn er nur für seine anderen Töchter auch so eine gute Partie aushandeln könnte.

Nun setzten sich alle in die Stube zum gemeinsamen Mittagessen. Danach brachte die Hochdobelbäuerin den obligatorischen Schnaps. Bibiane sah sie zum ersten Mal richtig an und war instinktiv abgestoßen. Das Gesicht der Bäuerin war wie das ihres Sohnes von Pockennarben übersät. Sie wirkte verhärmt und sagte die ganze Zeit kein einziges Wort.

Der Hochdobelbauer und Martin begannen, die Einzelheiten von Bibianes Mitgift zu diskutieren. Bibiane saß stumm und abwesend daneben, während über ihre Zukunft verhandelt wurde. Die Gespräche nahm sie nur als Geräusche wahr, die einzelnen Wörter ergaben für sie keinen Sinn. Josef schaute sie stolz und aufmunternd an, und sie probierte ein Lächeln. In ihrem Kopf rasten die Gedanken. Sie musste es unbedingt schaffen, diese Hochzeit abzuwenden.

Nach einer Stunde war alles besprochen. Der Termin stand endgültig fest. Ende März. In fünf Wochen! Jetzt mussten nur noch die Einladungen ausgesprochen und beim Schreiner die Möbel für die eheliche Schlafkammer in Auftrag gegeben werden. Bibiane wurde schlecht.

Martin stand auf und schlug mit dem Hochdobelbauern und seinem Sohn ein.

»Auf geht's, Bibiane, wir fahren zurück«, forderte er seine Tochter auf.

Bibiane erhob sich sofort. Sie wollte nichts wie weg. Wieder zurück auf dem Königenhof kam Walburga gespannt aus dem Backhaus gelaufen und wollte augenblicklich einen Bericht. Martin führte aus, wie groß der Hof war, wie stattlich der Stall und wie voll der Speicher.

»Es ist alles geklärt«, schloss er feierlich.

Walburga klatschte begeistert in die mehligen Hände. »Bibiane, du wirst die zukünftige Hochdobelbäuerin. Das ist doch großartig!«

Bibiane schaute ihre Mutter finster an und ging in ihre Kammer, um ihr Sonntagskleid auszuziehen. Es roch nach Kuhmist.

Bis zur Stallarbeit war noch Zeit. In ihrer Arbeitstracht kam Bibiane die Treppe herunter, legte ihren Mantel über und schlüpfte in ihre Holzschuhe.

»Wo gehst du hin?«, fragte Walburga.

»Rüber ins Königenhäusle.«

Walburga war alarmiert. »Du bleibst hier«, erklärte sie streng.

»Lass mich gehen, ich bin ja gleich zurück«, entgegnete Bibiane. Ihre Mutter hielt sie am Arm fest, doch Bibiane riss sich los und stürzte aus dem Haus.

Philo sah überrascht von seinem Uhrengestell auf, als Bibiane plötzlich bei den Behas in der Stube stand.

»Bibiane«, sagte Philipp Beha gutmütig, »da schau her. Setz dich doch.«

»Ich muss den Philo was fragen«, erklärte Bibiane frei heraus. »Vielleicht magst du kurz draußen mit mir ein paar Schritte laufen?«, wandte sie sich an ihn.

»Natürlich.« Philo erhob sich und schaute seinen Vater verlegen an.

»Geht nur«, antwortete er.

Vor der Tür kam Bibiane gleich zur Sache. »Ich soll den Josef vom Hochdobel heiraten.«

Philo sah sie mit großen Augen an. »Das darf nicht wahr sein.« Nach einer kurzen Pause fügte er hinzu: »Aber Bibi, für dich ist das natürlich ein gutes Angebot. Das ist ein großer Hof.«

»Philo, bist du verrückt geworden?«, fuhr Bibiane ihn an. »Ich will den doch nicht heiraten. Ich will dich. Warum hältst du jetzt nicht um mich bei meinen Eltern an?«

»Was habe ich da jetzt noch zu sagen?«, kam es zaghaft von Philo.

»Etwa, dass ich dein Kind erwarte.«

Philo blieb der Mund vor Erstaunen offen stehen. »Das … das wusste ich ja gar nicht.«

»Ich bin schwanger, Philo, von dir. Und ich will mit dir zusammen sein. Ich geh doch nicht auf den Hochdobelhof. Wir müssen es meinen Eltern sagen, bitte.«

Philo antwortete nicht. Er dachte nach. Dass er Vater wurde, damit hatte er nicht gerechnet.

»Warum sagst du denn nichts, Philo? Bitte, sag was«, flehte Bibiane.

»Ich … ich muss nachdenken.«

»Was gibt es da nachzudenken? Willst du mich denn gar nicht heiraten?«

»Doch, doch, Bibi, natürlich.« Philo hatte sich etwas gefangen und griff nach ihrer Hand. »Ich will dich heiraten. Natürlich. Willst du mich heiraten?«

»Ja!« Bibiane strahlte. »Wir müssen es den Eltern sagen. Jetzt, sofort.«

»Aber deine Eltern werden nicht einverstanden sein. Ganz bestimmt nicht. Oder was meinst du?«

»Philo, bitte.« Bibiane mochte kaum glauben, dass ihr Geliebter so zögerlich war. Sie wurde wütend.

»Du bist doch kein Feigling. Wenn wir es jetzt nicht probieren, wird es nicht passieren. Dann muss ich den Josef heiraten, und das will ich auf keinen Fall.«

Philo schwieg. Er fühlte sich überfordert.

»Jetzt sag doch was«, drängte Bibiane. »Wir lieben uns doch!«

Philo gab sich endlich einen Ruck. »Also gut, Bibi, dann geh du heim, ich komme nach. Ich rede zuerst mit meinen Eltern.« Er schaute in Bibianes verzweifeltes Gesicht. »Hab keine Angst, Bibi. Wir gehören zusammen.«

Bibiane kehrte ins Haus zurück. Nachdem sie die nassen Schuhe ausgezogen hatte, schaute sie in die Stube. Ihre Mutter saß am Stubentisch und breitete ihre Flickarbeiten darauf aus. Ihr Vater hatte es sich auf der Ofenbank gemütlich gemacht und zündete sich gerade eine Pfeife an. Lorenz saß am Schniedesel und schnitt Schindeln, damit das Dach ausgebessert werden konnte, sobald der Schnee geschmolzen war. Die Fallermarie, mit ihren siebzig Jahren gebrechlich und fast blind geworden, aber immer noch mit gerader Haltung, saß am Spinnrad. Schließlich Elisabeth, die am Tisch ebenfalls mit dem Flicken eines Hemdes beschäftigt war.

»Ich muss euch was sagen«, begann Bibiane, kaum dass sie die Tür zugezogen hatte. »Ich heirate den Josef nicht. Ich kann das nicht. Ich will den Philo heiraten.«

Die Fallermarie hielt ihr Spinnrad an, Walburga und Elisabeth sahen erstaunt von ihrer Arbeit hoch, Lorenz lachte laut auf und Martins Pfeife fiel polternd auf den Boden. Der Bauer beeilte sich, sie wieder aufzuheben. Verärgert sah er seine zweitälteste Tochter an.

»Was soll dieser Unsinn, Bibiane? Du heiratest den Josef, das haben wir doch gerade ausgemacht. Es ist alles besprochen.«

»Ich muss den Philo heiraten.«

»Du musst den Josef heiraten.« Martin klang unwirsch.

»Ich bin schwanger ... vom Philo.«

Schlagartig herrschte eine erdrückende Stille in der

Stube. Alle starrten Bibiane an. Walburga war die Erste, die sich fing. »Also doch«, murmelte sie.

Martin sah zu ihr hinüber. »Du wusstest das?«

»Nein, aber ich hatte es geahnt.«

Martin stand auf, trat an Bibiane heran und gab ihr eine schallende Ohrfeige.

»Du Luder!«, brüllte er.

Der Schmerz war durchdringend. Bibiane hielt sich die Wange und sagte nichts. Elisabeth schaute sie mitleidig an. Lorenz hatte immer noch ein ungläubiges Grinsen im Gesicht. Unentwegt schüttelte er seinen Kopf.

Martin lief erregt auf und ab. »Wie sollen wir das denn erklären? Das ist eine Katastrophe! Der Hochdobelhof ist ein ehrwürdiger Hof, und du ziehst ihn in den Schmutz. Und uns gleich mit. Wir machen uns lächerlich. Eine Schande ist das. Wir verlieren unser Gesicht vor all den anderen Bauern hier. Ist dir das klar?«

»Ich wurde ja gar nicht gefragt, was ich will.«

»Natürlich wirst du nicht gefragt. Das entscheiden schließlich die Eltern«, erwiderte Martin wütend.

»Hättet ihr mich gefragt, dann hätte ich euch gleich gesagt, dass ich den Philo mag«, entgegnete Bibiane ihrem Vater trotzig.

»Wie konntest du dich von ihm schwängern lassen?«, fiel ihr nun Walburga ins Wort. »Wir hatten dich als ehrbare Frau erzogen. So eine Sünde. Du solltest dich schämen.«

»Aber wir lieben uns doch«, beharrte Bibiane.

»Lieben, lieben, was ist das für ein Wort!« Martin schlug seine Faust mit Wucht auf den Stubentisch. »Hier geht es um deine Zukunft. Um unsere Zukunft. Mit Liebe hat das nichts zu tun. Du kannst Bäuerin auf einem angesehenen Hof werden. Das willst du ausschlagen? Für deine angebliche Liebe? Du bist ja nicht ganz richtig im Oberstüble.«

»Ich will den Philo.« Bibiane gab nicht auf. »Ich krieg doch ein Kind von ihm.« Sie schaute flehentlich ihre Eltern an. »Bitte. Noch weiß doch keiner von der Hochzeit. Vielleicht mag der Josef eine andere von uns Schwestern heiraten. Die ... Theresia oder Martha? Oder Marei? Vielleicht ja auch Elisabeth?«

Bibiane sah zu ihrer großen Schwester hinüber. Diese schüttelte entschieden den Kopf.

»Das hast nicht du zu bestimmen, das wäre ja noch schöner«, polterte Martin.

»Ich will den Philo heiraten«, wiederholte Bibiane stur.

»Du machst, was wir sagen.«

»Lasst sie doch«, warf die Fallermarie plötzlich ein. »Wenn sie glücklich damit wird. Außerdem könnt ihr dem Hochdobelbauern doch keinen Bastard unterjubeln. Dafür ist es schon viel zu spät. Da verliert ihr ja erst recht das Gesicht.«

Bibiane hätte ihre Großmutter für deren Worte am liebsten umarmt.

Martin wies mit dem ausgestreckten Arm zur Tür. »Raus mit dir, du störrische Schnepfe. Lass dich hier nicht mehr blicken. Undankbares Kind!«

Bibiane sah zu, dass sie aus der Stube kam, bevor es eine weitere Ohrfeige setzte. Im Hausgang hörte sie, wie ihre Eltern in der Stube stritten.

»Warum hast du sie aus den Augen gelassen? Was für eine Schande für unseren Hof, unsere Familie«, wütete Martin.

»Sie ist kein kleines Kind mehr. Und ich hab wahrlich genug zu tun, als jede Minute auch noch auf die großen Mädchen zu schauen«, entgegnete Walburga genauso heftig.

»Was machen wir jetzt?«

Bibiane stieg die Treppe hinauf und lief über den Außengang in ihre Schlafkammer. Dort öffnete sie den Fensterschieber, um Licht hineinzulassen, setzte sich auf ihr Bett und wartete. Sie konnte immer noch die laute, erregte Stimme ihres Vaters hören, verstand aber nicht mehr, was er sagte.

Nach einer Weile war Bibiane durchgefroren. Worauf wartete sie hier eigentlich? Dass ihr Vater hochkäme und sie bitten würde, aus der Kammer herauszukommen, um ihr dann zuzusichern, dass sie natürlich Philo und nicht Josef heiraten dürfe, würde nicht vorkommen, da war sie sich sicher. Dafür kannte sie ihren Vater viel zu gut. Sie konnte froh sein, wenn er überhaupt seine Meinung änderte, und sie wollte sich nicht ausmalen, was passieren würde, wenn er es eben nicht tat. Sie und Philo würden fliehen müssen, so schnell wie möglich. Für Bibiane stand fest, dass sie bereit wäre, noch heute Nacht den Königenhof zu verlassen. Am besten fing sie gleich an, ihr Bündel zu schnüren.

Bibiane spitzte die Ohren. Aus der Stube drang inzwischen kein Laut mehr nach oben. Ob das ein gutes Zeichen war? Niemand kam, um nach ihr zu schauen oder ihr Bescheid zu geben. Bibiane entschied, mit ihren Fluchtplänen noch etwas zu warten. Sie griff nach ihrer Decke und wickelte sie um sich.

Die Stallzeit nahte. Bibiane bemerkte, wie unter ihr die Geschäftigkeit zunahm. Türen wurden knarrend geöffnet, die Kühe muhten, das Stroh raschelte. Gesprochen wurde nicht viel. Jeder kannte seine Handgriffe bei der täglichen Arbeit. Eigentlich sollte Bibiane jetzt hinuntergehen und ihren Teil erfüllen, doch sie blieb stur.

Schließlich hörte Bibiane, wie unten ihre Geschwister und ihr Vater aus dem Stall in den Wohnteil zurückkehrten. Mittlerweile war es stockdunkel in ihrer Kammer, und weil sie keine Kerze mitgebracht hatte, konnte sie es auch nicht ändern. Jetzt gab es Abendessen, aber niemand kam, um sie zu holen. Bibiane hatte Durst und ihr Magen knurrte, doch wenn sie es schaffen wollte, ihre Eltern zu überzeugen, durfte sie jetzt nicht klein beigeben und in der Stube erscheinen. Irgendwann nickte sie tatsächlich ein und wachte erst unvermittelt auf, als ihre Schwestern Martha, Theresia und Elisabeth zum Schlafen kamen. Theresia trug eine Kerze, die flackernd die kleine Schlafkammer beleuchtete.

»Was hast denn du mit dem Vater gemacht?«, fragte Martha. »So wütend hat man ihn ja schon lange nicht mehr gesehen.«

»Und? Was sagt er?«, wollte Bibiane wissen.

Die drei Schwestern grinsten im Kerzenschein.

»Jetzt sagt schon.«

»Es fällt ihm schwer«, meinte Elisabeth. »Du kennst ihn doch.«

»Philo hat auch vorbeigeschaut«, sagte Theresia, »aber du warst ja nicht da.«

»Und jetzt?«

»Ich glaube, du hast den Vater rumgekriegt«, erklärte Elisabeth feierlich.

»Wirklich?«

Die drei Schwestern nickten lachend, während Bibiane ungläubig von einer zur nächsten schaute. Ihr fiel ein Stein vom Herzen.

Am nächsten Morgen traten Philo und sein Vater in die Stube des Königenhofs, und Philo hielt offiziell um die Hand von Bibiane an. Martin sagte, wenngleich etwas säuerlich, Ja. Bibiane jubelte, während ihr Vater den Schnaps holte und mit Philipp Beha trotz der frühen Stunde anstieß.

Der Königenbauer musste sich Mut für den späteren Teil des Tages antrinken. Über Nacht hatte er sich beruhigt. Er musste einsehen, dass Bibiane und Philo es ernst meinten, und dazu war Bibiane schon schwanger. Es dem Hochdobeljosef unterzuschieben war unmöglich. Unehelich sollte das Kind auch nicht zur Welt kommen. Was konnte er also noch ausrichten? Er konnte nur heute zum Hochdobelhof laufen, sich entschuldigen und eine andere Tochter anbieten. Es würde ihm schwerfallen, weiß Gott, aber glücklicherweise war die Heirat von Josef mit Bibiane ja noch nicht bekanntgegeben worden.

Martin hoffte sehr, dass Josef sich für eine andere Tochter entscheiden würde. Vier weitere im heiratsfähigen Alter hatte der Königenbauer immerhin zur Auswahl. Das konnten nicht viele Bauern aufweisen. Und etwas Besseres als ein Hoferbe für eines der Mädchen konnte den Tritschlers ja gar nicht passieren.

Mit hochrotem Kopf verließ Martin am späten Nachmittag desselben Tages den Hochdobelhof. Statt zurück zum Königenhof lief er direkt nach Neukirch ins Rössle. Nach dem für ihn schmachvollsten Moment seines Lebens brauchte er jetzt dringend seine Ruhe und vor allem eine Stärkung.

Noch war es leer im Gastraum. Martin setzte sich in die hinterste Ecke und bestellte ein Bier und einen Schnaps. Zusammengesunken saß er da und versuchte, den Besuch auf dem Hochdobel aus seinen Gedanken zu vertreiben. Pah, so etwas Peinliches! Er hatte natürlich nicht gesagt, dass Bibiane ein Kind erwartete, aber das konnten sie sich ja schon denken, dass das Mädchen nicht mehr die reine Jungfrau selbst war. Weshalb ließ man sonst so eine gute Heirat platzen? Und als er seine anderen Töchter wie sauer Bier angeboten hatte, hatten natürlich weder der Josef noch sein Vater gleich gejauchzt vor Freude. Hingehalten hatten sie ihn. Man denke mal nach, vielleicht die Marei? Also, ein bisschen Zeit müsse er ihnen jetzt schon lassen. Unverrichteter Dinge und mit dem Gefühl größter Verlegenheit verabschiedete sich Martin.

Er stürzte den Schnaps hinunter und rülpste. »Bring noch einen«, rief er dem Rössle-Wirt zu.

Der Wirt kam mit der Flasche und goss nach, während sich der Königenbauer wieder seinen Gedanken hingab.

Schon von klein auf war Bibiane anders gewesen, eigensinnig, stur, gleichzeitig hart im Nehmen. All die Schläge, um sie zur Vernunft zu bringen, hatte sie mit Stolz ertragen. Nie hatte sie sich gefügt, und insgeheim empfand Martin deswegen Achtung vor ihr. Von all seinen Töchtern war sie ihm eigentlich die liebste. Zugeben konnte er das sich selbst gegenüber nicht, aber er verstand, warum Josef ausgerechnet Bibiane wollte. Sie war auf ihre ganz eigene, raue Art reizvoll. Martin bestellte noch einen Schnaps.

Als der Königenbauer zwei Stunden später aus dem Gasthaus trat, schwankte er leicht. Der Rössle-Wirt drückte ihm eine Fackel in die Hand, was sich als hilfreich herausstellte. Es war bedeckt und stockdunkel, kein Stern am Himmel zu sehen. Der Wind der letzten Tage hatte den Schnee an manchen Stellen zu hohen Wehen aufgetürmt.

Die frische Luft kühlte Martins Geist, und bald merkte er den Alkohol nicht mehr. Festen Schrittes stapfte er trotz der Schwärze der Nacht zügig den Pfad Richtung Wagnerstal entlang. Er kannte den Weg. Hin und wieder sackte er in den Schnee ein, aber bald würde es tauen; Martin spürte, dass ein Wetterumschwung bevorstand. Die Fackel flackerte und warf unruhige Schatten auf den Schnee.

Unvermittelt hielt Martin an. Zwei gelbliche Augen schimmerten in der Dunkelheit vor ihm auf. Dann hörte er ein Knurren. Ein Schauer lief Martin den Rücken hinab, als er sich nach einem kurzen Moment traute, die Fackel weiter nach vorne zu richten und genau hinzuschauen.

Ein großer schwarzer Hund stand vor ihm und fletschte die Zähne. Wo kam er her? Martin musste sich einen Ruck geben, so tief saß der Schreck, aber dann brüllte er den Hund an.

»Hau ab, du Köter, sonst setz ich dir eine!«

Mit dem Fuß trat er in Richtung des Tiers. Schnee spritzte auf. Der Hund knurrte erst etwas lauter, wich aber schließlich winselnd zurück. Martin lief weiter, jetzt noch schneller als zuvor. In seiner Eile und der Dunkelheit sah er den tiefhängenden Ast nicht, der ihm übers Gesicht fuhr und tiefe Kratzer hinterließ. Seine Mütze fiel herunter, aber Martin machte sich nicht die Mühe, anzuhalten und sie aufzuheben.

Er war froh, als vor ihm die Umrisse des Königenhofs auftauchten. Der Königenbauer wollte es nicht zugeben, aber er hatte sich gefürchtet. Ein schwarzer Hund mitten in der Nacht – was sollte das für ein Zeichen sein?

Teil III

Der Untergang

Samstag, 24. Februar 1844

Als Martin am Morgen in seiner Schlafkammer aufwachte, hörte er Regen. Er schwang die Beine über die Bettkante und betastete die frischen Kratzer in seinem Gesicht. Er dachte an den gestrigen Tag zurück. Erst Philos Heiratsantrag, dann die Schmach auf dem Hochdobel, der Schnaps im Wirtshaus und auf dem Rückweg zum Königenhof der knurrende schwarze Hund. Martin schüttelte sich. Er hatte sehr schlecht geschlafen. Im Traum war ihm der Hund erneut erschienen, nur noch viel größer und furchteinflößender. Mit einem Satz hatte das Viech Martin angesprungen, ihn umgeworfen und tief in den Schnee gedrückt.

Der Traum hing dem Königenbauern nach. Martin war ein gottesfürchtiger, gleichzeitig abergläubischer Mann, jedoch gewiss keiner, der sich leicht einschüchtern ließ oder Angst zeigte. Eher hatten die Leute Angst vor ihm. Aber das Zusammentreffen mit dem Hund mitten in der Nacht im tiefschwarzen Wald war unheimlich gewesen. Er hoffte, dass der Hund ihm kein Unglück brachte, und nahm sich vor, am morgigen Sonntag in der Kirche eine Kerze beim heiligen Dominikus anzuzünden. Martin stand auf und zog Hose und Hemd an. Es war Zeit, in den Stall zu gehen.

»Sauwetter«, schimpfte Lorenz, als sich die Hofgemeinschaft nach der Stallarbeit in der Stube zum Morgenessen versammelte.

»Matthis mit dem Beil schlägt's Eis entzwei«, erklärte die Fallermarie, die zu jeder Gelegenheit die passende Wetterregel aufsagte.

»Und hat er keins, so macht er eins«, ergänzte Walburga.

»Das gibt einen großen Matsch, wenn jetzt der ganze Schnee auf einmal schmilzt«, fuhr Lorenz fort. »Und oben auf der Tenne wird das ganze Wasser eintreten, weil das Dach mehrere undichte Stellen hat. Wir müssen schauen, dass das Heu trocken bleibt.«

»So weit ist es ja noch nicht«, meinte Martin abwehrend. Er fühlte sich unglaublich erschöpft und spürte keinerlei Verlangen, jetzt über das undichte Dach nachzudenken, obwohl Lorenz natürlich recht hatte. Die Schindelbedeckung bedurfte dringend einiger Ausbesserungen.

»Jetzt wird erst einmal gegessen«, sagte Walburga und stellte die Schüssel mit der dampfenden Milchsuppe auf den Tisch. Elisabeth folgte mit einer zweiten, Marei trug das Brot herein.

Alle standen auf. Martin sprach das Tischgebet.

»Komm, Herr Jesus, sei unser Gast und segne diese Gaben, die du uns bescheret hast.«

»Amen.«

»Der Engel des Herrn brachte Maria die Botschaft, und sie empfing vom Heiligen Geist.«

»Gegrüßet seist du, Maria, voll der Gnade, der Herr

ist mit dir. Du bist gebenedeit unter den Weibern, und gebenedeit ist die Frucht deines Leibes, Jesus«, sprachen alle im Chor.

»Heilige Maria, Muttergottes, bitte für uns Sünder jetzt und in der Stunde unseres Todes.«

»Amen.«

Am späten Vormittag klopfte es an die Tür. Es war der Sattler, der auf der Stör war. Er zog von Hof zu Hof, reparierte und besserte aus und brachte vor allem die neuesten Geschichten mit. Der Mann kam seit Jahren regelmäßig auf den Königenhof und war ein gern gesehener Gast, weil er ein unterhaltsamer Erzähler war. Bis auf die Haut durchnässt stand er nun in der Tür, und Walburga ließ ihn eintreten, hängte seinen Mantel über den Kachelofen und gab ihm einen heißen Tee zum Aufwärmen. Die Töchter der Tritschlers versammelten sich mit ihrer Handarbeit in der Stube, denn die Geschichten des Sattlers wollten sie sich nicht entgehen lassen. Auch die Buben kamen hinzu und setzten sich vor dem Störhandwerker auf den Fußboden. Martin brachte die ausbesserungswürdigen Riemen der Kuhglocken und die Ochsen- und Pferdegeschirre herein, der Sattler packte sein Werkzeug aus und legte los.

»Kennt ihr schon den Lohmattengeist? Von dem haben sie mir im Kinzigtal erzählt. Also, zu Lebzeiten war das ein ganz reicher Bauer gewesen, der immer nur sein Hab und Gut hat vergrößern wollen. Den Hals hat er nicht vollkriegen können! Immer wenn die Frau und das Gesinde schon geschlafen haben«, der Sattler zwinkerte Walburga zu, »hat es ihn rausgetrieben und er hat die Grenzsteine zu seinen Gunsten versetzen müssen. Das hat er gemacht. Und nach seinem Tod hat er für seine Freveltaten natürlich zahlen müssen. Da musste er als Wiedergänger, als Gespenst umhergehen – natürlich nicht allein«, der Sattler machte eine Kunstpause und schaute in die Runde, die an seinen Lippen hing, »sondern mit einem Grenzstein auf dem Buckel!«

Die ganze Stube lachte laut auf.

»Da musstest du dich aber in Acht nehmen, denn wenn du mal wieder zu spät, nach der Zwölfe, aus dem Wirtshaus raus bist, dann hat's gerauschelt und geraschelt in der Hecke. Dann war der bestimmt hinter dir. Um Gottes willen!«, rief der Sattler. »›Huhuhuhuuh‹ ist der Geist da rausgesprungen mit seinem Stein auf dem Rücken. Die meisten«, fuhr er etwas leiser fort, »sind ja gleich abgehauen, aber wer mutig war, der hat sich dann schnell zu ihm umgedreht – vorher natürlich die Finger gekreuzt – und hat gesagt: ›Tu den Stein dahin, wo du ihn herhast!‹ Dann hat er von dir abgelassen. Aber wenn nicht, dann … oha!« Der Sattler beugte sich vor. »Dann hat dir so in die Ohren gebrüllt, dass du drei Tage Ohrensausen gehabt hast und einen Brummschädel wie drei Tage Regenwetter. Oooaaahhh!«

Der Sattler sprang auf, hielt sich die Ohren zu und schüttelte theatralisch seinen Kopf. Das Lachen der Hofbewohner hielt an. Es war herrlich, die überlieferten Sagen von dem alten Störhandwerker zu hören. Martin stopfte sich seine Pfeife und lehnte sich auf der warmen Kachelofenbank gemütlich zurück. Nach seiner schlechten Nacht und den turbulenten Tagen zuvor war er froh über die Abwechslung im Haus.

»Ich hab noch eine Geschichte. Die Geschichte vom Pudel. Vom schwarzen Pudel.« Der Sattler setzte sich wieder hin, zog einen neuen Riemen in eine Kuhglocke und schaute die Zwillinge Leo und Julius schelmisch grinsend an. »Das ist auch so ein Plagegeist, der es nicht mag, wenn man zu lang im Wirtshaus bleibt. Wenn ich euch von dem erzähle, dann wird's euch so richtig gruselig werden.« Der Erzähler hielt wieder inne, um die Spannung zu steigern.

»Fahr fort, wir haben keine Angst«, forderte ihn Leo zum Weitermachen auf.

»Also. Der Pudel ist so ein verwunschener Hund mit schwarzem, zotteligem Fell, und der stinkt ... gottserbärmlich! Und dieser Hund geht nachts im Wald um. Wenn du dann mal wieder zu lang im Wirtshaus gehockt bist, dann ist er dir ins Genick gesprungen, auf den Buckel! Gottsjämmerlich war das. Der hat dich geschüttelt, dir haben alle Glieder gewackelt, und ich sag dir, gestunken, gestunken, fürchterlich!«

Der Sattler verzog zur Begeisterung der Kinder komisch das Gesicht. Martin nahm die Pfeife aus dem Mund und setzte sich gerade auf. Was erzählte der Sattler denn da?

»Und der Kerle ist immer schwerer und schwerer geworden. Die ganze Nacht ist der auf dir gehockt, hat dich immer wieder durchgeschüttelt«, der Sattler sprang wieder auf und wackelte hin und her, während die Kinder sich vor Lachen bogen, »du hast dich kaum mehr gewagt zu schnaufen und warst völlig zerschunden, zerrissen, verkratzt im Gesicht!«

Wieder setzte er sich langsam hin und senkte die Stimme. »Und erst am nächsten Morgen, wenn's einigermaßen hell geworden ist, hat der Pudel von dir abgelassen. Und ich sag dir: So schnell bist du nachts nicht mehr spät heimgekommen.«

Das laute Lachen der anderen hörte der Königenbauer nur aus weiter Ferne. Martin starrte den Sattler an, der seinen Blick erst irritiert erwiderte und ihn schließlich aufmunternd anlachte. Martin tastete nach den Kratzern in seinem Gesicht. Ihm rauschten die Ohren.

Nach dem Mittagessen, bei dem der Sattler kräftig zulangte, verabschiedete sich der Störhandwerker wieder. Er wollte noch auf mindestens zwei weiteren Höfen heute seine Dienste anbieten. Er tat Walburga leid, als sie ihn zur Tür brachte, denn zu dem unablässigen Regen hatte sich ein ordentlicher Wind gesellt, sodass es für den älteren Mann sicher sehr unangenehm sein würde, durch den Schwarzwald zu ziehen. Heute mochte man ja nicht mal einen räudigen Hund vor die Tür jagen, dachte Walburga, als sie die Haustür wieder schloss.

Martin hatte es plötzlich eilig, auf die Tenne zu kommen, um weiter Korn zu dreschen. Unter keinen Umständen wollte er tatenlos herumsitzen und über den schwarzen Hund nachdenken. Lorenz, Thomas und Fidel folgten ihm, Hilar kam aus dem Stüble und schloss sich an. Bald darauf hörte man das vertraute Klopfen der Dreschflegel im Takt. Die Frauen und jüngeren Kinder blieben in der Stube.

»Darf ich kurz zu Philo laufen?«, fragte Bibiane mit bittendem Augenaufschlag.

Da sie ja nun verlobt war, hatte Walburga nichts dagegen. »Von mir aus, aber sei rechtzeitig zum Melken wieder da.«

Bibiane sprang auf. »Bin ich. Bis später.«

Im Königenhäusle saßen Philo, sein Bruder Blasius und seine Eltern ebenfalls in der Stube. Die Männer bauten Uhrengestelle. Morgen sollten Blasius und Philo sie nach Urach bringen. Sie wollten in aller Früh aufbrechen, damit sie rechtzeitig zur Frühmesse dort waren. Philipp Beha hoffte auf ein gutes Geschäft, denn sie hatten viele Gestelle bereits fertig, und er war bekannt für seine handwerkliche Qualität.

Bibiane setzte sich neben Philo und schaute ihm bei seiner Arbeit zu. Hin und wieder legte sie unauffällig unter dem Tisch ihre Hand auf sein Bein, und Philo lächelte ihr zu. Maria Beha beobachtete die beiden von ihrem Platz auf der Ofenbank. Ihr entging nicht, wie nah Bibiane ihrem Philo rückte. Die beiden gaben ein glückliches Paar ab, und Maria freute sich, dass Bibiane in ihre Familie kam. Es war sogar schon besprochen, dass die Tritschler-Tochter bei ihnen einziehen würde. Es war gut, wenn Maria etwas Unterstützung bei den Arbeiten im Haus bekam.

»Hoffentlich hört das Sauwetter wieder auf bis morgen früh, sonst holt ihr euch noch den Tod auf eurer Wanderung nach Urach«, meinte Bibiane.

»Besser nicht«, antwortete Philo und lächelte sie an.

»Matthis mit dem Beil schlägt's Eis entzwei«, grummelte Philipp.

Bibiane lachte auf. »Den Spruch habe ich heute schon von der Großmutter gehört«, sagte sie.

»So ist das«, erwiderte Philipp, »immer am Matthiastag entscheidet sich, ob es Frühling wird oder ob der Winter noch bleibt. Oft taut es, so wie heute, am Matthiastag, um danach wieder zu frieren.«

»Ach, ich hoffe, dass bald Frühling wird und wir heiraten können«, meinte Bibiane.

Philo strahlte seine Braut an. »Ich auch, aber ein kleines bisschen müssen wir uns noch gedulden. Gibst du mir mal die Feile?«

Bibiane beeilte sich, Philo das gewünschte Werkzeug zu reichen. Danach ging sie in die Küche, um Teewasser aufzusetzen. Ihr gefiel es im Königenhäusle, schon in ihrer Kindheit war sie hier oft zu Gast gewesen und sie bewegte sich wie selbstverständlich im Haus. Hier wird es gut werden, dachte Bibiane, Philipp und Maria waren freundlich zu ihr. Sie freute sich auf ihr neues Leben.

Etwa eine Stunde später kehrte Bibiane zum Königenhof zurück. Es fing an zu dämmern, und nach wie vor stürmte und regnete es, sodass sie auf dem kurzen Weg ordentlich nass wurde und fror. Noch bevor Bibiane die Haustür öffnete, hörte sie lautes Geschrei. Im Hausgang standen Walburga und Clara, die offensichtlich mal wieder aneinandergeraten waren. Was mochte es diesmal sein? Die Streitereien zwischen den beiden Frauen hatten in letzter Zeit deutlich an Schärfe zugenommen.

»Hallo, was ist denn hier los?«, fragte Bibiane beim Eintreten fröhlich, um der Lage etwas die Spitze zu nehmen.

Walburga und Clara beachteten sie nicht. Die zwei Frauen stritten um ein Butterfass und um Sauberkeit. Das Butterfass mit der großen Kurbel stand im Hausgang und durfte von Clara bedient werden, wenn sie Bedarf an Butter hatte. Dafür war ihr auch gestattet, sich eine festgelegte Menge Rahm zu nehmen. Diesmal regte sich Walburga nicht darüber auf, dass sie vielleicht zu viel genommen hätte – selbstverständlich war das ihrer Meinung nach schon vorgekommen. Heute war der Stein des Anstoßes, dass Clara das Fass nicht richtig gesäubert hätte.

»Und den ganzen Fußboden im Hausgang hast du noch dazu versaut«, beschwerte sich Walburga.

Clara wies die Schuld routiniert von sich. »Wenn du deine jüngeren Kinder an das Fass lässt, bin ich doch nicht diejenige, die danach deren Dreck wegputzt«, erklärte sie. »Gestern habe ich die Zwillinge am Fass kurbeln sehen. Haben sie es danach gereinigt?« Clara gab selbst die Antwort. »Haben sie nicht. Ich habe also schon ein dreckiges Butterfass übernommen und es zunächst ordentlich mit Wasser ausgewaschen. Und deswegen brauche ich es auch nicht sauberzumachen, das kannst du machen oder eine von deinen Töchtern.«

»Deine eigenen Söhne haben sich einen Spaß gemacht und mit den Zwillingen zusammen die Butter geschlagen«, zeterte Walburga aufgebracht. »Also haben sie auch Dreck gemacht.«

»Jetzt sei nicht so kleinlich, Walburga.« Clara wurde lauter. »Die Butter war für euch bestimmt, also müsst ihr für ein sauberes Butterfass sorgen.«

»Das ist noch lange kein Grund, dass du es nicht putzt, nachdem du es benutzt hast!«

Während sie stritten, hörte über ihnen das Klopfen der Dreschflegel auf. Martin, Hilar und Lorenz kamen die Treppe hinunter.

»Was soll denn das?«, fragte Martin laut und gereizt. »Ständig dieses Gezicke, ich mag es nicht mehr hören.«

»Sie reden über das Butterfass«, erklärte Bibiane diplomatisch.

»Sie hat das Butterfass nicht gesäubert«, beklagte sich Walburga.

»Nein«, Clara deutete auf die Königenbäuerin, »*sie* hat das Butterfass nicht gesäubert. Ich bin doch nicht für ihren Dreck verantwortlich.«

»Mach doch erst mal deinen eigenen Dreck überhaupt weg«, rief Walburga biestig.

»Hör auf, mich so anzuschreien.«

»Dann mach, was ich dir sage.«

»Ruhe!«, brüllte Martin. »Ist es denn nicht möglich, dass ihr euch einmal einigen könnt, Herrgott Sakrament!«

»Wo liegt das Problem?«, fragte Hilar ruhig.

»Sie«, Walburga stach Clara fast ihren Zeigefinger in die Augen, »muss endlich lernen, Ordnung zu halten.«

»Jetzt lass gut sein«, beschwor Martin seine Frau. »Es ist doch nur ...«

Weiter kam er nicht, denn sie wurden von einem tiefen Grollen und dem Geräusch krachenden Holzes unterbrochen. Dann war Stille. Alle im Hausgang wirkten wie eingefroren.

»Was war das?«, fragte Clara nach einer Weile mit großen Augen.

»Irgendetwas ist draußen zu Bruch gegangen«, meinte Hilar.

Martin hatte schon seinen Mantel übergeworfen und öffnete die Haustür. Hilar, Lorenz, Clara, Bibiane und Walburga folgten ihm.

Draußen liefen alle Richtung Bienenstand, der auf halbem Wege zum Königenhäusle platziert war. In der Dämmerung konnte man gut erkennen, dass ein Schneebrett abgegangen war und den Stand komplett überworfen hatte. Er war nicht mehr zu sehen.

»Die Bienenkörbe!«, rief Walburga aus. »Um Gottes willen. Wir müssen die Bienenkörbe freischaufeln. Nachher verenden die Bienen, wenn wir nichts unternehmen.«

Die Männer holten Schaufeln und legten los. Philo und Blasius kamen aus dem Nachbarhaus und halfen mit. Fünf Bienenkörbe hatten sie auf dem Königenhof, und keinen einzigen konnte man nun entdecken, so viel Schnee war heruntergekommen. Nach einer Weile kräftigen Schaufelns tauchte der erste Korb auf und Walburga griff danach.

»Ich bringe ihn unters Dach beim Brunnenhäusle«, sagte sie und lief davon.

Es war längst dunkel, als sie schließlich den vierten Korb freigelegt hatten. Unmengen von Schnee hatten die Männer beiseitegeschafft. Walburga, Clara und Bibiane standen mit Martin, Lorenz, Hilar, Blasius und Philo vor den Schneemassen und beleuchteten die Überreste des Bienenstandes mit ihren Laternen. Alle waren vom Regen bis auf die Haut durchnässt und froren erbärmlich.

»Den letzten Korb finden wir morgen, wenn es so weitertaut«, meinte Martin. »Jetzt reicht es.«

Er hatte genug geschaufelt und wollte wie alle anderen zurück in die warme Stube.

»Wie konnte das passieren?«, fragte Walburga. Ihr klapperten die Zähne sowohl vor Kälte als auch vor Angst.

»Der Wind hat in den letzten Tagen den Schnee da oben zusammengeweht. Direkt über dem Bienenstand waren keine Bäume mehr, das hat jetzt das Schneebrett vielleicht gelöst«, meinte Hilar und sah kritisch Richtung Berg, obwohl in der Dunkelheit nichts mehr zu erkennen war.

»Gott bewahre. Was ist, wenn sich jetzt noch mehr Schnee löst?«, fragte Clara besorgt. »Da oben liegt noch haufenweise. Nachher trifft es das Haus.«

»Und wenn schon«, meinte Martin verächtlich, »was soll der Schnee dem Haus anhaben?«

»Aber wenn richtig viel Schnee auf das Haus trifft«, warf Walburga ein, »sind wir dann wirklich sicher? Der Bienenstand war doch ordentlich und fest gebaut. Und jetzt ist nichts mehr von ihm übrig.«

»Ich glaube auch, dass es gefährlich sein könnte«, sprang Clara Walburga bei. »Bei dem Regen und der Temperatur taut der Schnee geschwind, da kann es zu einem Abgang kommen und das Haus verschütten.«

Ausnahmsweise waren die zwei Frauen einer Meinung.

»Papperlapapp«, Martin schüttelte genervt den Kopf, während die anderen Männer lachten. »Was ihr Weibsbilder immer habt. Ihr könnt wohl nicht richtig denken.« Der Königenbauer wies mit ausgestrecktem Arm zum Hofgebäude. »Dieses Haus steht seit über hundert Jahren an dieser Stelle und hat schon viel Schnee gesehen. Ihr glaubt doch nicht im Ernst, dass ein Schneebrett dem Königenhof irgendeinen Schaden zufügen kann. Wie soll das denn gehen? Das Haus ist doch kein Bienenstand. Das Haus steht auf Stein, hat dicke Balken, hohe Ständer, ein festes Dach.«

»Das Dach hat Löcher«, entgegnete Clara spitz.

»Clara, bitte«, ermahnte Hilar seine Frau, »du übertreibst maßlos mit deinen Behauptungen. Jetzt hör auf damit.«

Martin sah die Gehausfrau im schwachen Laternenschein böse an und spuckte aus, bevor er weitersprach. »Ihr Weiber geht lieber hinein und kocht das Abendessen und macht euch nicht lächerlich.« Der Königenbauer wandte sich nun den Männern zu: »Was ist, Philo, Blasius, Hilar? Kommt ihr nachher zum Cego-Spielen?«

Der Bienenstand war für Martin erledigt. Die Frauen fügten sich und gingen in die Küche. Während jede auf ihrer Seite nachdenklich in der Abendsuppe rührte, herrschte Stille. Das Butterfass war vergessen.

Im Stüble nahm Hilar an der Kopfseite Platz, seine zwei Söhne Paul und Anton auf der Bank am Fenster, Clara saß neben ihrem Mann zu seiner Rechten, schließlich folgten die Töchter Wilhelmine und Balbina. Am

Tischende saß Catharina mit Salomon auf dem Schoß. Gemeinsam beteten sie, bevor Hilar als Erster von der Suppe nahm. Sie aßen schweigend, eine seltsame Spannung lag in der Luft.

Clara war immer noch verärgert darüber, wie zuvor ihre Bedenken wegen des Schnees einfach weggewischt worden waren. Nicht nur vom Königenbauern, von dem sie als Besitzer des Hofes und von seinem Charakter nichts anderes erwartet hatte, sondern auch von Hilar, ihrem eigenen Mann. Sie liebte ihn sehr und fühlte sich normalerweise von ihm ernst genommen. Er schätzte ihre Handwerkskunst und förderte sie. Hilar hatte sie auch schon oft gegen Walburgas Wutanfälle in Schutz genommen, aber ausgerechnet heute, vor so vielen Menschen, war er ihr in den Rücken gefallen. Es enttäuschte sie und machte sie wütend.

Clara war unwohl, wenn sie an den vielen Schnee dachte. Gleichzeitig spürte sie, dass ihre Geduld auf dem Königenhof langsam endgültig erschöpft war. Sie wollte weg aus dem Wagnerstal, und zwar so schnell wie möglich.

Nach dem Essen trug Catharina das Geschirr in die Küche, und die Kinder halfen ihr dabei. Clara blieb neben ihrem Mann sitzen.

»Hilar, es geht so nicht weiter«, sagte sie. »Ich möchte hier nicht mehr länger wohnen bleiben.«

Ihr Mann schaute sie erstaunt an. »Das hatten wir doch schon besprochen, Clara«, wehrte er ab.

»Du hast es mir versprochen, dass wir von hier weggehen, aber du hast nichts unternommen, um uns eine bessere Bleibe zu suchen. Gar nichts. Stattdessen spielst du ständig Karten mit dem Bauern und säufst dazu.«

»Pass auf, was du sagst, Clara«, fuhr Hilar sie an. Er war einerseits erstaunt über die Aussagen seiner Frau, andererseits erbost, wie sie mit ihm sprach. »So, wie du es sagst, ist es nun wirklich nicht.«

»Ich habe noch gar nicht richtig angefangen, dir zu erzählen, wie es wirklich ist«, erwiderte Clara aufgebracht. »Immer wenn der Bauer ruft, springst du. Du lieferst wahrlich genug Arbeit als Gegenleistung für den wenigen Raum, den man uns hier bietet.«

»Dafür arbeitest du umso weniger«, entgegnete Hilar. »Damit ist es ausgewogen.«

Clara spürte einen Stich. Beleidigt legte sie nach.

»Du könntest mehr Uhren bauen und verkaufen, wenn du dich nicht so einspannen lassen würdest. Erinnere dich, das war unser Vorhaben. Wir fertigen mehr Uhren mit außergewöhnlicher Bemalung. Das hast du gesagt. Was ist stattdessen passiert? Du hast weniger Uhren verkauft als je zuvor. Zu niedrigeren Preisen noch dazu. Und Apfelrosen habe ich gemalt statt besonderer Motive, wie du es vorgeschlagen hattest.«

»Hör auf, so redest du nicht mit mir. Lass das Geschäft meine Sorge sein«, verteidigte sich Hilar scharf.

»Ich trage doch auch dazu bei. Und Catharina wird wie eine Aussätzige behandelt«, redete sich Clara in Rage. »Der Tritschler schaut sie gar nicht an und Walburga höchstens mit Verachtung. Sie hat doch ein Recht, bei uns zu sein.«

»Clara, jetzt hör mir mal gut zu.« Hilar holte tief Luft. »Deine Streitereien mit Walburga sind das Letzte, was ich mir noch länger bieten lassen werde, das muss aufhören. So geht man nicht mit seinen Hausherren um.«

»Du hörst mir nicht zu.« Nun wurde Clara richtig wütend.

»Ich höre dich, Clara, aber jetzt sei endlich still! Ich will keine weiteren Vorwürfe.«

Clara schwieg und senkte langsam den Kopf, während Hilar sie mit immer schmaler werdenden Augen fixierte. Im Stüble herrschte eine angespannte Stille. Nach einer Weile begann Hilar, mit den Fingern auf den Tisch zu klopfen. Tack, tack, tack. Schließlich hob Clara trotzig den Kopf.

»Ich will hier weg, Hilar«, sagte sie entschieden. »Es ist mir ernst. Spätestens wenn der Schnee geschmolzen ist, will ich nicht mehr hier sein. Es gibt andere Möglichkeiten für uns. Ein eigenes Haus. Für unsere Familie. Hilar, ich bitte dich.«

Ihr Mann stöhnte genervt auf. »Jetzt lass mich. Aber gut: Wenn es sein muss, werde ich meine Bemühungen verstärken. Aber hör endlich auf und …«

»Es muss sein«, ging Clara dazwischen.

Hilar bedeutete ihr gereizt, still zu sein. »Bis es so weit ist, sag ich dir eines: Reiß dich zusammen und streite dich nicht ständig mit Walburga. Das hält ja keiner aus.«

Clara hob die Hand. »Ich versprech's dir … wenn ich deine Bemühungen sehe.«

Hilar hatte genug. Geräuschvoll erhob er sich und wandte sich zum Gehen.

»Ich gehe rüber. Zum Cego-Spielen«, erklärte er bestimmt.

»Aber …«

Hilar drehte sich an der Tür noch einmal um. »Sag jetzt nicht, ich soll nicht gehen. Ich gehe. Ich brauche einen Schnaps.«

Clara hielt inne und sah mit offenem Mund zu, wie Hilar die Tür geräuschvoll hinter sich zuzog. Pass nur auf, dachte sie trotzig, wir werden hier schneller weg sein, als du dir vorstellen kannst.

Nach dem Abendessen holte Martin in der Stube die Cego-Karten hervor. Hilar kam, und Thomas und Lorenz setzten sich dazu.

Die restlichen Familienmitglieder der Tritschlers hielten sich ebenfalls in der Stube auf, und bald hörte man nicht nur die Cego-Spieler sich über ihr Blatt freuen oder ärgern, sondern auch das Klappern der Spinnräder und Stricknadeln, begleitet vom Schwatzen und Lachen der Mädchen.

Walburga, die noch über die Abendsuppe hinaus mit den Gedanken beim verschütteten Bienenstand gewesen war, begann sich zu entspannen. Wahrscheinlich hatte Martin wie immer recht und es konnte gar nichts passieren, selbst wenn es jetzt noch die ganze Nacht taute und stürmte. Der Bienenstand war alt und marode gewesen, da war es doch absehbar, dass er mal umfallen würde. Walburgas Finger strickten schnell und geschickt Masche für Masche. Ihre Töchter saßen am Spinnrad oder stickten, die jüngeren Söhne ließen Murmeln über den Stubenfußboden rollen. Eine große Familie, vereint unter einem schützenden Dach. Walburga verspürte Dankbarkeit. Sie blickte Bibiane an, die angeregt mit ihren Schwestern redete. Ihre zweitälteste Tochter sah glücklich aus. Ganz rote Backen hatte sie und strahlte. Natürlich hätten Martin und sie sie lieber mit dem Sohn vom Hochdobel verheiratet, aber was sollte man machen? Walburga fühlte sich mittlerweile mit Bibianes Verhalten versöhnt, wenngleich sie sich fragte, wie man wohl morgen am besten den Hochdobelbauern nach der Kirche begegnen sollte.

Gegen acht Uhr klopfte es an die Stubentür und Philo steckte den Kopf herein. Bibiane sprang auf und lief zu ihm. Auch Blasius war mitgekommen. Die zwei Brüder setzten sich zu den anderen Cego-Spielern. Blasius hatte eine Flasche Schnaps mitgebracht und stellte sie auf den Stubentisch.

»Holt mal genügend Gläser«, rief Martin den Frauen zu.

Bibiane lief los und stellte kurz darauf die Gläser auf den Tisch. Der Bauer goss allen Männern ein.

Das geht ja gut los, dachte Walburga.

Die Fallermarie neben ihr stand schwerfällig auf. »Ich gehe ins Bett«, erklärte sie. »Hier ist es voll, da mache ich gerne Platz.«

»Warte«, sagte Walburga, »ich schließe mich an.« Sie legte ihr Strickzeug hinter sich auf die Fensterbank und stand auf. Es war besser, sich zu verziehen, bevor die Stimmung am Tisch sich durch den Schnaps wieder hochschaukelte. »Magdalena, Marei, kommt ihr auch?«

Die beiden Töchter schliefen mit der Fallermarie und Walburga in der Kammer über der Stube. Die Mädchen nickten.

»Also, Männer, spielt nicht so lang. Und trinkt nicht so viel.«

Die Spielrunde tat den Hinweis der Königenbäuerin mit einem Lachen ab.

»Wir sind bald fertig, keine Angst«, rief Hilar.

Walburga griff nach dem Arm ihrer Mutter, um sie beim Erklimmen der Stiegen zu stützen. In letzter Zeit war die Fallermarie arg wackelig auf den Beinen geworden und konnte dazu nur noch sehr schlecht sehen. Marei und Magdalena folgten.

In der Schlafkammer half Walburga ihrer Mutter ins Nachthemd, schüttelte ihre Decke auf und schob den Nachttopf unter das Bett, das sie jahrzehntelang mit Martin geteilt hatte. Jetzt lag ihre alte Mutter an ihrer Seite. Das andere Bett in der Kammer teilten sich Marei und Magdalena. Gemeinsam sprachen sie ihr Nachtgebet.

»Gute Nacht miteinander.« Walburga schlüpfte unter die Decke, blies die Kerze aus und zog den Vorhang zu ihrem Bett zu. Es war stockdunkel und warm. Von unten aus der Stube hörte man die kichernden Stimmen der Mädchen und regelmäßige dumpfe Schläge, wenn eine Spielkarte auf den Tisch geknallt wurde. Lorenz lachte laut auf. Er hatte gerade den Stich gemacht.

Die Fallermarie tastete unter der Decke nach Walburgas Hand. Seit einiger Zeit machte sie das. Jeden Abend suchte die alte Frau im Bett die Hand ihrer Tochter, als müsste sie sich versichern, dass sie nicht alleine war. Walburga ging es zu Herzen. Sie hatte den Eindruck, als bereitete ihre Mutter ihren Abschied auf Erden vor. Ihr selbst tat die Berührung gut, und sie ließ die Hand der alten Frau auch im Schlaf nicht los.

Im Stüble wurde ebenfalls das Licht ausgemacht. Clara und Catharina hatten wie jeden Abend zusammengesessen. Während Catharina strickte, beschäftigte sich Clara mit einem Uhrenschild. Nach dem Streit mit Hilar besänftigte es sie, und ihre Hand fuhr so ruhig wie gewohnt über die grundierte Fläche.

Schließlich legte Clara den Pinsel beiseite. Das frische Uhrenschild ließ sie auf dem Tisch liegen; bis zum nächsten Morgen würde es getrocknet sein und sie konnte die letzten Detailarbeiten vornehmen. Die Schwestern wandten sich nun der Muttergottes zu, der großen Holzstatue, die Hilar für Clara zur Hochzeit geschnitzt hatte und die Clara später mit ihrer ruhigen Hand kunstvoll bemalt hatte. Gemeinsam beteten sie.

»Sei unser Heil, oh Herr, wenn wir wachen, und unser Schutz, wenn wir schlafen, damit wir wachen mit Christus und ruhen in seinem Frieden. Amen.«

Clara wünschte ihrer Schwester eine gute Nacht und nahm die kleine Stiege in ihre Schlafkammer über dem Stüble, in der sie mit Hilar und den zwei jüngsten Töchtern schlief. Die beiden lagen ebenso wie die zwei älteren Söhne Anton und Paul, die sich mit den Zwillingen eine Schlafkammer auf dem Gang teilten, schon lange in ihren Betten. Catharina wiederum schlief mit ihrem Sohn im Stüble. Der kleine Salomon schlummerte schon seit Stunden friedlich in seiner Wiege neben dem Kachelofen.

Clara rechnete nicht damit, dass Hilar bald auftauchen würde. Aus der großen Stube klang Lachen und Grölen herüber. Wenn die Männer Cego spielten, dann wurde es in der Regel ein langer Abend, und am nächsten Morgen musste Clara ihren Ehemann mühsam wecken, damit er die Kirche nicht verschlief. Sie betete, dass Hilar seinem Versprechen endlich Taten folgen ließ, damit es nicht nur mit den Streitereien mit Walburga ein Ende hatte, sondern auch mit dem Saufen und Kartenspielen der Männer.

Clara schüttelte Hilars und ihre Kissen auf und kroch unter die Bettdecke, unter der schon die zwei Kleinen lagen. Sie kuschelte sich an ihre warmen Körper. Bald darauf war sie eingeschlafen.

In der Stube herrschte beste Stimmung. Nachdem Bibiane sich eine Weile mit ihren verbliebenen Schwestern ihre bevorstehende Hochzeit ausgemalt hatte, setzte sie sich an den Tisch direkt neben Philo auf die vordere Bank. Er hatte gerade einen Lauf – der Stapel an Kreuzern vor ihm war höher als bei den anderen Spielern. Thomas war dran mit Geben. Philo sortierte seine Karten und zeigte seiner Verlobten bereitwillig sein Blatt. Bibiane schaute interessiert hinein.

»He«, rief Lorenz nach dem zweiten Stich für Philo, »wo gibt's denn so was, dass die Weiber hier beim Spiel mitmischen?«

Philo ignorierte ihn und wandte sich Bibiane zu. »Was meinst du«, flüsterte er, »was soll ich spielen?«

Bibiane tippte auf die Herzdame. Philo lächelte sie an und zog die Karte. Er machte auch diesen Stich und gewann schließlich das Spiel. Bibiane strahlte ihn an.

Nun war Blasius mit dem Austeilen dran. Bibiane nahm für Philo die Karten auf und sortierte sie. Philo nickte anerkennend und übernahm. »Leider ein schlechtes Blatt«, schränkte er leise ein.

»Dann geh auf Risiko«, raunte Bibiane.

»Cego«, erklärte Philo laut.

Die Mitspieler passten reihum. Philo griff nach dem Kartenstapel in der Mitte, den Blinden. Bei Betrachtung der Karten hellte sich sein Gesicht auf. Er hatte den Gstieß bekommen.

Auch dieses Spiel gewann er, und die anderen murrten.

»Ein Weib am Tisch bringt Unglück«, befand Lorenz laut, und die anderen stimmten ihm zu.

Bibiane fragte sich, ob sie das ernst oder scherzhaft meinten. Sie spürte, dass sie außer bei ihrem Verlobten in der Runde nicht sehr willkommen war, und stand auf.

»Ich gehe ins Bett«, erklärte sie. »Wir sehen uns morgen.« Sie lächelte Philo an, der von seinem Blatt aufsah.

»Schade«, sagte er und warf ihr einen Kuss zu.

»Geht ihr auch schlafen?«, fragte Bibiane ihre drei Schwestern, mit denen sie sich die Kammer teilte. Alle anderen bis auf die Kartenspieler waren schon verschwunden. Die jungen Frauen nickten und standen auf.

»Gute Nacht euch allen. Spielt nicht zu lang«, rief Elisabeth den Männern zu.

»Immer diese Ermahnungen«, grummelte Lorenz.

»Gute Nacht.«

Die Schwestern griffen nach ihren aufgewärmten Kirschkernsäckchen auf dem Kachelofen und sahen zu, dass sie in ihre Betten kamen. Sie schliefen in der letzten Gangkammer über dem Stall, die sie nur über den Außengang erreichen konnten. Als Bibiane und ihre drei Schwestern auf den Gang nach draußen traten, schlug ihnen das schlechte Wetter trotz des überhängenden Daches entgegen.

»Bah, so ein Mistwetter«, grantelte Martha. Es windete kräftig, und der Regen peitschte hart um das Gebäude. In der Laterne flackerte die Kerze, bis sie schließlich erlosch. Die restlichen Schritte bis zu ihrer Kammer mussten die jungen Frauen im Dunkeln zurücklegen.

»Puh, was für ein Sturm«, meinte Theresia, als sie im Trockenen waren. »Ich bin klatschnass.« Sie tastete nach den Schwefelhölzern, die die Schwestern für solche Fälle in der Kammer liegen hatten, und entzündete die Kerze in der Laterne erneut.

»Wie mild es geworden ist im Vergleich zu den letzten Tagen«, stellte Elisabeth fest.

»Ich will sofort unter die Decke«, erwiderte Bibiane. »Der Regen ist garstig.«

Schnell zog sie ihr Nachthemd an und schlüpfte unter ihre Decke. Das Kirschkernsäckchen legte sie an ihre eiskalten Füße. Als alle Schwestern in ihren Betten lagen, blies Theresia das Licht aus.

In der Dunkelheit fingen die Mädchen wieder an zu schwatzen. Was war in den letzten Stunden nicht alles passiert! Dass Bibiane heiraten würde und auch noch ein

Kind bekam, war die größte Überraschung überhaupt, die immer wieder angesprochen wurde.

Als das Gespräch zu tröpfeln begann und in lange Atemzüge überging, blieb Bibiane wach. Sie bedeckte ihr Gesicht mit ihren unter der Decke aufgewärmten Händen und strich ihre Stirn glatt. Sie lauschte dem Regen und dem Wind, der an dem alten Haus rüttelte. Entspannt lag sie da und horchte in ihren Bauch. Seit einigen Tagen nahm sie Bewegungen darin wahr. Philos Kind!

In der Stube hatte Philos Glückssträhne mit Bibianes Verabschiedung ein Ende genommen. Stattdessen bestimmte nun der Königenbauer das Geschehen. Ein ums andere Mal gewann er, und der Kreuzerstapel vor ihm wuchs. Philo schaute auf die paar Münzen, die ihm noch geblieben waren. Es war Zeit zu gehen, zumal er und sein Bruder bald schon wieder aufstehen mussten. Er stupste Blasius neben ihm an.

»Eine letzte Runde«, rief Martin. Er griff zur Schnapsflasche und goss allen noch einmal ein.

Philo wollte nicht mehr recht. Er hatte mehr als genug getrunken und vielleicht sein Geld auch deshalb verloren, weil Martin ihn und die anderen Mitspieler mit dem ständigen Schnaps absichtlich betrunken gemacht hatte. Diese Methode kannten sie schon. Keiner schaffte es, so viel Alkohol wie der Königenbauer zu trinken, ohne sturzbesoffen zu werden.

»Gehen wir?«, fragte Philo seinen Bruder.

»Ein einziges Spiel noch, ja?«, schlug Blasius vor.

»Also gut.«

Philo gab nach. Er schaute Thomas an, der mit glasigen Augen schon die letzte Runde ausgesetzt hatte. Thomas war so betrunken, dass er für das Kartenspiel nicht mehr zu gebrauchen war. Er sackte auf der Bank zusammen und schlief einfach ein.

Lorenz verteilte die Karten. Hilar setzte aus und stopfte seine Pfeife. Philo sortierte sein Blatt. Es war hundsmiserabel. Er überlegte, ob er auf Risiko spielen sollte, war aber nicht recht entscheidungsfähig. Stattdessen riss der Königenbauer das Spiel an sich. Martin war jetzt sehr zufrieden, es lief für ihn. Der Abend hatte ihm die Abwechslung gebracht, die er den ganzen Tag gesucht hatte. Mit zunehmendem Stapel vor sich wusste er, dass er den heutigen Spieleabend gewinnen würde. Die zwei zuletzt gespielten Stiche waren zwar nicht an ihn gegangen, aber er hatte ja noch einen Trumpf auf der Hand: den Gstieß. Als letzte Karte knallte er ihn auf den Tisch.

Im selben Moment donnerte es bedrohlich, und die Stube begann zu zittern. Überrascht sahen die Männer hoch. Die Schnapsflasche auf dem wackelnden Tisch kippte um. Thomas fiel von der Bank und rappelte sich verwundert auf. Das Donnern schwoll an und ging über in ein gewaltiges Krachen. Das Licht erlosch in einem Windstoß. Nur Bruchteile von Sekunden später spürten sie den Schnee kommen.

Bibiane hatte immer noch die Hände auf ihrem Gesicht, als das Dröhnen und Zittern begann. Ehe sie sich besinnen konnte, krachte es laut, und sie geriet mit ihrem Bett in Bewegung. Reflexartig krallte Bibiane ihre Hände an ihrem Gesicht fest, als müsste sie es schützen. Urplötzlich überkam sie das Gefühl, als säße sie in dem Butterfass aus dem Hausgang, über das sich ihre Mutter und Clara so zerstritten hatten. Das Fass schüttelte sie hin und her, als würde von außen jemand die Kurbel drehen. Sie hörte ihre Schwestern kreischen. Auf einmal machte Bibiane einen Satz. Sie fiel. Aber noch immer lag sie in ihrem Bett. Mit ihren Füßen stemmte sie sich gegen das Fußteil, mit ihren Händen hielt sie sich am Bettkasten fest. Holz splitterte und krachte. Unter ihr hörte Bibiane panisches Muhen der Kühe. Ruhig, sagte sie, dabei sprach sie gar nicht. Wo war sie? Im Stall?

Die Bewegungen hörten plötzlich auf, das Donnern und Splittern verstummte. Auch der Regen war weg. Nanu? Die Tiere brüllten.

Ruhig, ganz ruhig. Bibiane war sich jetzt sicher, dass sie im Stall war. Aber sie lag auch im Bett. Sie war im Stall und im Bett. Musste sie jetzt melken? Erst mal aufstehen. Es war noch dunkel. Bibiane hob leicht den Kopf.

»Autsch!« Mit ihrer Stirn stieß sie gegen ein Brett.

»Wer ist da?«, fragte eine verängstigte Stimme. Es war Theresia.

»Ich, Bibiane.«

»Hilfe!«, schrie eine andere. Elisabeth.

»Wo seid ihr?«, fragte Bibiane. »Wo ist Martha?«

»Ich bin da«, antwortete Martha von weit her.

Alle da. Das ist gut, dachte Bibiane. An ihrer rechten Wange kitzelte Heu. Sie wollte die Halme loswerden und pustete in die Richtung.

»Wir müssen hier weg«, sagte Theresia gequetscht.

»Ich kann nicht weg. Ich kann mich überhaupt nicht bewegen«, entgegnete Martha.

»Was ist passiert?«, rief Elisabeth mit Panik in ihrer Stimme.

»Ich gehe jetzt melken«, erklärte Bibiane mit voller Überzeugung.

»Wieso melken?« Martha klang irritiert.

»Na, ich bin doch im Stall. Die Kühe brüllen, sie wollen gemolken werden. Hört ihr sie denn nicht?«

Tatsächlich hatte das Muhen für einen Moment nachgelassen, das Vieh war stiller geworden.

»Du bist nicht im Stall«, entgegnete Martha.

»Wo sind die anderen?«, fragte Elisabeth. »Hallo, hört uns jemand? Hallo!«

»Hallo«, kam es dumpf zurück.

»Mama«, weinte jemand.

»Die Buben!«, rief Elisabeth. »Das waren doch die Zwillinge. Leo, Julius, wo seid ihr?«

»Hier.«

Es klang weit weg.

Walburga fühlte sich wie lebendig begraben. Sie hatte geschlafen und war von dem Krachen aufgeschreckt. Plötzlich war alles so stark in Bewegung geraten, dass Walburga nicht wusste, wo ihr der Sinn stand. Jetzt, im Stillstand, befand sie sich zwar immer noch in ihrem schief geratenen Bett, war aber wie von Blei überzogen. Wo war oben, wo war unten? Die Bäuerin öffnete die Augen. Es war stockfinster. Sie wollte sich bewegen, aber es ging nicht. An ihrem Kopf wurde es immer kälter. Sie streckte ihre Zunge nur ein kleines Stückchen heraus. Schnell verschwand die Zunge wieder im Mund. Schnee. Sie hatte Schnee geleckt. In Walburga kroch Panik hoch.

»Ist da jemand?«, fragte sie ängstlich. Sie konnte die Worte kaum formulieren, so wenig Platz hatte sie vor ihrem Mund. Hatte sie überhaupt gesprochen?

Sie spürte einen Druck an ihrer rechten Hand. Unglaublich, sie hielt tatsächlich noch die Hand ihrer Mutter. Und ihre Mutter hatte sich bewegt. Die Fallermarie lebte! Walburga versuchte ihrerseits, die Hand zu drücken. Sie schaffte nur eine winzige Bewegung, aber sie bedeutete Walburga alles. Sie war nicht allein.

Martin glaubte, dass er mit dem Rücken auf dem Boden der Stube lag, doch genau wusste er es nicht. Ihm war schwindelig. Er fühlte sich, als hätte er ein mächtiges Brett auf den Kopf bekommen. Er wollte sich bewegen, aber bekam noch nicht einmal seine Augen auf. Alles um ihn herum war kalt. Martin stöhnte. Noch einmal versuchte er, mit aller Gewalt die Augen aufzubekommen. Da sah er ihn! Der Pudel, der schwarze Hund – er war wieder da! Wie ein Monster saß er jetzt auf Martin, nachdem er ihn umgerissen hatte. Genau so, wie es der Sattler erzählt hatte. Der Köter knurrte und stank gottserbärmlich!

Geh runter, sagte Martin. Ich werde auch nie wieder im Wirtshaus versacken, ich schwöre es bei der heiligen Muttergottes. Lass mich gehen.

Der Hund knurrte erneut. Fast war es dem Königenbauern, als lachte er ihn aus. Martin überlegte eine Weile, was er gegen den schwarzen Hund machen konnte. Schließlich merkte er, dass es ihm egal war. Soll er doch bleiben. Ich bleib auch hier. Der Hund wurde immer schwärzer; so schwarz, dass Martin ihn schließlich gar nicht mehr erkennen konnte.

Als Philo zu sich kam, steckte er fest. Er erinnerte sich an ein leises Grummeln, das überging in ein lautes Donnern, Krachen, Splittern und schließlich ein Prasseln. Aus dem Nichts war Schnee in die Stube hereingebrochen und hatte ihn mitgerissen. Alles wirbelte durcheinander. In einem Reflex hatte Philo die Arme schützend über seinen Kopf gelegt und war so durch eine Welle aus Schnee und Holz geschwommen, bis schließlich etwas Hartes, Schweres auf der Höhe seiner Hüften wie ein Fallbeil auf ihn niederkrachte und für abrupten Halt sorgte. Jetzt war es still. Totenstill.

»Hallo? Ist da jemand?«, fragte er laut.

Er bekam keine Antwort. Wieso meldete sich keiner? Philo versuchte sich klarzuwerden, wo er sich überhaupt befand. Er sah nichts als Dunkelheit und fühlte sich wie in einem Schraubstock. Seine Beine schienen festzustecken, er konnte nicht einmal einen Fuß anheben. Seine Hände und Arme jedoch konnte Philo bewegen. Er begann, seine Umgebung abzutasten. Sein Kopf und die Brust schienen in einem Kasten zu stecken, Philo glaubte, dass es die Stubenbank sein könnte. Der Kasten ließ ihn gut atmen. Linkerhand klopfte er gegen Holz, das er aber nicht zuordnen konnte. Rechts hingegen stieß er mit seiner Hand gegen etwas Kaltes. Philo kratzte daran herum. Es war Schnee.

Philo wurde von einem beklemmenden Gefühl übermannt, als ihm klar wurde, was passiert sein musste. Er lag unter Schnee begraben. Er musste hier raus, so schnell wie möglich, aber er konnte sich nicht einen Zoll aus seinem weißen Gefängnis fortbewegen.

»Ist da jemand?«, fragte er noch einmal verunsichert. »Blasius? Bibiane! Hört ihr mich?«

Stille.

»Hört mich denn niemand? Hilfe!«

Aus der Beklemmung erwuchs Panik. War jetzt das ganze Haus eingestürzt? Was war mit den anderen? Blasius, wo steckte er? Was mochte Bibiane passiert sein, die schon ins Bett gegangen war?

Philo versuchte, sich zu beruhigen. Er musste einen klaren Kopf behalten und zwang sich, nachzudenken.

Blasius und er sollten doch heute nach Urach laufen. Sie mussten früh aufstehen. Die Mutter würde bald merken, dass etwas nicht stimmte, und dann ganz sicher herkommen. Ja. Sie würde sicher bald da sein.

Clara spürte, dass sie auf einem Kind lag. An ihrem Bauch spürte sie den warmen kleinen Körper. Um Gottes willen, dachte sie erschrocken, es wird ja erdrückt. Sie wollte sich wegdrehen, konnte sich aber kein bisschen bewegen. Sie war wie eingefroren, alles um sie herum war eine kalte, starre Hülle. Wie soll ich nur von dem Kind herunterkommen, dachte sie verzweifelt. Es musste Balbina sein. Die Kleine rührte sich nicht.

Clara wurde wütend, als ihr bewusst wurde, dass sie in einer Schneelawine feststeckte. Hatte sie es nicht gesagt am Nachmittag? Sie hatte gewusst, dass es gefährlich war. Sie wusste es einfach. Aber nein, die Männer hatten sie hingestellt wie ein dummes Weibsbild, das nicht in der Lage war zu denken. Nicht mal ihr eigener Ehemann war ihr beigesprungen, im Gegenteil. Dabei hatte sie sich sehr wohl vorstellen können, dass der Schnee dem Haus gefährlich werden konnte. Und hatte sie nicht recht? Sie hatte recht. Sie war schließlich nicht dumm.

Clara spürte, wie der Schnee ihr langsam die Luft abschnürte. Beklemmung stieg in ihr auf. Sie musste zusehen, dass sie hier herauskam. Nur wie? Erneut versuchte sie, sich zu bewegen, aber es war unmöglich.

Hätte sie nur auf ihre innere Stimme gehört, dachte sie bitter. Wo Hilar wohl steckte? Wo war Wilhelmine, die mit ihr und Balbina im Bett gelegen war? Und Paul und Anton, ihre beiden ältesten Söhne, die mit Leo und Julius in einer der Gangkammern schliefen?

Clara erkannte ihre hoffnungslose Lage. Tränen stiegen in ihr auf. Sie fing an zu beten. Gegrüßet seist du, Maria, voll der Gnade, der Herr ist mit dir. Du bist gebenedeit unter den Weibern, und gebenedeit ist die Frucht deines Leibes, Jesus. Heilige Maria, Muttergottes, bitte für uns Sünder jetzt und in der Stunde unseres Todes.

Amen.

Bibiane könnte schwören, dass sie im Stall war. Sie roch es doch. Sie legte den Kopf auf den Rücken ihrer Lieblingskuh und sog den Geruch ihres Fells ein. Die Kuh muhte. Es klang verzweifelt. Aber ich bin doch da, beruhigte Bibiane sie und kraulte sie am Kopf. Da riss Elisabeth sie aus ihren Träumen.

»Wir liegen auf dem Stall. Bei Gott, wir sind auf das Vieh gefallen.«

Elisabeth klang immer noch hysterisch. Bibiane nahm wahr, dass ihre Schwestern weiter von ihr entfernt waren als zuvor. Normalerweise lagen sie Bett an Bett. Und Theresia und Martha teilten sich in der engen Schlafkammer sogar ein Bett. Jetzt klangen alle drei, als wären sie viele Fuß von ihr getrennt.

»Wieso liegen wir auf dem Stall?«, fragte Bibiane verwirrt.

»Hier ist überall Schnee«, antwortete Martha.

»Ein Schneebrett. Das war ein Schneebrett«, war sich Theresia sicher.

»Aber ein Schneebrett kann doch kein Haus umwerfen«, entgegnete Bibiane. »Und bei mir ist überhaupt kein Schnee.«

»Was soll es denn sonst gewesen sein? Der Bienenstand ist ja auch vom Schnee umgefallen«, erwiderte Martha.

Allmählich dämmerte Bibiane, dass sie sich gar nicht im Stall neben ihrer Lieblingskuh befand, sondern irgendwo feststeckte. Wo genau, vermochte sie nicht zu sagen. Mit ihrer linken Hand stieß sie knapp über ihrem Kopf gegen Holz. Die Bretter waren so nah, dass sie den Arm nicht ausstrecken konnte. Sie horchte in ihren Bauch. Von ihrem ungeborenen Kind war nichts zu spüren, keine Bewegung. Schlagartig war sie beunruhigt.

»Was machen wir jetzt?«, fragte sie.

»Ich muss hier raus!«, brüllte Elisabeth. »So helft mir doch.« Sie schluchzte. »Hilfe, kommt doch bitte.«

»Ich kann nicht«, sagte Martha. »Mir ist kalt. Mein Bein tut so weh.«

»Ich auch nicht«, ergänzte Theresia matt, »ich bin eingeklemmt. Ich kann kaum atmen.«

Immer und immer wieder hatte Walburga die winzige Bewegung ausgeführt, die sie am Leben hielt. Die Hoffnung, dass sie nicht allein war. Dass es einen Weg nach draußen gab. Und immer wieder hatte ihre Mutter die Bewegung mit einem leichten Händedruck erwidert. Aber jetzt hatte die Fallermarie sich schon eine ganze Weile nicht mehr gerührt. Die Hand, die mit Walburgas verbunden war, war schlaff. Und auch Walburga brachte keine Kraft mehr auf, ihre Hand anzuspannen.

Stattdessen wurde es hell. Es war Sommer. Walburga war eine junge Frau. Die Sonne schien, als sie mit einem jungen Mann über eine Wiese lief. Martin. War das schön. Lorenz kam, dann Elisabeth, Bibiane, Thomas … die ganze Kinderschar. Sie fassten sich an den Händen und hüpften fröhlich im Kreis. Jetzt sah Walburga mitten auf der Wiese einen Säugling in einer Wiege liegen. Sie ging hin und schaute auf das Köpfchen. Jakobea! Du bist wieder da! Walburga hob das Kind hoch und lachte. Sie hatte Jakobea zurück. Ihr dreizehntes Kind. Sie drückte es fest an sich. Verzeih mir, meine Tochter, dass ich mich so lange nicht um dich habe kümmern können. Bin ich froh, dass du wieder da bist.

Mit dem Kind auf dem Arm spürte Walburga einen

unglaublichen Frieden in ihrem Inneren. Nie war sie glücklicher gewesen. Sie blinzelte in die Helligkeit. Vor ihr stand ein Tor und schimmerte golden. Sie ging hindurch.

Wie viel Zeit war vergangen? Philo konnte es nicht sagen. Um ihn herum war es nach wie vor stockdunkel. Er hörte – nichts. Mit seinen Händen hatte er den Hohlraum, in dem sein Kopf und sein Oberkörper gefangen waren, mittlerweile akribisch Stück für Stück abgetastet. Auf der Höhe seines Bauchnabels begann der Schnee. Philo schaffte es, etwas davon nach links wegzuschieben und sich einen kleinen Durchgang in Richtung seiner Hüften zu erarbeiten. Schließlich stieß er gegen Holz.

Mit seinen Fingern fuhr er auf dem kleinen freigelegten Bereich langsam die Maserungen nach, erkannte ein Astloch und einige Kerben. Vor seinem geistigen Auge sah Philo, wie er und seine Cego-Mitspieler ihre ausgetrunkenen Schnapsgläser kräftig auf den Tisch knallten. Jetzt wurde ihm klar: Es musste der Stubentisch sein, der ihn in Verbindung mit dem Schnee mit aller Macht niederdrückte. Philo schaffte es, sich bis an den Rand, der auf seinem Becken lag, vorzuarbeiten. Es kam ihm wie eine Ewigkeit vor, bis er schließlich die Finger seiner rechten Hand von unten um die Tischkante legen konnte. Er versuchte, an ihr zu ziehen, und stellte resigniert fest, dass sich der Tisch noch nicht mal eine Winzigkeit bewegen ließ.

Philo fror. Seine Zähne klapperten. Er spürte, dass er seine Blase nicht mehr halten konnte, und ließ los. Für einen Moment wurde es zwischen seinen Beinen ganz warm. Das war angenehm. Philo kostete dieses Gefühl aus und musste trotz seiner misslichen Lage kurz lachen. Das war ja verrückt. Hier lag er nun eingeklemmt und freute sich, in die Hose zu machen.

»Was ist mit den Buben?«, fragte Martha. »Leo, Julius, wo seid ihr?«

»Ich kann mich nicht bewegen«, rief Julius. »Ich stecke fest.«

Er klang aufgeregt und gleichzeitig dumpf, als wäre er weit weg. Kam seine Stimme von oben oder von unten? Bibiane vermochte es nicht zu sagen.

»Wir alle stecken fest«, meinte Martha.

»Ich muss hier raus«, rief Elisabeth schrill. »Wieso kommt denn keiner? Holt mich hier raus!«

»Was ist mit Paul und Anton?«, wollte Martha wissen.

»Ich weiß es nicht«, erwiderte Leo weinend. »Helft uns doch einer, bitte.«

»Paul, Anton, seid ihr da?«, rief Martha. Sie bekam ein weit entferntes Wimmern als Antwort.

»Lebt ihr noch?«

»Ja«, kam es ganz leise zurück.

»Theresia, was ist mit dir?«, wollte Martha jetzt wissen. »Sag was.«

Es kam keine Antwort.

»Theresia?«

»Sag was, Theresia!«

»Ich muss hier raus«, wiederholte Elisabeth aufgebracht. »Ich friere. Meine Füße.«

»Hast du denn keine Decke?«, fragte Bibiane.

»Nein, und ich kann mich nicht bewegen. Es ist so kalt. Hilfe!«

»Hilfe!«, echote Martha.

Bibiane wurde schlagartig bewusst, dass sie es vergleichsweise gut hatte. Sie lag, wo auch immer, in ihrem Bett und war zugedeckt. Sie begann, ihre Lage genauer zu erkunden. Ihr rechter Arm war angewinkelt und steckte fest, aber den linken konnte sie einigermaßen frei bewegen. Sie tastete sich an dem Brett über ihrem Kopf entlang. Da! Sie hatte eine Lücke gefunden. Wie die Fühler eines Insekts überprüften ihre Finger den Freiraum. Da war nichts, kein Schnee. Bibiane begann, an dem Brett zu ziehen.

Sonntag, 25. Februar 1844

Die Kuckucksuhr unten in der Stube rief viermal und gab Maria Beha das Zeichen aufzustehen. In der Dunkelheit zog sie den Bettvorhang zurück, schwang die Beine über die Bettkante und tastete nach den Schwefelhölzern. Dann entzündete sie die Kerze in der Laterne auf dem Nachttisch. Ihr Mann grummelte und drehte den Kopf zur Seite.

Maria brauchte einen Moment, um richtig wach zu werden. Sie fühlte sich wie gerädert. Eine schrecklich unruhige, kurze Nacht war das gewesen. Sie lauschte. Wind und Regen hatten aufgehört. Gott sei Dank. In der Ferne hörte sie das aufgeregte Muhen von Kühen.

Um diese Uhrzeit? Maria zog den Nachttopf hervor und hockte sich darüber. Schließlich griff sie nach ihrer Kleidung und schlüpfte in ihre Strohschuhe. Als sie sich angezogen hatte, drehte sie sich zu Philipp um, der immer noch im Bett lag und sich nicht rührte.

»Ich geh runter«, sagte sie.

Philipp grunzte verschlafen. »Einen Moment noch.«

Er wusste genau, dass mit der Aussage seiner Frau eigentlich gemeint war, dass er ebenfalls aufstehen sollte. Es war ein lang erprobtes Spiel zwischen den beiden.

Mit dem Licht in der Hand nahm Maria die Treppe im Hausgang nach unten und klopfte im Vorbeigehen kräftig an die Schlafkammertür von Blasius und Philo. »Aufstehen!«

In der Küche war es kalt, aber der Küchenboden war immerhin nicht, wie so oft im Winter am Morgen, mit einer Eisschicht überzogen. Maria stellte ihre Laterne auf den Herd, öffnete das Türchen darunter und warf Holz und Reisigwellen hinein. Dann nahm sie den Zunderschwamm, brach eine Ecke ab und legte diese auf den Rand des Herdes. Mit zwei Feuersteinen schlug sie Funken. Der Schwamm fing Feuer, es zischte und gab eine hohe Flamme. Maria griff schnell nach dem brennenden Stück und warf es auf das Holz. Dann schloss sie das Türchen.

Während das Feuer zu knistern anfing, bereitete sie alles für die Morgensuppe vor, stellte den Topf auf den Herd und füllte Milch aus der Kanne ein. Schließlich hielt sie inne und lauschte. Jemand kam die Treppe hinunter. An den Schritten erkannte sie, dass es ihr Mann war. Er ging in die Stube. Maria zog den Topf von der Feuerstelle, nahm die Laterne und folgte ihm.

»Wo sind die Buben?«, fragte sie.

»Ich habe sie noch nicht gehört«, antwortete Philipp, während er einen Kienspan anzündete.

Maria schüttelte ungläubig den Kopf und lief in den Hausgang. Mit der Laterne in der Hand sah sie hoch. Nichts tat sich dort oben. Maria stieg die Treppe hinauf. Vor der Tür von Philos und Blasius' Schlafkammer hielt sie an und lauschte. Auf der anderen Seite war Stille.

»Philo, Blasius, aufstehen!«, rief Maria. »Raus aus den Federn.«

Da sie nach wie vor nichts hörte, öffnete sie schließlich die Tür und leuchtete hinein. Die Betten ihrer beiden Söhne waren leer.

»Nanu?« Maria staunte nicht schlecht. Sie lief die Treppe wieder hinunter in die Stube zu ihrem Mann. »Diese Lauser«, sagte sie, »jetzt haben sie die ganze Nacht beim Spielen verbracht.«

Philipp war überrascht. »Also, so was. Sie wissen doch, dass sie heute nach Urach gehen. Das passt gar nicht zu den beiden.«

»Glaub es oder glaub es nicht, aber in ihren Betten sind sie nicht.«

Philipp stand von seinem Stuhl auf. »Ich schau mal drüben nach.«

Er schlüpfte in seine Stiefel, warf den Mantel über und griff nach einer Laterne. Maria drückte derweil ihre Nase ans Stubenfenster. Sie konnte nichts als Dunkelheit sehen. Im Nachbarhof brannte kein Licht. Jetzt tauchte Philipp im Laternenschein auf.

Zweiunddreißig Schritte waren es bis zum Königenhof. Nach etwa zwanzig Schritten blieb Philipp erstaunt stehen und streckte die Laterne weiter nach vorn.

»Das gibt es ja nicht«, murmelte er fassungslos. Er machte auf der Stelle kehrt und eilte ins Königenhäusle zurück.

»Maria, komm sofort, das glaubst du nicht«, keuchte er an der Eingangstür.

Maria legte rasch ein Tuch um die Schultern, nahm ihr Licht und folgte Philipp nach draußen. Vor der Tür war der Schnee matschig geworden, und Maria rutschte aus, konnte sich aber im letzten Moment auf den Beinen halten. Schließlich schloss sie zu Philipp auf, der dort stand, wo einst der Königenhof war.

Der Hof war fort. Stattdessen ragte vor ihnen ein riesiger Berg aus Schnee und kaputtem Holz auf. Im schwachen Licht der Laternen war von dem Haus nichts mehr zu erkennen.

Maria schrie auf. »Philo, Blasius, wo seid ihr?«

In ihren Strohschuhen lief sie, so schnell sie konnte, näher an den Schneeberg heran und fiel hin. Sie weinte.

»Hört ihr mich? Ist da noch jemand? Blasius, Philo?«, brüllte sie und rappelte sich auf.

»Ich hol den Johann«, sagte Philipp und rannte zu ihrem Nachbarn.

»Ist da jemand? Hallo?«, rief Maria wieder. »Blasius? Philo? Wo seid ihr? Lebt ihr noch?«

Plötzlich vernahm sie Stimmen.

»Hier. Wir sind hier. Wir stecken fest.«

»Hilfe! Holt uns raus!«

Mädchenstimmen, mindestens zwei. Maria näherte sich der Richtung, in der sie die Stimmen vermutete.

»Wo seid ihr?«

»Hier. Bitte lupf uns raus.«

Es war Bibiane. Sie klang dumpf, als wäre sie weit weg.

»Ich sehe euch nicht.«

Hilflos schwenkte Maria die Laterne hin und her. Sie versuchte, auf den Berg aus Schnee und Trümmern zu klettern. Woher kamen die Stimmen?

»Hilfe, holt uns hier raus!«

Das war wieder eine andere Stimme, aber Maria vermochte nicht zu sagen, wem sie gehörte und woher sie kam.

Philipp kehrte keuchend zurück. In den Händen hielt er zwei Schaufeln und streckte Maria eine hin.

»Ich hab welche gehört«, sagte sie aufgeregt. »Schnell, wir müssen uns beeilen.«

Verzweifelt fingen sie an zu graben. Aber wo sollten sie anfangen? Woher kamen die Stimmen?

Jetzt kam auch der Löfflerjohann angerannt und erstarrte.

»Mein Gott.« Nachdem er sich gefangen hatte, fuhr er fort: »Ich lauf zum Kajetanshof. Wir brauchen Hilfe. Viel Hilfe.«

Nachdem der Löfflerjohann den Kajetansbauern informiert hatte, schickte dieser seinen Knecht Alfred los, damit er in Neukirch Alarm schlüge. Sie brauchten schnell viele Retter. Bis Neukirch lief man eine gute Stunde, und der junge Knecht nahm seine Beine in die Hand. Er musste es zur Frühmesse schaffen, um möglichst viele Menschen auf einmal anzutreffen. Alfred rannte den steilen, rutschigen Berg hinauf, stapfte hastig durch schweren Schnee und keuchte, als er die Dorfstraße erreichte. Es dämmerte, als die Kirche in Sichtweite kam. Er lief weiter und stieß die Tür auf.

Das Gotteshaus war gut gefüllt. Pfarrer Schilling sprach gerade ein Gebet, als Alfred hineinstürmte.

»Eine Lawine hat den Königenhof verschüttet!«, rief er außer Atem. »Es ist ein großes Unglück. Ihr müsst alle kommen. Alle. Wir brauchen Hilfe. Holt eure Schaufeln, eure Äxte.«

Ein lautes Gemurmel setzte ein. Wendelin, der ehemalige Knecht der Tritschlers, der mit seiner Frau Gertrudis und ihren zwei kleinen Kindern in der dritten Bankreihe saß, sprang als Erster auf.

Pfarrer Schilling war erst verärgert über die Störung, erkannte aber schnell den Ernst der Lage. Er schlug ein Kreuz.

»Geht, mit Gottes Segen, geht. Sagt allen Bescheid, die ihr kennt. Gott wird mit euch sein.«

Nur wenige Momente später war die Kirche leer.

Mit dem Sonnenaufgang wurde das ganze Ausmaß der Katastrophe sichtbar. Maria und Philipp hielten kurz erschöpft inne. Ihnen stockte der Atem. Beide bekreuzigten sich hastig.

»Vergelt's Gott, dass unser Häusle noch steht«, sagte Philipp fassungslos.

Oben am Hang war deutlich die breite Abrisskante des Schneebretts zu sehen. Ein riesiges Feld aus gestürzten Balken, zersplittertem Holz, kaputten Fahrnissen, Heu, Stroh und Schnee ergoss sich ins Tal. Vom Gebäude des Königenhofs waren nur Trümmer übrig, bedeckt mit Unmengen von Schnee. Die Lawine hatte es nicht nur geschafft, den ganzen Hof aus dem Fundament zu lösen und sicher fünfzehn Fuß nach unten zu schieben, sondern hatte auch auf der Bergseite das Dach angehoben und überworfen, welches nun mahnend aus dem Trümmerberg hervorstach. Wie durch ein

Wunder war das Königenhäusle direkt daneben unbeschadet geblieben.

Das Ehepaar Beha spürte, dass die Zeit gegen sie lief. Nach dem ersten Schock trugen sie jetzt wie besessen Schnee ab. Sie mussten ihre Söhne und die Bewohner da rausholen. Noch waren sie mit dem Kajetansbauern sowie dem Löfflerjohann und seiner Frau, der Löfflermarie, nur zu fünft und schaufelten um das Leben der Eingeschlossenen, doch sie hatten das Gefühl, dass sie bei dem festgepressten Schnee kaum einen Schritt vorwärtskamen.

»Wir müssen uns beeilen«, rief Maria verzweifelt. »Wir müssen die Buben finden. Blasius! Philo!«

»Gleich kommt Hilfe aus Neukirch«, machte der Löfflerjohann seiner Nachbarin Mut. »Wir schaffen das. Gleich finden wir sie, Maria.«

Die Schneemassen schienen unendlich zu sein. Die Behas und die Löfflers wussten mittlerweile, dass neben Bibiane noch einige ihrer Schwestern auf Rettung warteten, auch ein paar der jüngeren Buben waren am Leben. Alle steckten irgendwo im dem Tal zugewandten Teil fest, von wo man neben den Rufen der jungen Frauen die panischen Geräusche der überlebenden Tiere hörte.

»Haltet durch!«, brüllte Philipp. »Wir sind bald da.« Dabei hatte er keine Ahnung, wie nah sie sich überhaupt schon an die Verschütteten herangearbeitet hatten.

»Blasius!«, rief Maria dazwischen. »Philo! Wo seid ihr?«

Von ihren Söhnen kam keine Antwort. Maria und Philipp schaufelten mit ihren Nachbarn ohne Unterlass.

Die Verzweiflung trieb sie an. Ihre ermüdenden Arme spürten sie nicht.

»Vorsicht!«

Mit der Axt haute der Löfflerjohann auf das freigelegte Holz. Schließlich zog Philipp ein paar Bretter weg. Es war das erste Mal, dass er etwas bewegen konnte. Er atmete tief durch und machte weiter.

Bibiane hatte sich mit ihrem linken Arm etwas Raum verschaffen können. Sie nahm wahr, wie über ihr gearbeitet wurde. Das Brett auf der Höhe ihres Kopfes hatte sich tatsächlich ein Stückchen bewegt, es war nicht komplett verkeilt. Jetzt konnte sie ihren linken Arm ganz nach oben strecken und stieß auf Schnee. Er war recht hart, als Bibiane dagegen kratzte. Ihre Finger spürte sie nicht mehr, während sie mit dem Kratzen unaufhörlich weitermachte. Der so losgelöste Schnee fiel kalt an ihrem Arm herab. Bibiane wusste nicht, wie lange sie gekratzt hatte, bis sich das Brett wieder ein Stückchen bewegen ließ.

Über sich hörte sie die Rufe und das Geräusch von Schaufeln näher kommen. Holz wurde zerschlagen.

»Sie kommen, hört ihr es?«, rief Bibiane ihren Schwestern zu. »Wir sind nicht mehr allein. Sie retten uns.«

»Gott sei Dank«, erwiderte Martha. »Mir ist so kalt, und alles tut weh. Ich kann nicht mehr.«

Elisabeth hatte mit ihrem hysterischen Geschrei aufgehört. Sie schluchzte nur noch.

Verbissen arbeitete Bibiane sich voran. Das Brett gab erneut nach, diesmal ein ganzes Stück. Es war, als hätte jemand von außen daran gezogen. Bibiane blinzelte. Über ihr war es plötzlich hell geworden. Sie blickte auf eine Decke aus Schnee, aber ahnte den Himmel dahinter. Es konnte keine besonders dicke Schicht sein. Sie versuchte, sich etwas aufzurichten, und es gelang. Mit letzter Kraft drückte Bibiane ihren Arm gegen den Schnee über ihr. Die Masse gab nach und fiel auf ihren Kopf, während Bibiane ihre linke Hand in den freien Himmel streckte.

»Da«, rief Philipp aus, als er eine Hand aus dem Schnee kommen sah, »da ist jemand.« Er kletterte höher, schob Schnee zur Seite und griff nach der ausgestreckten Hand. Sie war eiskalt, als er sie umschloss. Philipp zog kräftig, und Bibiane schaffte es, sich zwischen den Holztrümmern aufzurichten und herauszuklettern.

»Bibiane!« Philipp konnte die Tränen nicht zurückhalten und umarmte sie überwältigt.

Bibiane schwankte und fiel hin, kaum dass Philipp sie aus seiner Umarmung entlassen hatte. Maria, die hinzugeklettert war, zog sie wieder hoch.

»Bibiane, du lebst«, weinte sie. »Wo ist Philo? Wo ist Blasius?«

»Die … die anderen sind da drinnen«, stammelte Bibiane, nachdem sie sich aufgerappelt hatte.

»Wer ist wo genau?«, fragte Philipp sie eindringlich, während Maria sie fest am Arm hielt, damit sie nicht wieder umkippte. »Bibiane, sag es uns.«

»Elisabeth, Martha, Theresia. Wir schlafen in derselben Kammer.« Bibiane schluchzte. »Und die Zwillinge und Anton und Paul, die haben wir gehört. Sie schlafen in der Kammer neben uns.«

Alle Glieder taten Bibiane weh, und sie fror plötzlich erbärmlich, hatte sie doch nur ein nasses Nachthemd an. Ihre Füße waren nackt. Auf der Stirn hatte sie eine große Beule, ihre Arme und Beine waren mit blauen Flecken übersät, aber keiner ihrer Knochen schien gebrochen zu sein.

»Maria, bring Bibiane ins Haus«, wies Philipp seine Frau an.

Diese nickte. »Komm, Bibiane, ich bring dich in die Wärme.«

Bibiane schaute mit großen Augen auf die Zerstörung, als sie mit Hilfe der Behamarie barfuß den Schneeberg herunterkletterte. Sie konnte nicht fassen, was aus dem Königenhof geworden war. Sie drehte den Kopf und sah, dass auf den Wegen ins Wagnerstal herab überall Menschen Richtung Hof liefen.

»Bibiane, sag, wo sind Philo und Blasius?«, riss Maria sie aus ihren Beobachtungen.

Bibiane schaute sie fragend an. »In … in der Stube, glaube ich«, antwortete sie schließlich. »Die Männer waren alle noch in der Stube.«

»Ihr müsst hinten graben«, rief Maria ihrem Mann zu. »Ihr müsst die Stube finden.«

Dann führte sie Bibiane zum Königenhäusle.

Wo war die Stube? Philipp sah sich hektisch um. Irgendwo dort Richtung Hang mochte sie sein. Es war nicht zu erkennen, wo bei dem verschütteten Hof noch vorne oder hinten war. Der Berg aus Schnee war riesig.

Dankbar nahm Philipp die vielen Männer wahr, die zur Bergung kamen. Vom Kajetanshof und von der anderen Seite des Tales schlängelten sich unzählige Helfer die Wege entlang. Kaum angekommen, begannen sie sofort mit dem Schaufeln. Dazwischen stand der Kajetansbauer in bemerkenswerter Ruhe und teilte Trupps ein.

»Holt mich hier raus!«, brüllte eine Stimme aus dem Inneren des Schneebergs. Es war Elisabeth. Ihr verzweifelter Ruf gab Philipp einen Ruck. Sie mussten erst hier weitermachen. Hier gab es noch Leben zu retten.

In der Stube setzte Maria Bibiane auf die warme Ofenbank und zog ihr das nasse Nachthemd aus. Nackt und zusammengekauert saß die junge Frau da, und Maria sah ihren schon gewölbten schwangeren Bauch. Schnell wickelte sie die Gerettete in eine Decke. Dann holte sie Leibwäsche, Wollsocken und Oberbekleidung. Sie musste Bibiane, die steif und unbeweglich war und heftig zitterte, beim Anziehen helfen. Die Füße waren wie Eisklumpen, ihr linker Arm war blau angelaufen. Maria nahm Bibianes eiskalte Hand und rieb sie zwischen ihren eigenen.

»Bibiane, wie ist es passiert?«

Die Gerettete schaute sie mit großen Augen an.

»Ich … ich weiß nicht. Auf einmal grollte und donnerte es. Es gab ein fürchterliches Krachen. Dann ging alles ganz schnell.«

Das Schausen, dachte Maria entsetzt. Um Gottes willen. Sie fühlte sich schlecht. Hätte sie nur auf ihr Gefühl gehört, dann wäre sie aufgestanden und hätte nachgeschaut. Sie hätten kostbare Stunden bei der Bergung gewonnen. Wie hatte sie nur Philipp glauben können, dass das Schausen nichts mehr als der Sturm gewesen sei?

»Die Kühe. Ich war auf einmal im Stall. Wo sind denn die Kühe?«

»Ich weiß es nicht«, antwortete Maria. »Zunächst müssen wir die Menschen retten.« Sie stand abrupt auf, sie konnte nicht stillsitzen, sondern musste etwas tun. »Weißt du was? Ich bring dir jetzt eine heiße Milchsuppe, und dann legst du dich oben ins Bett.«

Bibiane nickte abwesend und schwieg. Sie spürte, wie langsam Wärme in ihren Körper zurückkehrte. Das Kind in ihrem Bauch bewegte sich wieder, und Bibiane entspannte sich ein bisschen. Aber dann kehrte das Grauen zurück. Sie fing an zu weinen, als Maria mit der dampfenden Suppe aus der Küche zurückkam.

»Philo! Ihr müsst den Philo suchen!«

Philo hatte keine Ahnung, ob mittlerweile schon Tag war oder noch Nacht. Sein Zeitgefühl war verschwommen. Immer wieder nickte er ein und schreckte kurz danach hoch. Wach bleiben, ermahnte er sich, nicht einschlafen, und gab sich mit seiner eiskalten Hand einen Klaps auf die Wange.

Noch einmal hatte er es mit dem Pinkeln versucht, aber es klappte nicht mehr. Denn ganz langsam war ein Gift in seine Beine geflossen. Philo nahm es als bleierne, zähe Masse wahr. Es begann in seinen Zehen und kroch über seine Knöchel, Unterschenkel, Knie bis in die Oberschenkel. Ungefähr bei seiner Hüfte hatte es aufgehört zu fließen. Ein komisches Gefühl war das gewesen. Jetzt spürte Philo von seinen Beinen nichts mehr. Sein Körper war ab der Hüfte wie ausgelöscht, einfach weg, er fror dort nicht einmal mehr. Das erleichterte ihn. Dafür war ihm am Oberkörper umso kälter. Seine Zähne klapperten unaufhörlich. Gleichzeitig hatte er Durst. Er hatte einfach zu viel Schnaps getrunken und spürte jetzt den Brand auf seiner Zunge.

Philo kratzte mit seiner Hand etwas Schnee ab und steckte ihn in seinen Mund, um das Durstgefühl zu lindern. Viel brachte es nicht. Die Finger ließ er lange im Mund in der Hoffnung, dass sie endlich warm würden. Danach rieb er seine Hände gegeneinander und hauchte hinein. Seit Stunden machte er nichts anderes, aber seine Finger waren schon ganz steif vor Kälte, er konnte sie kaum noch krümmen. Philo hatte das Gefühl, dass es überhaupt nicht hell wurde. Aber er gewann den Eindruck, dass sich etwas veränderte. Waren das Stimmen da draußen? Ja! Sie kamen, ihn zu holen. Endlich. Er fing an zu schreien.

»Hier bin ich. Helft mir!«

Bibiane lag in Philos Bett. Sie schloss die Augen und sog den Geruch ihres Verlobten ein. Überall hing er, in den Kissen, in der Zudecke; für Bibiane war dieser Duft ein Himmelsgeschenk, die Hoffnung und der Glaube daran, dass Philo bald kam. Sie konnte immer noch nicht klar denken, in ihrem Kopf rauschte es, und ein Bild jagte das nächste. Sie sah sich selbst außerhalb stehen und in die Stube blicken. Die Cego-Karten. Sie sah, wie sie auf die Herzdame tippte. Philos Lächeln. Plötzlich grollte und krachte es laut, und die abenteuerliche Reise durch Schnee und Trümmer begann. Was war denn nur passiert? Und wo waren ihre Eltern, ihre Geschwister, die Großmutter? Wo steckte Philo bloß?

Die Tränen liefen Bibianes Wangen hinab, während sich das Bild von dem riesigen Schneehaufen mit dem zersplitterten Holz vor ihre Augen schob. Die Kammer begann sich zu drehen. Bibiane riss die Augen wieder auf und starrte an die Decke. Sie war todmüde, aber es war unmöglich, Schlaf zu finden. Ihr linker Arm schmerzte und pochte wie verrückt, es war, als fing er unter Protest wieder an zu leben.

Sie hörte, wie unten die Haustür knarrend aufging. Maria sprach beruhigend auf jemanden ein, der laut schluchzte. Bibiane wusste, wer es war. Sie hätte dieses Weinen überall herausgehört. Elisabeth war gerettet.

Als Elisabeth aus den Trümmern geborgen wurde, hatten die Männer bereits ein einigermaßen großes Rettungsloch freigeschaufelt. Unter ihnen riefen Martha und die Buben, und Philipp spürte, dass sie nicht mehr weit von ihnen entfernt waren. Der Löfflerjohann kam jetzt mit einer Säge und entfernte einen Balken, der den Zugang erschwerte. Schließlich zogen sie gemeinsam Martha hervor. Sie hatte gekrümmt in einer Spalte gehockt und sah getroffener aus als ihre beiden Schwestern, die schon im Königenhäusle im Warmen saßen. An ihrer Schläfe lief Blut hinab, sie war über und über zerkratzt und geschunden. Der Löfflerjohann zog ein Taschentuch aus seiner Hosentasche und drückte es gegen Marthas blutende Schläfe. Die Löfflermarie nahm die Gerettete in Empfang, aber Martha konnte nicht laufen. Ihr rechtes Bein stand seltsam ab. Drei Männer kamen hinzu und trugen sie fort.

Im Königenhäusle wurde Martha auf den Stubentisch gelegt. Maria holte neben einer Decke schnell einige Kissen, um Martha weich zu betten. Die Tür ging auf.

»Wo sind die Verletzten?«

Doktor Muckle, der aus Neukirch an die Unglücksstelle geeilt war, trat in die Stube und ging direkt zu Marthas Krankenlager. Prüfend schaute er sie von Kopf bis Fuß an. Schließlich griff er nach dem abstehenden Bein und zog unvermittelt. Martha schrie so laut auf, dass Bibiane und Elisabeth, die mittlerweile gemeinsam in Philos Bett lagen und sich aneinanderklammerten, vor Schreck hochfuhren.

In der Stube legte der Doktor beruhigend die Hand auf Marthas Arm, die vor Schmerzen schluchzte.

»Keine Angst, es wird gleich besser.«

Er kramte in seiner Arzttasche und holte Tropfen hervor. »Ich brauche ein Glas Wasser«, sagte er, und Maria lief schnell in die Küche, um ihm eins zu holen. Danach hielt sie Marthas Kopf, während der Arzt ihr die Medizin einflößte. Martha stöhnte und zitterte am ganzen Körper, als der Arzt anfing, ihre blutenden Wunden zu verbinden. Das gebrochene Bein schiente er mit einer Schindel, die Maria ihm aus Philipps Lager holte. Doktor Muckle war mit seiner Patientin noch nicht fertig, als die Stubentür aufging und Theresia auf einem Brett hereingetragen wurde. Schnell wurden Stühle zusammengestellt, um das Brett darauf abzulegen.

Theresia hatte es von den vier geretteten Schwestern am schlimmsten getroffen. Sie war kaum noch bei Bewusstsein, hatte gebrochene Rippen und war über und über mit Blutergüssen und Platzwunden bedeckt. Sie atmete flach und hielt die Augen geschlossen. Ihr Gesicht war blau vor Kälte. Doktor Muckle flößte auch ihr Tropfen ein und gab Maria nach einer ersten Untersuchung zu verstehen, dass etwas Beten nicht schaden könnte.

Wendelin arbeitete im hinteren Bereich des Lawinenberges. Hier vermuteten die Helfer die Stube, in der sich nach Aussage der geretteten Tritschler-Töchter noch einige Bewohner befunden haben mussten. Während er mit den anderen Helfern Schnee um Schnee wegschaufelte, dankte er Gott, dass er selbst nicht mehr auf dem Königenhof wohnte. Sonst hätte er womöglich auch Karten gespielt, läge jetzt da unten und hoffte selbst auf Rettung oder wäre gar tot. Ein grausamer Gedanke.

Wendelin musste kurz anhalten und Luft holen. Vom Schaufeln war ihm heiß geworden, und er wischte sich den Schweiß von der Stirn. Zwei Stunden war er jetzt sicher schon am Graben und mit jeder Schippe hatte er das Gefühl, dass es schwerer ging, der Schnee immer härter wurde.

Neben ihm hielt der Josef vom Hochdobelhof ebenfalls mit dem Schaufeln inne. Als könnte der junge Mann mit dem runden, pockennarbigen Gesicht Wendelins Gedanken lesen, sagte er: »Es friert, und wenn wir uns nicht beeilen, ist das bald kein Schneeberg mehr, sondern ein Eisberg.«

Ja, dachte Wendelin, er hat recht. Die Luft war kälter geworden; nachdem es gestern so stark getaut hatte, fror es nun wieder. Sie mussten sich beeilen, sonst kämen sie gar nicht mehr durch die schwere Schneedecke.

»Ich war hier mal Knecht«, erklärte Wendelin dem jungen Hochdobelbauern. »Wenn ich mir vorstelle, ich wäre nicht weggegangen, dann würde ich vielleicht …« Er schüttelte den Kopf. »Es ist seltsam. Ich meine, sieh dich doch mal um. Da oben, die Abrisskante. Es hat nur den Königenhof getroffen. Ein paar Meter mehr, und das Königenhäusle nebendran wäre auch weg gewesen. Was haben sie für ein Glück gehabt.« Er streckte den Arm aus, und Josef folgte mit den Augen seiner Bewegung. »Schau, die Mühle, sie steht noch. Die Kapelle: unbeschädigt. Das ist doch verrückt.« Wendelin stockte. »Ich weiß nicht. Irgendwie scheint der Königenhof verflucht.«

»Kann man wohl sagen«, bestätigte Josef, »hab ich selber schon erlebt.«

Wendelin sah ihn erstaunt an. Ehe er fragen konnte, was genau der junge Hochdobelbauer meinte, hörten sie aus der Tiefe des Schneebergs eine dumpfe Stimme.

»Hallo, ist da jemand? Holt mich hier raus.«

»Da ist einer!« Wendelin fuhr mit der Schaufel erneut in den Schnee. »Wer bist du?«

»Philo.«

»Ein bisschen Geduld, Philo, wir sind gleich bei dir.« Wie verrückt schippte Wendelin Schnee weg, während Josef laut in die Menge rief: »Kommt her, schnell, wir haben einen gefunden. Er lebt. Wir brauchen hier mehr Leute.«

Während ein ganzer Tross sich daranmachte, Philo zu retten, wurden im vorderen Teil Leo und Julius sowie Anton und Paul aus den Trümmern hervorgeholt. Alle hatten Heu an ihren Körpern.

»Ein großes Glück wie bei den Mädchen«, sagte der Löfflerjohann zu Maria und seiner Frau, als er die Jungen ins Königenhäusle brachte. »Sie sind mit ihrer Kammer auf den Stall gefallen, und der Heustock hat sie geschützt.«

Anton schien sich den Arm gebrochen zu haben, aber ansonsten hatten die Jungen außer blauen Flecken und Schrammen kaum Verletzungen und keine Erfrierungen, was an ein Wunder grenzte. Doch alle vier blieben stumm. Wie verängstigte Schafe im Gewitter auf der Weide drängten sie sich aneinander, als sie auf der Ofenbank in der Stube der Behas zugedeckt wurden und heiße Milch zu trinken bekamen. Mit großen Augen schauten Leo und Julius auf ihre Schwester Theresia, die nach wie vor bewusstlos auf dem Brett lag, den Oberkörper hochgelagert, bis zur Nasenspitze in Decken gehüllt. Der Doktor saß neben ihr und fühlte ihren Puls. Martha war inzwischen zu Elisabeth und Bibiane in die Kammer gebracht worden.

»Wo sind die Mutter und der Vater?«, fragte der sechsjährige Anton nach einer Weile verstört.

»Die Männer draußen suchen noch nach ihnen, aber sie werden sicher bald gefunden«, antwortete Maria. Sie strich den Jungen über die Köpfe und musste an ihre verschütteten Söhne denken. Tränen schossen ihr in die Augen. Sie wusste ja noch nicht, dass Philo ein Lebenszeichen gegeben hatte. Das Türchen der Uhr öffnete sich geräuschvoll, und der Kuckuck rief zehnmal.

Im vorderen Teil des Königenhofs, wo man die Überlebenden geborgen hatte, zogen mehrere Helfer nun das Vieh heraus. Eines der beiden Pferde lebte und zitterte verängstigt am ganzen Leib. Trotzdem holte der Knecht Alfred ein Kummet vom Kajetanshof, damit das Pferd half, Balken wegzuziehen. Widerwillig ließ es sich anschirren und scheute.

Viele Tiere waren noch am Leben, als die Retter sie hervorholten, hatten jedoch so viele Brüche und Verletzungen, dass sie direkt gestochen wurden. Sie brüllten vor Schmerzen und Panik. Fünf Metzger waren gekommen, um das Vieh notzuschlachten. Bald war der Schnee in einem weiten Umkreis rot vom Blut der geschlachteten Kühe, Ziegen, Schweine und Schafe. Die Frauen der Nachbarhöfe, die den Helfern Essen brachten, standen Schlange, um etwas von dem günstigen Freibankfleisch abzubekommen.

Pfarrer Schilling hatte unterdessen im Königenhäusle der schwerverletzten Theresia die Letzte Ölung erteilt und Maria Beha Mut zugesprochen. Nun trat er vor die Tür und schaute entsetzt auf die Schneemassen vor ihm, die sich rot verfärbt hatten.

In Schillings Kopf tauchten längst verdrängte Bilder auf, als er vor über dreißig Jahren seinen Dienst als junger Pfarrer beim Militär im Krieg gegen Napoleon leistete. Ja, hier sah es aus wie auf einem Schlachtfeld. Schilling machte eine nervöse Handbewegung, als könnte er damit die Erinnerung an die Gemetzel seiner Vergangenheit vertreiben. Er wollte keine Kriegsbilder mehr sehen. Überhaupt war der Anblick, der sich ihm hier vom Königenhof bot, nichts für schwache Nerven. Durch die Schlachtungen hing dazu ein süßlicher Geruch von Blut in der Luft. Schilling musste aufpassen, dass ihm nicht schlecht wurde.

Weiter oben, wo man die Stube vermutete, gab es plötzlich Aufregung und laute Stimmen, die nach ihm riefen. Der Pfarrer eilte dorthin.

»Wir haben einen«, brüllte ein Helfer vom Schneeberg hinab, »aber er ist tot.«

Pfarrer Schilling bekreuzigte sich, als Lorenz an seinen Füßen zuerst aus dem Schutt und Schnee herausgezogen und hinuntergetragen wurde. Zwei Männer kamen mit einem Brett. Es musste ein Stück des zusammengestürzten Hauses sein.

»Bringen wir ihn in die Kapelle«, sagte der Pfarrer und schritt voran.

Dort angekommen, bahrten die Männer den ältesten Tritschler-Sohn quer über die Sitzbänke auf. Der Pfarrer trat an ihn heran. Es kostete ihn Mühe, den Toten anzuschauen. Lorenz sah geschunden aus. Sein Gesicht war zerquetscht, sein Hemd blutrot. Schilling ging davon aus, dass der junge Mann nicht lange leiden musste, immerhin ein Trost. Er betete: »Jesus spricht zu ihr: Ich bin die Auferstehung und das Leben. Wer an mich glaubt, der wird leben, ob er gleich stürbe; und wer da lebet …«

Die Tür zur Kapelle ging erneut auf, und ein weiterer Toter wurde hereingetragen. Es war Hilar Winterhalter, der Gehausmann. Auch er war grausam zugerichtet worden.

»Ein Stubenbalken hat ihn fast zweigeteilt«, erklärte einer der Träger mit zittriger Stimme und bekreuzigte sich.

So genau wollte es der Pfarrer gar nicht wissen. Am liebsten wollte er wegschauen. Er unterdrückte die aufkommende Übelkeit und setzte gerade zur Aussegnung an, als ein weiterer Mann zur Kapellentür hineinrief: »Sie können gleich dableiben, Herr Pfarrer, wir kommen schon mit dem Nächsten.«

Die dritte Leiche, die die Helfer hervorzogen, war Martin Tritschler. Sein ganzes Gesicht war blutüberströmt. Im Gegensatz zu den beiden anderen Toten, die sie bereits gefunden hatten, hatte der Königenbauer die Augen weit aufgerissen. Wendelin musste sich abwenden, so sehr grauste ihm bei dem Anblick seines ehemaligen Kostgebers. Man sah Martin das Entsetzen selbst im Tode noch an. Der Kajetansbauer versuchte, seinem Nachbarn die Augen zu schließen, doch Martin war so eiskalt, dass es nicht mehr möglich war. Da nahm Wendelin seinen Schal ab und bedeckte den Kopf des Verstorbenen damit. Gemeinsam hielten sie inne und beteten für die Seele des Königenbauern, bevor sie ihn forttrugen und weitermachten.

Kaum war von Philo ein Lebenszeichen zu hören gewesen, war sein Vater an die Stelle geeilt und schaufelte nun um das Leben seines Sohnes.

»Philo, wir sind gleich da, hörst du? Philo, sag was! Wir sind nicht mehr weit.«

»Vater, ich muss nach Urach laufen. Ich bin ja schon spät dran.«

»Nein, heute musst du nicht mehr nach Urach laufen. Das holen wir nach«, beruhigte Philipp seinen Sohn durch den Schnee.

»Wo ist Blasius, Vater?«

»Den finden wir auch gleich.«

»Erst hab ich gute Karten gehabt, aber dann hatte der Tritschler ein ums andere Mal gewonnen. Ich hab fast alles Geld verloren.«

»Red weiter, Bub, red weiter.«

»Wir wollten gleich gehen. Ich hatte keine Lust mehr. Nur ein Spiel noch, hat der Blasius gesagt.«

»Wer saß alles in der Stube?«

»Blasius, der Tritschler, der Lorenz, Thomas, Hilar«, zählte Philo auf, »und ich. Die anderen sind schon schlafen gegangen.«

Josef stieß mit seiner Schaufel gegen die Sitzbank, die Philo das Atmen garantierte. »Wir brauchen etwas zum Wegsägen«, rief er.

Der Löfflerjohann kam mit seiner Axt. »Achtung, Philo, ich schlage jetzt das Holz weg«, warnte er.

Er brauchte auf zwei Seiten je drei Schläge, dann ließ sich die Planke wegnehmen, und der Kopf und die Brust von Philo kamen zum Vorschein. Er blinzelte gegen das Licht.

»Oh, mein Junge«, Philipp musste weinen, »halt durch, wir haben dich bald befreit.«

»Habt ihr Handschuhe für mich?«, fragte Philo. »Ich hab so kalte Hände.« Er streckte sie nach oben. Entsetzt sah Philipp, dass die Finger schon dunkelblau waren und sich Blasen gebildet hatten. Der Löfflerjohann lief los und kam mit Handschuhen und einer Decke zurück.

»Das ist gut«, sagte Philo, als ihm die Handschuhe über die fast abgestorbenen Finger gezogen wurden, »jetzt geht es mir schon viel besser.« Er wirkte zufrieden, während um ihn herum weitergeschaufelt wurde.

»Wo ist Bibiane?«, wollte er wissen.

»Sie ist bei uns im Haus. Ihr geht es gut«, antwortete Philipp.

»Oh, meine Bibi, wie schön. Sie ist so stark. Meine Bibi. Ich freue mich schon, sie wiederzusehen.«

Josef hielt mit der Arbeit inne. Er blickte hinunter auf den eingeklemmten Beha-Sohn, der die Augen geschlossen hatte und lächelte. Und verstand. Philo war also der Grund, warum Bibiane ihn hatte abblitzen lassen. Josef schnaufte. Die Wunde saß tief.

»Ich muss kurz austreten«, sagte er in die Runde der Helfer und ging davon. Es war besser, wenn er jetzt woanders weitergrub.

Wendelin rüttelte an einem gedrechselten Stab. Er musste Teil des Bauernbettes sein, der normalerweise den Himmel über dem Bett stützte, damit kein Staub auf die Schlafenden fiel. Der Lawine hatte der Betthimmel nicht standgehalten, aber die Helfer dachten, dass im Bett darunter vielleicht jemand lag. Es war jetzt Mittag, und die Schneeschicht wurde durch die erneute Kälte immer schneller zu Eis, was die Arbeit deutlich erschwerte. Sie mussten den harten Schnee erst aufschlagen, bevor sie ihn Stück für Stück wegschaufeln konnten.

Wendelin stieß schließlich auf einen Arm.

»Hier ist jemand«, rief er, und sofort kamen einige Helfer mit ihren Schaufeln näher an ihn heran.

Die Haut sah alt und faltig aus. Es musste der Arm der Fallermarie sein. Wendelin trug am Arm entlang weiter Schnee ab und merkte bald, dass ihre Hand eine andere hielt. Das Bild ging ihm zu Herzen. Er grub tiefer und sah, dass Walburga die Hand der Fallermarie umschlossen hatte. Als Walburgas Gesicht vom Schnee befreit war, war er überrascht, wie sanft sie aussah. Der ehemalige Knecht war seltsam gerührt. Nie hatte er die Bäuerin je so entspannt gesehen, eher war sie zu Lebzeiten verhärmt und ungnädig gewesen. Jetzt sah es so aus, als hätte sie im Tod ihren Frieden gefunden.

Pfarrer Schilling hatte die Kapelle seit der Bergung des ersten Toten nicht mehr verlassen. Kaum hatte er Lorenz ausgesegnet und ein Gebet gesprochen, wurde schon der nächste Leichnam hereingebracht. Fünf Königenhofbewohner lagen hier nun: Neben Lorenz waren es

Martin Tritschler, seine Frau Walburga, die Fallermarie und Hilar Winterhalter, der Gehausmann. Der Pfarrer musste immerzu schlucken, während sich allmählich die Aura des Todes in dem kleinen Kapellenraum ausbreitete. Schrecklich sahen die Menschen zum Teil aus, gequält, zerquetscht, geschunden. Schilling musste wieder an seine Militärzeit denken, und er fühlte sich an diesem fatalen Sonntag ähnlich überfordert wie damals.

Die Tür ging wieder auf, und zwei weitere Totenbretter wurden hereingetragen. Diesmal waren es die Tritschler-Töchter Marei und Magdalena. Pfarrer Schilling blickte vorsichtig auf die zwei Mädchen. Von der Jüngeren war das Gesicht kaum noch zu erkennen. Nur ihr Lockenkopf und ihre Körpergröße verrieten ihre Identität.

»Schauen Sie mal hier, Herr Pfarrer.« Einer der Träger deutete auf Magdalenas rechten Fuß, der von einem Nagel durchbohrt war. »Wie bei Jesus.«

Schilling musste würgen und rannte aus der Kapelle. Draußen übergab er sich und rang nach Luft. Der Träger kam zu ihm und berührte ihn an der Schulter. »Herr Pfarrer, ist Ihnen nicht gut? Möchten Sie sich setzen?«

Der Geistliche richtete seinen Oberkörper auf und rang um Haltung. »Danke, es … es geht schon.« Ihm war schwindelig. »Ich brauche nur einen Moment, ich …« Er holte tief Luft. »Bitte, könnte jemand die Gesichter der Toten bedecken? Das würde mir sehr helfen. Und … vielleicht ein Glas Wasser, ja? Danke.«

Bibiane wusste nicht, dass Philo lebend gefunden worden war. Keiner kam zur Schlafkammer, in der sie mit ihren geretteten Geschwistern lag, und sagte ihr, dass es ein Lebenszeichen gab. Sie selbst fühlte sich wie betäubt, so, als steckte sie unter einer Haube. Von außen drangen gedämpft die Rufe und Schläge der Helfer in die Kammer, aus der Stube ertönte stündlich der Ruf des Kuckucks. Hin und wieder schlugen Türen, im Hausflur knarzte es, und Stimmen wurden laut.

Ein neues Geräusch war hinzugekommen. Aus dem Stall des Königenhäusles war seit einer Weile fortwährend klagendes Muhen zu hören, das Bibiane neugierig machte. Sie richtete sich im Bett auf und schwang die Beine über die Kante.

»Wohin gehst du?«, fragte Elisabeth.

»Kurz schauen«, antwortete Bibiane.

»Bleib hier.« Elisabeth hielt sie am Arm fest.

»Ich bin doch gleich zurück. Ich geh nur runter.«

Bibiane befreite sich sanft aus dem Druck ihrer Schwester und schaute in Elisabeths ängstliches Gesicht, während Martha in Blasius' Bett nichts sagte. Die Tropfen zeigten Wirkung, sie schlief, wie Bibiane fast mit Neid feststellte. Leo und Julius saßen eng aneinandergedrängt neben Martha und schauten Bibiane mit großen Augen stumm an.

»Bin gleich wieder da.«

Sie verließ die Schlafkammer, ging die Treppe hinunter und öffnete im Erdgeschoss die Verbindungstür zum Stall. Das verzweifelte Muhen wurde lauter und war herzzerreißend. Eine Kalbin und zwei Kälber der Tritschlers, die die Lawine überlebt hatten, waren hierhergebracht worden. Bibiane hatte keine Schuhe und trat in Wollsocken in den Stall.

»Hallo, ihr drei«, sagte Bibiane und schloss die Stalltür hinter sich. Sie hockte sich zwischen die Tiere und redete sanft auf sie ein. Die Kühe erkannten sie und drängelten sich geradezu an sie heran, während Bibiane alle abwechselnd streichelte. Ein Kalb schleckte ihre Hände und ihr Gesicht ab. Seine warme, raue Zunge tat Bibiane wohl. Das Vieh hatte Wunden, die jedoch nicht so gravierend waren, dass es geschlachtet werden musste. Ob noch mehr Tiere das Unglück überlebt hatten? Sie und ihre Schwestern waren ihnen doch auf die Köpfe gefallen. Und was war bloß mit Philo? Wo steckten ihre Eltern und Geschwister? Bibiane legte ihren Kopf an den Hals der Kalbin. Sie spürte die Wärme und das weiche Fell des Tieres.

Plötzlich hatte sie das Gefühl, nicht mehr richtig atmen zu können. Ihr wurde schwindelig. Bibiane hechelte, während ein Kloß in ihrem Hals ihr die Luft abschnürte. Schnell und immer schneller drehte sich ihr Kopf, bis sie schließlich laut aufschluchzte und heftig zu weinen begann. Das Kalb leckte eifrig die Tränen von ihren Wangen.

Rund um Philo wurde unter Hochdruck Schnee und Gebälk abgetragen. Philo selbst redete ununterbrochen und oft wirr, er schien keine Schmerzen zu verspüren. Sein Vater war dankbar für jedes Wort, das sein Sohn von sich gab, denn es erhöhte seine Überlebenschancen. Philipp war bewusst geworden, dass sie eher gering waren, nachdem er Philos erfrorene Hände gesehen hatte. Aber man durfte die Hoffnung niemals aufgeben.

Maria kam herbeigeeilt und hielt ihrem Sohn einen Becher mit warmer Milch an seine eisblauen Lippen. Er trank gierig und verschüttete dabei in seiner liegenden Position die Hälfte. Es machte ihm nichts aus.

»Schön warm«, sagte er und leckte mit der Zunge rund um seinen Mund die Tropfen auf.

Maria wollte mitschaufeln, aber Philipp hielt sie zurück. »Geh zurück ins Haus, dort wirst du auch gebraucht. Bereite ein Bett in der Stube vor. Neben dem Kachelofen. Er wird es warm brauchen. Glaub mir, hier helfen schon genug.«

Maria schaute ihren Mann verunsichert an, ließ sich aber überzeugen. Philipp war froh. Sie hatte Philos fast schwarze Hände in den Handschuhen nicht gesehen, und das war besser so.

»Bibi und ich werden uns ein schönes Haus bauen«, malte sich Philo weiter aus. »Wir werden eine große Familie gründen.«

Philipp lächelte.

»Wo ist Blasius?«, fragte Philo erneut.

»Der ist auch bald zu Hause«, antwortete Philipp zum wiederholten Male. In Wirklichkeit fehlte von seinem ältesten Sohn jede Spur.

»Dann bringen wir die Uhrengestelle nächsten Sonntag nach Urach.«

»Ja, das ist ein guter Vorschlag.«

Die Helfer hatten nun Philos Oberschenkel freigelegt. Seine Hose war an die Haut zwischen seinen Oberschenkeln festgefroren. Philipp versuchte, sie von der Haut zu lockern, und zog etwas zu stark. Er zuckte wegen seiner Unvorsichtigkeit zusammen und erwartete einen Schmerzensschrei. Doch Philo reagierte nicht und redete ohne Unterlass.

»Philo, deine Oberschenkel sind jetzt frei«, unterbrach Philipp seinen Redefluss.

»Wirklich? Ich spüre meine Beine nicht«, erwiderte Philo. Es schien ihn nicht weiter zu bekümmern, während Philipp schwante, was das zu bedeuten hatte. Mit Gewalt unterdrückte er die wieder aufsteigenden Tränen. Der Löfflerjohann schob ihn sanft zur Seite, nahm die Säge und fing an, die schwere Tischplatte, die Philo in sein weißes Gefängnis drückte, in Stücke zu teilen.

Wie alle Männer der Umgebung war auch der Sattler an die Unglücksstelle geeilt. Er zitterte, wenn er daran dachte, wie knapp er selbst der Katastrophe entgangen war. Nach dem Besuch auf dem Königenhof war er kurz beim Kajetansbauern gewesen, der nur wenig Arbeit für ihn gehabt hatte, und war dann weiter zum Wolfloch gelaufen. Dort hatte man ihm ein Lager für die Nacht angeboten, und er hatte mit der Hofgemeinschaft einen lustigen Abend in der Stube verbracht. Es hätte aber auch genau umgekehrt gewesen sein können. Er hätte erst zum Wolfloch und dann ins Wagnerstal laufen und auf dem Königenhof übernachten können. Es war also pures Glück – oder doch Gottes Wille? –, dass er seinen gestrigen Weg anders gewählt hatte. Der Sattler schlug drei Kreuze. Außerdem gelobte er, eine Wallfahrt zu unternehmen, sobald der Frühling kam.

Jetzt aber schaufelte er mit anderen Helfern dort, wo

sie das Stüble und die eigentlich darüber liegende Schlafkammer vermuteten. Die Männer hatten mehrere Löcher in die eisharte Schicht geschlagen. Als sie endlich den gefrorenen Schnee fortgebracht hatten, stießen sie auf Balken oder Möbelreste und mussten diese mühselig entfernen. Mittlerweile war es schon Nachmittag, und es ging unerträglich zäh voran.

Der Sattler schippte eine Schaufel nach hinten weg und sah im Schnee vor sich mehrere Münzen stecken. Er überlegte einen kleinen Moment und schaute sich um. Keiner schien auf ihn zu achten. Schnell kratzte der Sattler drei Gulden frei und steckte sie in seine Hosentasche. Dann schaufelte er weiter.

»Fund!«, rief einer weiter unten. Mehrere Helfer kamen näher heran. Der Sattler erkannte die blonden Locken der Gehausfrau Clara Winterhalter in einer freigelegten Grube. Nachdem ihr Körper vom Schnee befreit war, zogen zwei Männer Clara nach oben und legten sie vorsichtig auf den Rücken. Man konnte deutlich sehen, dass sie schwanger gewesen war. Ihr Gesicht zeigte keinerlei Verletzungen.

Wie engelsgleich sie selbst im Tode noch aussieht, dachte der Sattler erschüttert und bekreuzigte sich erneut.

»Noch jemand«, kam es von unten, »lag direkt unter der Frau.«

Diesmal reichte ein Helfer die Leiche alleine nach oben. Es war die kleine Balbina. Der Sattler nahm sie in Empfang und legte sie auf den Bauch ihrer toten Mutter. Schweigend gruben sie weiter, bis sie auch Claras zweite Tochter Wilhelmine fanden. Sie nahmen eine Tür, die aus den Angeln gesprungen war, aus den Trümmern, legten alle drei darauf und trugen sie in die Kapelle, zu ihrem toten Ehemann und Vater.

Philo war frei. Der Löfflerjohann zog das letzte Stück des Tisches weg, und der junge Beha konnte geborgen werden. Zu zweit zogen sein Vater und der Nachbar ihn an den Schultern aus seinem Schneegefängnis heraus.

»Wir haben es geschafft, mein Sohn«, rief Philipp aufgeregt. Philo hatte die Augen geschlossen und lächelte leicht. »Endlich«, sagte er nur.

Philos Redefluss war mittlerweile versiegt. Jetzt trugen Philipp und drei weitere Männer den Verletzten vorsichtig hinüber ins Königenhäusle. Sein Körper hing schlaff in den Armen seiner Retter.

Zu Hause hatte Maria in der Stube alles vorbereitet, einen Hälmensack gefüllt, dicke Kissen geholt und mit Hilfe der Löfflermarie ein Bettgestell herübergebracht. Jetzt stand es neben dem Kachelofen. Theresia lag nach wie vor bewusstlos auf ihrem Brett, und Doktor Muckle war nicht von ihrer Seite gewichen.

Der Kuckuck in der Uhr rief dreimal, als Philo auf das Bett gelegt und zugedeckt wurde. Er öffnete leicht die Augen und lächelte.

»Mama«, sagte er. Dann schloss er die Augen wieder.

Maria nahm den eiskalten linken Fuß ihres Sohnes hoch und zog behutsam seinen Schuh aus. Der Wollstrumpf rutschte mit herunter und Maria erschrak. Die Zehen waren schwarz. Sie legte den Fuß vorsichtig ab und griff nach dem rechten. Die Zehen daran waren genauso abgestorben wie die linken.

Doktor Muckle kam hinüber und schaute wortlos auf die Erfrierungen. »Da kann man jetzt nicht viel machen«, meinte er und fügte leise hinzu, als Maria Tränen die Wangen hinabliefen: »Das heißt aber nicht, dass er es nicht schaffen kann. Er war die ganze Zeit in den Trümmern so stark. Er wird es jetzt auch sein.« Der Arzt fühlte den Puls am Hals des Geretteten. »Wenn du deinem Sohn helfen willst, dann bete für ihn, Maria.«

Die Tür zur Stube ging auf. Bibiane hatte mitbekommen, dass Philo gerettet war. Sie lief zum Bett und ging auf die Knie.

»Philo! Du hast es geschafft, Gott sei Dank. Ich freue mich so.« Mit ihren Händen griff sie seine rechte Hand. Sie wirkte steif und leblos.

»Lass den Handschuh an«, warnte Philipp.

Bibiane nickte.

»Ich liebe dich, Philo«, flüsterte sie ihm ins Ohr.

Philo hob die Mundwinkel leicht an, erwiderte jedoch nichts mehr.

In der Kapelle rang Pfarrer Schilling erneut nach Luft. Gerade waren Clara und ihre zwei Töchter hereingetragen worden. Zehn Tote lagen jetzt hier. Zehn Menschen aus seiner Gemeinde, die er alle gekannt hatte, gestorben durch Schnee und teilweise grausam zugerichtet. Er fühlte sich elend.

Die Tür ging auf, und der Pfarrer fürchtete schon das Schlimmste, ein weiteres Brett mit einem Toten. Doch es war nur der Löfflerjohann.

»Herr Pfarrer, kommen Sie bitte. Wir haben Philo geborgen, er ist im Königenhäusle. Er lebt.«

Dankbar für diese gute Nachricht folgte Schilling dem Löfflerjohann sofort. Als er an Philos Krankenbett trat, war dieser nicht mehr bei Bewusstsein. Bibiane hielt seine Hand, die in einem Handschuh steckte, und weinte leise. Schilling wunderte sich, warum gerade sie so dicht neben dem jungen Beha saß.

Schnell wurde ihm klar, dass er gerufen worden war, um die Sterbesakramente zu erteilen. Nicht noch einer, dachte der Pfarrer verzweifelt. Er gab Philo die Letzte Ölung und verharrte betend mit den anderen in der Stube. Nachdem der Kuckuck zur vierten Stunde gerufen hatte, stand Maria auf und hielt das Pendel an.

Der Kajetansbauer stand mitten im Trümmerfeld und schaute hoch Richtung Westen. Hinter der Abrisskante begann die Sonne zu sinken. Ein orange-rosafarbener Streifen zog am Himmel auf. Der Berg, von dem sich das Schneebrett gelöst hatte, war gar nicht so hoch, und doch hatte es so ein unglaubliches Unheil angerichtet. Dem Kajetansbauern war klar, dass es nur daran liegen konnte, dass kein einziger Baum mehr auf dem Berg stand. Nichts war dort, was das Schneebrett hätte aufhalten können, während es auf Höhe des Königenhäusles noch Bewuchs gab und es so von der Lawine verschont blieb. Bis auf den letzten Trieb hatte Martin alles abgehauen und alle Warnungen, auch vom Kajetansbauern, in den Wind geschlagen. Es erfüllte den Kajetansbauern mit Bitterkeit, aber er kannte den Königenbauern gut genug. Dieser hatte sich zu keiner Zeit je etwas sagen lassen. Er war viel zu stolz auf seinen Besitz gewesen.

Der Kajetansbauer ließ seine Augen auf dem verfärbten Himmel ruhen. Er brauchte eine Unterbrechung, um sich zu sammeln. Einerseits hoffte er auf die aufkommende Dunkelheit, denn er war seit fast zwölf Stunden hier, hatte noch nichts gegessen und unglaublich viel Leid gesehen; mehr, als er verkraften konnte. Andererseits wusste er, dass sie noch längst nicht alle Bewohner gefunden hatten. Es war nicht davon auszugehen, dass diese noch lebten. Aber wie sagte man? Die Hoffnung stirbt zuletzt. Also mussten sie, musste er weitermachen. Philo hatten sie schließlich auch noch rechtzeitig gefunden.

Noch wusste der Kajetansbauer nicht, dass sein junger Nachbar mittlerweile verstorben war. Seine Aufmerksamkeit galt der Gruppe Männer, die aufgeregt sprachen und nach einem Brett riefen. Das konnte nur eines bedeuten. Der Kajetansbauer kletterte auf sie zu und sah, wie die nächste Leiche freigelegt wurde. Es war der vierzehnjährige Fidel.

Auch Wendelin spürte mit Einbrechen der Dämmerung, dass die Helfer sich beeilen mussten. Sobald es dunkel war, würde die Suche noch schwieriger, wahrscheinlich würden sie sogar abbrechen müssen. Wendelin hatte eine kurze Pause gemacht, ein Brot gegessen, das ihm eine unbekannte Frau gereicht hatte, und einen Becher Milch getrunken. Er zog seine Handschuhe aus und besah seine Hände. Sie waren die Arbeit mit Schaufel, Axt und Säge zweifellos gewöhnt, aber mittlerweile hatte er zahllose Blasen auf beiden Handinnenflächen. Er wunderte sich, dass er den Schmerz noch nicht gespürt hatte. Wahrscheinlich war der andere Schmerz, all die Toten zu sehen, viel übermächtiger. Die vielen sinnlos verstorbenen Kinder, auf die die Tritschlers zu Recht stolz gewesen waren. Jetzt, da Wendelin selbst Vater war, konnte er es viel besser verstehen. Er dachte daran, wie Lorenz als Ältester mit ihnen in den Wald gegangen war und als Rieshirte ins Kuhhorn geblasen hatte. In den Wald, der jetzt nicht mehr vorhanden war, genauso wenig wie der Königenhof. Später, kurz bevor Wendelin und Gertrudis den Hof verlassen hatten, war auch der zweitälteste Sohn Thomas beim Fällen dabei gewesen. Ihn hatten sie immer noch nicht gefunden.

Wenn er das Gertrudis erzählte. Sie hatte dem Königenbauern und seiner Frau immer alles Schlechte gewünscht. Jahre nach ihrer Abkehr noch hatte sie Martins Übergriffe und die schlechte Behandlung von Walburga nicht verwunden. Immer wieder sprach sie davon, wie glücklich sie war, dort nicht mehr sein zu müssen. Lieber war sie arm, als bei denen zu schuften, hatte sie immer wieder gesagt. Und so arm waren sie jetzt gar nicht, sie kamen zurecht. Ob Gertrudis nun zufrieden war, dass die Königenbauern ihre Strafe bekommen hatten? Nein, so herzlos war sie nicht. Diese Katastrophe war jenseits dessen, was sie sich in ihren kühnsten Träumen als Bestrafung ausgemalt hatte.

Wendelin zog die Handschuhe wieder an, stand auf und ging zu der Gruppe, die versuchte, an das Stüble zu kommen. Dort vermutete man Catharina, die Schwester der Gehausfrau Clara. Wendelin half, ein Stück der Zwischendecke kleinzuschlagen und wegzuziehen. Keiner dachte ans Aufhören, stattdessen kam der Knecht Alfred mit zwei Laternen, um die Arbeitsstelle auszuleuchten.

Die Sonne war schon hinter der Abrisskante verschwunden, als sie den letzten Fund für diesen Tag machten. Er ging ihnen allen besonders zu Herzen. Es war Salomon, der einjährige Sohn von Catharina. Stumm standen sie im Laternenschein um den kleinen toten Körper herum und beteten für seine Seele.

Dann räusperte sich der Kajetansbauer: »Ich weiß, es ist schwer, aber in der Dunkelheit können wir nichts mehr ausrichten. Es ist nicht sehr wahrscheinlich, dass unter den Trümmern noch einer lebt. Für heute haben wir unser Äußerstes gegeben. Lasst uns morgen weitermachen. Wir sehen uns wieder bei Sonnenaufgang.«

Die Männer nickten, innerlich erleichtert, dass jemand die Entscheidung für den heutigen Tag ausgesprochen hatte, und langsam löste sich die Menge an Helfern auf.

»Nein, geht nicht!«, rief plötzlich Philipp Beha, den es wieder aus der Stube des Königenhäusles herausgetrieben hatte. Er konnte nicht ruhig am Totenbett von Philo sitzen. Er musste seinen zweiten Sohn finden, der vielleicht genauso lebend eingeschlossen war wie Philo und verzweifelt auf Rettung wartete.

»Wir müssen weitersuchen, ich bitte euch.« Philipps Stimme zitterte. »Wir können doch jetzt nicht aufhören.

Mein Sohn Blasius liegt hier irgendwo unter den Trümmern. Vielleicht lebt er noch. Vielleicht leben die anderen noch. Und solange es diese Möglichkeit gibt, dürfen wir sie doch nicht alleine lassen! Wir haben Laternen und können auch in der Dunkelheit graben. Ich gebe nicht auf und ich bitte euch: Bleibt hier, helft mir.«

Durch die Helfer ging ein Raunen. Manche, die sich schon zum Gehen abgewandt hatten, kehrten um, während andere ihren Nachhauseweg fortsetzten. Weitere Laternen wurden entzündet, um die Unglücksstelle auszuleuchten. Mit einer kleinen Truppe grub Philipp stundenlang wie besessen Schnee ab, bis er vor Erschöpfung zusammenbrach und heftig schluchzte.

Wendelin trat an ihn heran und legte ihm seine Hand auf die Schulter. »Philipp, wir hören jetzt auf. Wir machen weiter, sobald die Sonne aufgeht. Das ist ja schon bald. Glaub mir, du hast jetzt alles getan und wir auch. Wir müssen Kraft schöpfen, sonst schaffen wir gar nichts mehr.«

Es war weit nach Mitternacht, als die letzten Helfer stumm und erschlagen von den Eindrücken des Tages im Schein ihrer Laternen nach Hause gingen. Philipp kehrte verzweifelt ins Königenhäusle zurück, in dem sein jüngerer Sohn aufgebahrt lag, während er seinen älteren in der Dunkelheit und Kälte zurücklassen musste, nicht wissend, ob er noch lebte und auf Rettung hoffte. Diese Ungewissheit, dachte Philipp, würde ihn noch zerreißen. Entmutigt schaute er Maria an, die an Philos Totenbett saß und unablässig betete. Sie hielt kurz inne, als er sich neben sie setzte und nach ihrer Hand griff.

»Nichts?«, fragte sie tonlos, ohne den Blick von ihrem toten Sohn zu wenden.

»Nichts.«

Stumm hielten sie sich fest und weinten.

Montag, 26. Februar – Freitag, 1. März 1844

Auf die Männer war Verlass. Der Kajetansbauer sah sich zufrieden um. Es war Sonnenaufgang, Montag, Tag zwei nach dem Unglück, und wieder stapften Scharen von Helfern durch den Schnee zu den Trümmern des Königenhofs. Sie alle hatten eine schlechte Nacht hinter sich und drangen darauf, weiterzusuchen. Die Ersten hatten schon wieder mit Graben begonnen.

Der Kajetansbauer war gestern noch an Philos Totenbett getreten und hatte für ihn gebetet. Danach hatte er mit Bibiane gesprochen. Er war es, der ihr und ihren Geschwistern gemeinsam mit Pfarrer Schilling die Botschaft überbrachte, wen aus ihrer Familie sie nur noch tot hatten bergen können. Bibianes Gesicht schien bei der Todesnachricht zu versteinern, keine Träne war zu sehen. Elisabeth hingegen war in lautes Schluchzen ausgebrochen, während die Zwillinge verunsichert mit großen Augen auf ihre älteste Schwester gestarrt und schließlich auch zu weinen angefangen hatten. Der Kajetansbauer hatte nicht gewusst, wie er die Überlebenden trösten sollte. Ihm fielen keine Worte ein. Stattdessen war er in Geschäftigkeit verfallen.

»Wer hat sich wo aufgehalten, Bibiane? Kannst du das sagen?«

»In der Stube saßen der Vater, Lorenz, Thomas, Hilar, Philo und Blasius.«

»Wir suchen noch Thomas und Blasius. Wo genau saßen sie?«

Bibiane schien angestrengt nachzudenken.

»Thomas auf der Bank am Fenster, Blasius auf der vor dem Tisch«, sagte sie schließlich. »Sie haben Karten gespielt.«

»Gut. Wo war Claras Schwester mit ihrem Sohn?«, bohrte der Kajetansbauer weiter. »Sie suchen wir auch noch.«

»Catharina und Salomon haben immer im Stüble geschlafen.« Bibiane hielt einen Moment inne. »Was ist mit Clara und ihren Töchtern? Sind sie auch tot?«

Der Kajetansbauer nickte traurig. »Leider, ja. Wir haben sie gefunden, aber keine lebte mehr.«

»Und Hilar?«

»Hilar ist tot.«

»Und was ist mit Thomas und Blasius? Leben sie noch?«

»Das wissen wir nicht, aber wir tun alles, um sie zu finden, das verspreche ich euch.«

Vollkommen ausgelaugt hatte sich der Kajetansbauer dann auf den viertelstündigen Heimweg gemacht. Seine Frau hatte ihn daheim in den Arm genommen, was sie selten tat, und aller Druck fiel von ihm ab. Stundenlang, so war sein Gefühl, hatte er stumm dagesessen, überwältigt von dem Tod, dem er an diesem Tag so zahlreich begegnet war, und seine Frau hatte ihn selbst im Schlaf nicht losgelassen. Nach einer äußerst kurzen Nacht hatte es ihn wieder aus dem Bett getrieben.

Jetzt scharten sich die Männer der Nachbarhöfe und aus Neukirch in der Morgendämmerung um den Kajetansbauern, als warteten sie auf sein Kommando. Er sah in die Runde.

»Ich schlage vor, wir machen dort weiter, wo wir gestern Nacht aufgehört haben. Eine Gruppe geht an die Stelle, wo wir den kleinen Salomon gefunden haben. Von dort aus suchen wir. Die anderen machen in der Stube weiter. Auf, Männer! Mögen wir die Vermissten heute finden und ihren Seelen Ruhe schenken können. Mit Gottes Hilfe.«

»Mit Gottes Hilfe!«, riefen alle gemeinsam und machten sich an die Arbeit.

Wendelin hatte am Morgen ebenfalls den Weg ins Wagnerstal angetreten, und Gertrudis begleitete ihn. Sie hatte ihre Kinder zur Nachbarin gebracht und wollte unbedingt mit eigenen Augen sehen, was passiert war.

»Die Leute im Ort erzählen die schrecklichsten Sachen«, hatte sie noch in der Nacht zu Wendelin gesagt, als dieser erschlagen von den Eindrücken des Tages nach Hause zurückgekehrt war. »Ich kann es einfach nicht glauben.«

»Das willst du gar nicht sehen, Gertrudis, glaub mir«, erwiderte Wendelin, doch seine Frau bestand darauf, und ihm fehlte die Kraft, sie vom Gegenteil zu überzeugen.

Jetzt liefen sie am frühen Morgen, nach nur wenigen Stunden Schlaf, gemeinsam am Kajetanshof vorbei um die Kurve, und der zerstörte Königenhof tauchte vor ihren Augen auf. Zahllose Helfer hatten sich bereits an die Arbeit gemacht. Es war ein Gewühl von Menschen, die auf der Ruine herumkletterten und schaufelten, mit der Axt Holz kleinschlugen oder sägten. Die Axtschläge drangen bis zu ihnen, und sie hörten die Männer laut rufen.

»Das gibt es ja nicht.« Gertrudis blieb der Mund offen stehen. »Um Gottes willen!«

In ihr kam schlagartig das schlechte Gefühl auf, dass sie mitschuldig war. Du sollst nicht fluchen, dachte sie entsetzt.

»Ich gehe nicht weiter, Wendelin, ich muss zurück«, entschuldigte sie sich. Die ehemalige Magd drehte sich auf dem Absatz um, ließ ihren Mann verwundert stehen und rannte den Berg hinauf zurück nach Neukirch. Außer Atem lief sie direkt zur Kirche, in der Hoffnung, den Pfarrer anzutreffen.

Pfarrer Schilling hatte gerade im Gotteshaus für die Verstorbenen und die Vermissten gebetet und war im Begriff, jetzt selbst zum Königenhof zu laufen. Dort wurde sein Beistand dringend gebraucht, weswegen er die keuchende Gertrudis an der Kirchentür am liebsten abgewiesen hätte.

»Herr Pfarrer, ich bitte Sie, warten Sie einen Augenblick. Sie müssen mir die Beichte abnehmen, jetzt, sofort, bitte.«

Schilling sah die Not in den Augen der Frau und seufzte. »Also gut.«

Er öffnete die Tür und ließ sie eintreten. Er verschwand auf seiner Seite des Beichtstuhles, während Gertrudis auf der anderen niederkniete.

»Gelobt sei Jesus Christus in Ewigkeit, Amen«, flüsterte sie. Sie war den Tränen nahe.

»In Ewigkeit, Amen«, antwortete der Pfarrer. »Gott, der unser Herz erleuchtet, schenke dir wahre Erkenntnis deiner Sünden und seiner Barmherzigkeit. Amen.«

»Amen.« Gertrudis bekreuzigte sich. »In Demut und Reue bekenne ich meine Sünden. Ich führe ein gottesfürchtiges, gutes Leben, aber jetzt ...« Sie stockte.

»Was ist passiert?«

»Als ich vor Jahren Magd auf dem Königenhof war, da wurde ich von den Bauersleuten – Gott hab sie selig – schlecht behandelt. Obwohl ich immer mein Bestes gab. Der Königenbauer ist mir nachgestiegen, hat mich angefasst, dort, wo man Frauen nicht berühren sollte. Die Bäuerin hat mich beleidigt, mich drangsaliert ... In meiner Not habe ich sie verflucht. Beide ... oft. Ich habe ihnen alles Schlimme und Schlechte gewünscht, ich ...«, Gertrudis fing jetzt an zu weinen, »ich habe ihnen den Teufel geschickt.«

»Na, na, na.« Der Pfarrer horchte erstaunt auf.

»Es ist lange her, aber es bleibt doch falsch, oder nicht? Ich hatte mich bereits am Tod der kleinen Jakobea versündigt, denn kurz zuvor hatte ich die Königenbäuerin verflucht, weil sie mich so gequält hatte. Aber ich dachte doch nicht, dass es so weit kommen könnte wie jetzt.« Gertrudis schluchzte auf. »Herr Pfarrer, ich bereue meine Sünden und bitte um eine Buße und Lossprechung.«

Schilling räusperte sich. »Du bist eine gute Frau, Gertrudis, du weißt es. Ich weiß es. Und es ist richtig, dass du dich jetzt zu deinen Sünden bekennst. Wenn du bereit bist, Buße zu tun, so unterstütze jetzt die, die Hilfe brauchen. Kümmere dich um die Helfer, versorge sie mit Essen. Besorge Kleidung für die Überlebenden, die alles verloren haben. Schließe sie ein in deine Gebete. Willst du?«

»Ja, Herr Pfarrer. Ich werde gleich damit anfangen.«

»So spreche ich dich los von deinen Sünden.« Der Pfarrer schlug ein Kreuz. »Im Namen des Vaters und des Sohnes und des Heiligen Geistes. Amen.«

»Amen.« Gertrudis bekreuzigte sich ebenfalls und verließ erleichtert den Beichtstuhl. Sie ging direkt nach Hause und griff nach ihren alten Kleidern, die sie in einen Sack stopfte, und bereitete Vesperbrote für die Helfer vor, die sie am Mittag an die Unglücksstelle bringen wollte. Danach verließ sie das Haus mit einem weiteren, leeren Sack und lief zu ihren Nachbarn.

Im Königenhäusle wurde die Totenwache gehalten. In der Stube lag Philo aufgebahrt auf dem Brett, auf dem bisher Theresia gelegen hatte. Sie war in die obere Schlafkammer zu ihren Schwestern gebracht worden, immer noch bewusstlos, aber am Leben. Zahlreiche Kerzen standen um Philo herum. Er sah friedlich aus. Seine Hände waren immer noch mit den Handschuhen bedeckt, und Maria hatte sie übereinandergebettet und einen Rosenkranz hineingelegt. Sie und Philipp saßen neben ihm und beteten, außerdem Bibiane, Elisabeth und die Löfflermarie, während ihr Mann Johann selbst schon wieder draußen am Schaufeln war.

Mit zunehmender Helligkeit des Tages verließ Philipp das Haus, um weiter nach Blasius zu suchen. Maria stand auf und ging in die Küche, um für die Morgensuppe zu sorgen. Sie hatte mit ihrem Mann die ganze Nacht am Totenbett ihres Sohnes ausgeharrt und war nur für wenige Momente im Sitzen eingeschlafen. Sie fühlte sich von Trauer und Sorge überwältigt und elend. Da war es besser, etwas zu tun zu haben, und irgendwann musste man ja auch etwas zu sich nehmen. Sie konnte sich gar nicht daran erinnern, ob sie gestern etwas gegessen hatte. Wahrscheinlich nicht. Sie hatte andere mit heißer Suppe und warmer Milch versorgt und sich selbst keinen Bissen gegönnt.

Bibiane folgte ihr. Vor dem Herd standen sich die beiden Frauen gegenüber und sahen sich an. Schließlich nahm Bibiane Maria in die Arme, die hemmungslos zu weinen begann. Bibiane selbst fühlte sich taub und stumpf. Seit Philos Tod waren ihre Tränen versiegt. Immer noch hatte sie die Vorstellung in ihrem Kopf, auf einem Berg zu sitzen und alles von oben zu beobachten. Sie konnte gar nicht begreifen, wie groß der Verlust wirklich war. Sie hatte nicht nur fast ihre gesamte Familie verloren, sondern auch ihre Zukunft. Sie war ab sofort auf sich allein gestellt, mit Philos Kind unter ihrem Herzen.

Unmittelbar nach Gertrudis' Beichte machte sich Pfarrer Schilling auf den Weg zum zerstörten Königenhof. Sein erster Gang führte ihn in die Hofkapelle. Als er die Tür öffnete, wurde ihm schlagartig wieder bewusst, was ihn erwartete. Zwölf Tote, darunter drei kleine und drei ältere Kinder.

Im Zwielicht des Morgens wirkte die Stimmung in der Kapelle besonders beklemmend. Der Pfarrer entfernte schnell die abgebrannten Kerzenstummel und stellte neue Lichter auf. Ein Licht für jeden Verstorbenen. Im flackernden Kerzenschein blickte Schilling auf die aufgebahrten Toten, die alle zugedeckt waren. Manche der weißen Leinentücher hatten Flecken bekommen, was das Grauen noch verstärkte. Der ganze Kapellenraum war so voller Toter, dass der Pfarrer es kaum nach vorne an den Altar schaffte. Er musste das Brett des kleinen Salomon verschieben, seinen stattlichen Bauch einziehen und sich vorbeiquetschen. Schließlich kniete er vor dem Altar und betete zu Gott, dass die restlichen Vermissten bald gefunden würden. Danach stand er auf und verließ die Kapelle, um zum Königenhäusle zu gehen und dem Ehepaar Beha beizustehen. Vor der Tür traf der Pfarrer auf den Schreiner von Neukirch, der mit seinem Lehrling auf einem Pferdeschlitten die ersten zwei Särge brachte.

Elisabeth saß auf der Kante von Blasius' Bett, in dem Martha mit ihrem gebrochenen Bein lag, und schaute unentwegt auf Theresia, die auf einen Hälmensack vor ihnen gebettet worden war. Elisabeth hatte den Eindruck, dass es ihrer Schwester besser ging. Immerhin öffnete diese nun leicht die Augen, wenn man ihren Namen nannte, und bewegte den Mund.

Die Tür der Schlafkammer knarrte, und Doktor

Muckle steckte den Kopf herein. »Wie geht es meinen Patientinnen?«, fragte er etwas zu fröhlich.

»Besser«, antwortete Martha, »aber die Schmerzen in meinem Bein sind höllisch.«

»Dagegen habe ich dir etwas mitgebracht«, erklärte der Doktor und streckte ihr ein Glas mit Tropfen entgegen. »Und Theresia?«

»Sie öffnet ab und zu die Augen«, erwiderte Elisabeth.

»Das ist gut«, sagte der Doktor, »das ist sehr gut.« Er maß Theresias Puls, zog ihre Augenlider hoch und prüfte ihre Pupillen. Er nickte zufrieden.

Wieder bewegte Theresia ihre Lippen.

»Möchtest du was sagen?«, fragte Doktor Muckle. Er ging mit seinem Ohr näher an ihren Mund heran. »Ich versteh dich leider nicht.« Er erhob sich. »Ich gehe erst mal nach draußen und schaue, was ich dort tun kann. Nachher komme ich noch mal zu euch. Passt gut auf eure Schwester auf.«

Mit diesen Worten verabschiedete er sich. Elisabeth beugte sich über Theresia, die wieder die Augen geschlossen hatte. »Sag es noch mal, Theresia.«

Mühsam formten Theresias Lippen ein Wort, ihre Stimme war leise und heiser.

»Durst.«

Wendelin hatte heute wie viele andere nicht nur eine Schaufel dabei, sondern auch eine Hacke. Diese war nötig, denn über Nacht waren die Temperaturen weiter gesunken, und aus dem Schneeberg war tatsächlich ein Eisberg geworden. So kamen die Helfer bei ihrer

Suche nur zentimeterweise voran. Von dem Fundort des kleinen Salomon aus strebten sie langsam in kleinen Schritten sternförmig auseinander, ohne Erfolg. Catharina blieb verschwunden. Auch die Gruppe, die sich an der Stube abarbeitete, kam nur beschwerlich voran. Gerade hörte man von dort laute Schläge. Die Männer hatten schon gestern damit angefangen, die Zimmerdecke kleinzuhauen, um besser an den darunterliegenden Teil zu gelangen. Nur dort, wo man Philo herausgezogen hatte, klaffte bereits ein großes Loch.

Wendelin blickte hoch zum strahlend blauen Himmel. Lieber Gott, betete er, gib uns ein Zeichen, wo wir noch suchen sollen. Wendelin merkte, dass es ihn heute mehr Überwindung kostete als gestern. Am Vortag war die Anspannung so hoch gewesen, dass jeder Einzelne sein Äußerstes gab. Heute hatten alle Blasen an den Händen und Resignation war spürbar.

Der Sattler schloss zu ihm auf und keuchte. Er, der so ein großartiger Unterhalter war, musste loswerden, was ihm auf der Seele brannte.

»Ich hab die ganze Nacht kein Auge zugetan. Vorgestern saß ich hier noch in der Stube und hab Geschichten erzählt von schwarzen Hunden und Wiedergängern. Alle haben gelacht. Und jetzt sind alle tot.« Er schüttelte den Kopf. »Es ist unfassbar. Ich weiß gar nicht, ob ich je wieder solche Geschichten erzählen möchte. Es scheint mir, als hätte ich es heraufbeschworen.«

Wendelin sah dem Sattler seine Seelenqual an. Dieser war schon zum Königenhof auf die Stör gekommen, als Wendelin dort noch Knecht war. Jetzt versuchte er, den

Handwerker zu beruhigen. »Das ist Unsinn, mach dich nicht verrückt. Der Tritschler hat es selbst zu verantworten. Er hat sich beim Fällen der Bäume über alles und jeden hinweggesetzt. Das wussten alle in der Gegend. Wenn Gott das hier wollte, dann weil der Tritschler die Vorarbeit geleistet hatte.«

»Ich hab vorgestern in der Stube die Sage vom schwarzen Hund erzählt, vom Pudel«, fuhr der Sattler fort. »Alle haben gelacht, nur der Tritschler sah aus, als hätte ich ihm den Leibhaftigen geschickt. Ganz entsetzt hat er mich angestarrt. Ja, so war das.«

»Es ist nicht deine Schuld, so glaub es doch«, äußerte Wendelin nun mit Nachdruck. Dabei hatte er sich selbst ja schon gefragt, ob der Königenhof nicht irgendwie verflucht war.

Dem ehemaligen Knecht wurde die Panik des Sattlers zu viel. Er ließ ihn reden und stieß seine Schaufel wieder in den erstarrten Schnee und bewegte sie hin und her. Nachdem er einiges an Schnee zur Seite geschippt hatte, schimmerte vor ihm etwas Hellblaues auf.

Fund, dachte Wendelin und ging auf die Knie. Mit seinen Händen versuchte er vorsichtig, den restlichen Schnee zu entfernen.

Der Sattler kniete neben ihm und half beim Abtragen. Wendelin war froh, dass er jetzt schwieg. Nachdem sie einen größeren Teil freigelegt hatten, sahen sie, dass sie sich zu früh gefreut hatten. Es war keiner der Vermissten, sondern die große, von Hilar geschnitzte Marienstatue aus dem Stüble, die Wendelin aus dem Schnee zog.

»Ich möchte in die Kapelle, meine Familie sehen«, sagte Bibiane zu Pfarrer Schilling.

Der Pfarrer schaute sie ernst an. »Bist du sicher, Bibiane? Das ... das ist kein schöner Anblick, weißt du.«

»Begleiten Sie mich?« Ihre Stimme duldete keinen Widerspruch.

Pfarrer Schilling nickte. »Natürlich, mein Kind.«

Bibiane schlüpfte im Hausgang in die Holzschuhe von Maria, die ihr zu klein waren, und schweigend verließen sie das Königenhäusle in Richtung Kapelle. Zum ersten Mal seit ihrer Rettung war Bibiane im Freien. Mit unbewegtem Gesicht ging sie auf die Unglücksstelle zu, sah das Ausmaß der Zerstörung, die Berge von Schnee und abgetragenem Holz, die blutroten Stellen, wo das Vieh notgeschlachtet worden war. Sie fühlte nichts, war wie versteinert, unfähig, das Ausmaß dessen, was passiert war, auch nur im Ansatz zu begreifen. Unter den Helfern sah Bibiane viele, die sie kannte. Sie entdeckte Wendelin, den ehemaligen Knecht des Königenhofs. Er stand dort mit dem Sattler, der auf ihn einredete.

Sie passierten die Stelle, an der die Helfer die Stube ausgemacht hatten und gerade damit beschäftigt waren, Teile der Zimmerdecke abzutragen. Der Kajetansbauer gab Anweisungen. Einer der Helfer hob den Kopf und sah Bibiane direkt an.

Bibiane blieb stehen und blickte verwundert zurück. Wieso war der Josef mit dem vernarbten Pfannkuchengesicht da, nach der Schmach, die sie und ihre Eltern ihm zugefügt hatten? Er stieg in ihrer Achtung. Josef wandte sich wortlos ab und grub weiter.

In der Kapelle angekommen war Bibiane der Ohnmacht nahe. Sie nahm den Leichengeruch wahr und blickte in stummem Entsetzen auf die vielen abgedeckten Toten.

»Wo ist die Mutter?«, fragte sie schließlich.

Pfarrer Schilling deutete wortlos auf den hinteren Teil der Kapelle. Bibiane drängte sich an den Totenbrettern entlang und blieb vor dem Brett stehen, auf dem ihre Mutter liegen sollte.

»Darf ich sie ansehen?«

Der Pfarrer nickte. Walburga war nicht entstellt und hatte gestern sehr friedlich ausgesehen. Bibiane schlug das Tuch zurück und verharrte still. Sie war dankbar zu sehen, dass ihre Mutter entspannt wirkte. Offensichtlich hatte sie nicht lange leiden müssen.

»Und der Vater?«

Der Pfarrer schüttelte heftig den Kopf. »Schau ihn dir nicht an, bitte. Es ist besser, wenn du deine Familienangehörigen so in Erinnerung behältst, wie du sie zuletzt gesehen hast.«

»Und die anderen?«

Schilling seufzte. »Es gilt für jeden.«

Bibiane stand reglos da und schien zu überlegen. Dem Pfarrer kam es wie eine Ewigkeit vor, und er fing an, nervös von einem Fuß auf den anderen zu trippeln. Schließlich nickte Bibiane und deckte ihre Mutter wieder zu. Sie betete leise und bekreuzigte sich. Dann blickte sie Schilling an.

»Herr Pfarrer, wenn Gott uns liebt, warum hat er das zugelassen?«

»Nun, gerade die Verhängung von Leiden ist ein Beweis der Liebe Gottes zu uns und mahnt uns zur

Liebe«, erklärte Schilling beflissen. Innerlich war ihm unwohl bei seiner Erläuterung. Er fand es selbst ungeheuerlich, was Gott den Menschen hier abverlangte.

»Ich bin sicher, Gott der Barmherzige hat deine Familienmitglieder in seine Arme geschlossen«, fügte er nach einer kurzen Pause hinzu.

Bibiane schaute ihn mit leeren Augen an. Sie schien nachzudenken.

»Ich kann nicht glauben, dass Gott meine Liebe zu ihm auf so eine Weise prüfen möchte«, erwiderte sie schließlich. Sie wandte sich Richtung Ausgang.

»Gehen wir«, sagte sie.

Nachdem Elisabeth sich den ganzen Vormittag um Theresia gekümmert hatte und ihr ein ums andere Mal Wasser und Tee eingeflößt hatte, schien es der Verletzten deutlich besser zu gehen, wie Doktor Muckle bei seiner Nachmittagsvisite erfreut feststellte.

»Was genau ist passiert?«, fragte Theresia irgendwann. Sie hatte die Augen nur halb geöffnet und sprach sehr kurzatmig. »Warum war ich eingeklemmt?«

»Weißt du es nicht mehr?« Elisabeth staunte. »Wir haben doch noch miteinander geredet, als es passiert war. Ein Schneesturz hat unser Haus zerstört. Wir waren alle gefangen.«

»Alle?« Theresia versuchte krampfhaft, ihr Gedächtnis in Gang zu bringen. Aber sie erinnerte sich nur noch an ein Zittern und Krachen. Alles, was danach kam, war wie ausgelöscht. »Was ist mit den anderen passiert?«

»Leo und Julius sind bei uns. Und Bibiane.«

»Und ich«, ergänzte Martha.

»Und die anderen? Die Mutter, der Vater? Was ist mit ihnen? Wo sind sie?«

Elisabeth griff nach der Hand ihrer verletzten Schwester. »Die anderen …«, sie schluckte schwer, »die anderen sind alle tot. Nach Thomas suchen sie noch.«

Theresia versuchte zu verstehen, was ihre Schwester gerade gesagt hatte. Alle tot. Sie entzog Elisabeth ihre Hand und sprach nichts mehr.

Als es zu dämmern anfing, hielten die Helfer erschöpft inne. Der Kajetansbauer rief alle zusammen. »Männer, so schrecklich es ist, aber lasst uns für heute aufhören. Heute waren wir nicht erfolgreich, und so hoffe ich, dass ihr alle morgen wieder da seid, damit wir auch die letzten im Schnee Verschütteten finden und sie zu ihrer letzten Ruhe betten können. Ich zähle auf euch. Vergelt's Gott!«

Die Männer machten sich unverrichteter Dinge und abgekämpft auf den Heimweg. Der Kajetansbauer drehte sich an der Kurve, kurz bevor der Königenhof aus seinem Blickfeld verschwand, noch einmal um und schaute im Zwielicht entmutigt zurück auf die Ruine im Lawinenberg. Zwölf Stunden hatten sie gegraben und niemanden gefunden. Es konnte noch Tage dauern, bis sie endlich in jede Ecke vorgedrungen sein würden. Dass immer noch jemand lebte, daran glaubten der Kajetansbauer und seine Mitstreiter nicht mehr.

Die überlebenden Tritschler-Kinder verbrachten auch die zweite Nacht eng aneinandergedrängt in der Kammer von Philo und Blasius. Unter keinen Umständen wollten sie voneinander getrennt sein. Bibiane legte sich zu den Zwillingen ins Bett, Elisabeth zu Martha. In ihrer Mitte, auf dem Hälmensack, lag Theresia, die die Augen wieder geschlossen hatte und nichts mehr sagte. Der beiden verschreckten Söhnen von Hilar und Clara hatte sich die Löfflermarie angenommen. Sie lag mit ihnen in ihrer Kammer, während der Löfflerjohann mit Philipp und Maria Beha weiterhin die Totenwache hielt.

Bibiane konnte sich nicht erinnern, ob sie in der Nacht zuvor geschlafen hatte. Sie war in der Stube geblieben und hatte Abschied von Philo genommen. Jetzt war sie völlig ausgelaugt und übermüdet, aber der Schlaf wollte einfach nicht kommen. Sobald sie die Augen schloss, rauschte sie in der Lawine durch die Nacht, hörte es splittern und krachen, bis sie die Augen wieder aufschlug. Unruhig drehte sie sich auf die andere Seite. Ihren Geschwistern schien es ähnlich zu gehen. Einer der Zwillinge weinte laut. Elisabeth tröstete und schrie später selbst auf. Martha stöhnte, als sie ihr geschientes Bein im Umdrehen nach sich zog. Nur Theresia blieb still.

Noch vor der Dämmerung gab Bibiane auf. In ihrem Kopf drehte es sich noch stärker als zuvor, sie schaffte es einfach nicht, in einen erholsamen Schlaf zu fallen. Sie stand auf und tastete sich zur Tür. Langsam ging sie in der Dunkelheit die knarzende Treppe hinunter, bis sie schließlich zur Stubentür gelangte.

In der Stube flackerten rund um Philo zahlreiche Kerzen. Philipp war auf der Bank zusammengesackt und schnarchte leise, während Maria die Hände gefaltet hielt und einen Rosenkranz murmelte. Bibiane setzte sich neben sie und stimmte ins Gebet ein. Dann legte sie ihre Hand auf die der Behamarie.

»Geht schlafen«, flüsterte sie. »Ich bleibe hier. Ich lass den Philo nicht allein.«

Mit Tränen in den Augen sah Maria Bibiane im Kerzenschein dankbar an. Sie stupste Philipp an, der sich schwerfällig aufrichtete und seiner Frau über den Stiegenkasten nach oben folgte.

Bibiane war allein mit Philo und froh drum. Es war ihr eigener, besonderer Moment. Liebevoll betrachtete sie ihn. Philo machte einen friedlichen Eindruck, mit geschlossenen Augen, aber sein Aussehen hatte sich schon verändert. Bibiane spürte deutlich, dass vor ihr nur noch eine Hülle lag, seine Seele längst entwichen war.

»Warum musstest du gehen, Philo?«, fragte sie. »Warum durften wir nicht einfach miteinander glücklich werden?«

Sie streichelte sein Gesicht. Wie kalt es war. Bibiane zwang sich, sich vorzustellen, wie sie ohne Philo weiterleben sollte. Ohne Heirat und gemeinsames Haus. Ohne ihre Eltern, die Geschwister. Stattdessen allein mit Philos Kind. Sie hatte keine Ahnung, wie das gehen sollte. Sie fühlte sich wie in einem großen schwarzen Loch gefangen. Sie wollte weinen, aber es kamen keine Tränen.

Am nächsten Morgen, Dienstag, dem dritten Tag nach dem Unglück, kamen wieder zahlreiche Männer, um weiterzusuchen, doch der Kajetansbauer stellte fest, dass es nicht mehr ganz so viele waren wie in den ersten beiden Tagen. Der Schreiner brachte weitere Särge, darunter drei kleine, wie Pfarrer Schilling betroffen bemerkte. Auch er war wieder vor Ort. Selten, so spürte er, wurde er dringender gebraucht als hier und jetzt.

Bis zum Abend schaufelten, sägten und zerteilten die Helfer, ohne jemanden in den Trümmern zu finden. Entmutigung machte sich breit. Die ersten befanden sich in der Dämmerung schon wieder auf dem Heimweg, als der fast erlösende Ruf ertönte: »Fund!«

Laternen wurden entzündet und an die Stelle gebracht, an der der Sattler mit dem Hochdobelbauern, seinem Sohn Josef und Wendelin stand. Zwei Füße stachen wie Mahnmale hervor, der linke immer noch in einem Wollstrumpf. Vorsichtig trugen die Helfer den Schnee ab, der Catharina umgab. Wie Lorenz steckte sie kopfüber in ihrem weißen Grab. Wendelin und der Sattler staunten. An dieser Stelle hätten sie die Mutter des kleinen Salomon niemals vermutet, denn sie lag sicherlich an die zwanzig Schritte vom Fundort ihres Sohnes entfernt.

Es war sieben Uhr am Dienstagabend, als Catharina schließlich geborgen wurde. Sie musste eine furchtbare Reise durch den Schnee hinter sich gebracht haben. Sie sah zerquetscht aus, als wären alle Knochen gebrochen. Pfarrer Schilling trat hinzu, segnete sie, dankte den Helfern und schickte ein weiteres Gebet für die noch vermissten Blasius Beha und Thomas Tritschler gen Himmel. Catharina wurde in die Kapelle zu ihrem Sohn und den anderen Toten gebracht, und die Helfer beeilten sich, nach Hause zu kommen, bevor die Nacht sich endgültig über den Unglücksort senkte.

Der Mittwochmorgen brach an. Auf dem Friedhof in Neukirch stand der Schreiner mit seinem Lehrling und steckte ein Grab ab. Der Lehrling nahm einen Pflock mit einem dünnen Hanfseil und machte große Schritte. Nach dem vierten hielt er an.

»Wie groß soll das Grab werden?«, wollte er wissen.

»Mindestens vierzehn Menschen müssen hineinpassen«, antwortete der Schreiner. »Vierzehn. Also, denk nach.«

Der Lehrling schaute seinen Meister verwirrt an. »Alle in ein Grab?«, fragte er. »Legen wir die Särge übereinander?«

»Es wird uns ja kaum etwas anderes übrigbleiben, oder?« Der Schreiner war verärgert über die Dummheit seines Stifts. Es konnten aber auch die eigenen Nerven sein. Er fühlte sich wie ein Totengräber auf dem Schlachtfeld. Vierzehn Tote auf einmal hatte er noch nie begraben müssen. Und dass die zwei noch vermissten jungen Männer leben würden, glaubte er nicht. Also sogar sechzehn Tote, schlussendlich.

Der Schreiner seufzte innerlich. Er wusste nicht, wie er diese immense Aufgabe bewerkstelligen sollte. Seit dem Unglück machte er Tag und Nacht nichts anderes, als Särge zu bauen. Er hatte seit Sonntag kaum geschlafen. Dabei wusste er nicht einmal, ob und wann er jemals das Geld dafür sehen würde. Waren doch alle tot, die es hätten bezahlen können. Und jetzt noch das Grab.

Der Schreiner nahm die Schaufel und stach in den vereisten Schnee. Die Schneedecke teilte sich kaum, während er ungeduldig den Stiel seines Werkzeugs hin- und herrüttelte.

»Alles festgefroren. Bis tief runter. Mein Gott, wir sollten zusehen, dass wir vorwärtskommen. Wo steckt der Mesner? Wir brauchen Helfer, sonst werden wir nie fertig. Aber sind ja alle hinten im Wagnerstal beim Königenhof. Keiner sieht, dass wir hier auch zu tun haben. Hier gibt es noch eine Menge zu graben, und das wird alles andere als leicht.« Wie zur Bestätigung hob er die Schaufel an und stach erneut in den harten Schneeboden. »Das wird eine Heidenarbeit.«

Der Lehrling nickte, nahm den großen Hammer und schlug mit aller Macht den Pflock in den Boden.

Am Unglücksort versammelten sich die Helfer erneut um den Kajetansbauern. Gemeinsam sprachen sie ein Morgengebet, machten sich mit ihrem Aufforderungsruf Mut und begannen mit der mühseligen Arbeit.

Pfarrer Schilling kam mit einem Sack auf dem Rücken. Zunächst ging er in die Kapelle wie an den vorhergegangenen Tagen auch, aber er merkte, dass er sich einen immer größeren Ruck geben musste, um einzutreten. Auch ein Seelsorger hat mal schwache Nerven, dachte er fast trotzig, als er in einer Mischung aus Ohnmachtsgefühl und Übelkeit wieder einmal auf die Totenbretter schauen musste. Heute verzichtete er darauf, sich seinen Weg zum Altar zu bahnen. Er stellte die neuen Kerzen neben dem Eingang auf und betete.

Anschließend ging der Geistliche ins Königenhäusle, wo immer noch Philo in der Stube aufgebahrt war. Als Schilling eintrat, nahm er wahr, dass der Leichengeruch zugenommen hatte. Es wurde Zeit, dass der junge Beha aus dem Haus kam und beerdigt wurde, dachte der Pfarrer. Aber Philipp und Maria waren unfähig zu handeln und harrten aus, bis auch der zweite Beha-Sohn gefunden wurde. Sie hofften immer noch, dass Blasius lebte, obwohl jedem klar war, dass es eigentlich unmöglich war.

Maria und Philipp saßen wie das leibhaftige Elend neben dem toten Philo. Sie hatten beide wieder kaum geschlafen und in ihren erschöpften Gesichtern zeichnete sich unendliche Trauer ab. Maria kamen die Tränen, als sie Schilling erblickte. Er drückte ihre Hände.

»Oh, Herr Pfarrer, glauben Sie, dass Blasius heute gefunden wird?«

»Bestimmt, Maria, irgendwann muss der ganze Schnee von der Stube ja fortgeräumt sein.«

»Glauben Sie, dass er noch lebt?«

Schilling sah ihren flehenden Blick und wünschte, er könnte ihr Gewissheit verschaffen.

»Natürlich«, antwortete er. »Man soll den Glauben und die Hoffnung niemals aufgeben, Maria. Wir müssen auf Gott vertrauen.«

Der Pfarrer stellte seinen Rucksack auf einen Stuhl und öffnete ihn. Er förderte etliche Kleidungsstücke zutage.

»Die Neukircher haben gesammelt«, sagte er. »Das ist Kleidung für die Mädchen und die Buben. Es sollte für jeden eine passende Garnitur dabei sein.« Er breitete Röcke und Hosen, Blusen und Hemden, Leibwäsche und Strümpfe aus. »Sie brauchen ja dringend neue Kleidung, damit sie etwas zum Anziehen haben«, fügte er hinzu.

»Das ist gut, vielen Dank«, antwortete Philipp, »es wird sie freuen.«

»Vielleicht ist es eine Strafe Gottes«, entfuhr es Maria unvermittelt. »Die Männer haben sich versündigt, weil sie Karten gespielt haben – in den heiligen Sonntag hinein. Gott wird es nicht gern gesehen haben. Ich habe immer gesagt, Blasius, Philo, spielt nicht so viel mit dem Tritschler. Kartenspiel ist Teufelszeug.« Sie schluchzte laut auf. »Jetzt ist es unsere Prüfung. Blasius liegt dort irgendwo, hilflos und ganz allein.«

»Beruhige dich, Maria.« Der Pfarrer legte sacht seine Hand auf den Arm der Behamarie. »Du hast deine Kinder zu guten Christen erzogen. Sie haben mit dem Teufel nichts zu schaffen. Da bin ich mir ganz sicher.«

Maria sah ihn durch einen Schleier aus Tränen dankbar an. »Meinen Sie, Herr Pfarrer?«

»Natürlich.«

Schilling schob die Kleidungsstücke zur Seite, nahm sich einen Stuhl und rückte an das Ehepaar Beha heran. »Lasst uns beten.«

Bevor er mit dem Gebet beginnen konnte, stand Philipp abrupt auf. »Ich geh wieder raus. Weitersuchen«, erklärte er. »Das ewige Rumsitzen macht mich noch wahnsinnig. Wir müssen Blasius endlich finden.«

Theresia ging es besser. Heute schaffte sie es deutlich leichter als noch am Vortag, sich aufzusetzen, auch ihr

Appetit nahm zu. Die überlebenden Tritschler-Kinder verbrachten fast die ganze Zeit gemeinsam in der Schlafkammer von Philo und Blasius. Während in der Nacht bis auf Theresia keiner wirklich ein Auge zudrücken konnte, holten sie den fehlenden Schlaf während des Tages nach. Der Tag schien mehr Sicherheit zu versprechen als die Nacht, und die Geschwister wachten abwechselnd übereinander.

Elisabeth flößte Theresia geduldig löffelweise Brotsuppe ein. Sie hatte sich besonders der Pflege ihrer jüngsten lebenden Schwester angenommen und kümmerte sich rührend. Bibiane war die Einzige der Geschwister, die die Schlafkammer längere Zeit verließ und sogar aus dem Königenhäusle ins Freie trat. Auch heute ging sie in die Kapelle, um bei ihrer toten Familie zu sein und für sie zu beten. Auf dem Weg zurück schaute sie wieder dabei zu, wie unzählige Männer ohne Unterlass schaufelten. Sie würde gerne selbst bei der Bergung mithelfen, fühlte sich aber zu schwach und unfähig dazu. Bibiane sah Wendelin, der ihr zunickte. Auch Josef war da. Bibiane beobachtete ihn lange, bis er sie schließlich bemerkte, sie jedoch weder grüßte noch sonst irgendeine Reaktion zeigte. Da wandte sie sich ab und ging zurück ins Haus zu ihren Geschwistern.

»Was hast du gesehen?«, fragte Martha, als Bibiane in die Kammer trat.

»Nichts. Sie graben und graben. Keine Spur von Thomas und Blasius bis jetzt. Aber ich habe gehört, dass Anton und Paul von Hilars Bruder abgeholt werden sollen.«

Es war seltsam, dass die Tritschler-Kinder die Winterhalter-Söhne seit ihrer Rettung nicht mehr zu Gesicht bekommen hatten. Sie befanden sich im selben Haus, im Wohnteil vom Löfflerjohann, und wurden dort von dessen Frau versorgt. Es war, als trennten die Überlebenden Welten.

»Jemand muss Mathäus bei seinem Herrn Bescheid sagen«, erinnerte Elisabeth an ihren Bruder, der außer Haus das Uhrhandwerk lernte. »Oh Gott, er weiß ja noch gar nicht, was uns passiert ist.«

»Ich sag es dem Pfarrer«, meinte Bibiane. »Er weiß sicher, wie man Mathäus erreichen kann.«

»Wohin werden wir jetzt gehen, wenn wir kein Zuhause mehr haben?« Diese Frage stellte Julius, und niemand gab darauf eine Antwort.

»Wir müssen ja irgendwo hingehen«, ergänzte Leo nach einer Weile.

Elisabeth zuckte mit den Schultern. »Vielleicht nimmt uns ein Bauer in Kost, als Magd oder Hirtenbub. Du, Bibiane«, wandte sie sich an ihre Schwester, »hättest vielleicht doch Ja zum Hochdobeljosef sagen sollen, dann würdest wenigstens du gut versorgt sein, und wir hätten vielleicht auch was davon.«

»Halt den Mund, Elisabeth«, herrschte Bibiane sie an. »Du hast ja keine Ahnung, wovon du redest.« Die Bemerkung ihrer Schwester traf sie ins Mark.

»Wir wollen nicht von euch getrennt sein«, erklärte Julius bestimmt.

»Das wird nicht passieren«, versicherte Bibiane. »Verlass dich drauf.«

Martha wehrte verächtlich ab. »Den Bauern will ich sehen, der uns alle auf einmal bei sich aufnimmt. Macht euch nichts vor. Den gibt es nicht.«

»Wir müssen es probieren«, meinte auch Elisabeth. »Vielleicht in Urach, beim Onkel.«

»Der nimmt auch nicht uns alle«, hielt Martha dagegen.

»Irgendwo müssen wir ja wohnen, jetzt seid nicht so schwarzseherisch«, fand Elisabeth. »Wir müssen jetzt zusammenbleiben und fest zusammenhalten. Das ist das Einzige, was noch zählt. Wir haben uns. Nur noch uns. Keiner kann uns trennen.«

Am Mittwochnachmittag hatten die Helfer Erfolg und fanden Blasius unter der Treppe des Stiegenkastens, auf den wiederum Teile der Bauernschlafkammer gefallen waren. Mit Mühe konnten die Männer das Holz abtragen und bei Einbruch der Dunkelheit den arg zugerichteten Blasius hervorziehen. Blasius hatte im Tod seine rechte Hand krampfhaft zusammengeballt. Darin hielt er seine letzte Cego-Karte fest. Der Kajetansbauer zog die Karte mit Kraft heraus, wobei sie riss. Es war ein Blinder, eine Spielkarte ohne Wert.

Der Kajetansbauer richtete sich mit der abgerissenen Karte auf. »Bringt einen Sarg. Wenn seine Eltern von ihm Abschied nehmen wollen, ist es besser, sie sehen ihn nicht in diesem Zustand.«

Doch es war bereits zu spät. Philipp hatte mitbekommen, dass es einen Fund gab, und war herbeigelaufen. Als er seinen ältesten Sohn sah, sank er auf die Knie und weinte. Zwei Männer brachten einen der vor der

Kapelle abgelegten Särge und warteten darauf, den Toten aufzunehmen. Schließlich richtete sich Philipp wieder auf, zog die Nase hoch und erklärte mit fester Stimme: »Legt Blasius da rein und macht den Deckel zu. Maria soll das nicht sehen.«

Der tote Blasius wurde ins Königenhäusle gebracht und neben seinem Bruder aufgebahrt, der mittlerweile auch in einem Sarg lag. Zwischen den beiden Särgen saß das Ehepaar Beha, am Boden zerstört und verzweifelt, und flehte Gott um eine Antwort an.

Am nächsten Morgen, Donnerstag, den 29. Februar, Tag fünf nach der Katastrophe, begannen der Schreiner und sein Geselle, die Leichen in der Kapelle in Särge umzubetten. Es wurde Zeit, sie auf den Friedhof zu bringen. Das sah auch Pfarrer Schilling so, aber die überlebenden Tritschler-Töchter wehrten sich gegen eine Beerdigung, solange Thomas, der Letzte, der noch vermisst wurde, nicht gefunden worden war. Der Pfarrer seufzte, als er das verzweifelte Bitten in den Augen der Tritschler-Kinder sah. Er konnte sie verstehen.

»Also gut«, lenkte er ein, »wir wollen noch einen Tag abwarten. Dann haben auch Maria und Philipp noch etwas Zeit, um sich von Blasius zu verabschieden. Aber dann sollten wir die Toten wirklich Gottes Erde übergeben.«

Der Kajetansbauer hatte sich am Vorabend nach Blasius' Bergung dem Pfarrer gegenüber zuversichtlich gezeigt, dass die Helfer Thomas heute finden würden.

»Wir haben schon fast die komplette Stube erreicht,

es gibt nicht mehr viele Winkel, die wir noch freigraben müssen, und irgendwo dort muss Thomas ja sein«, erklärte er.

Den Helfern gab die Aussicht, kurz vor dem Ziel zu sein und den letzten Verschütteten heute zu finden, einen neuen Motivationsschub. Jeder der Männer hatte das Bedürfnis, hier fertig zu werden und zu seiner Familie zurückzukehren. Allen war der Schreck über die Zerstörung und die vielen Toten tief in die Glieder gefahren. Sie hatten Bilder gesehen, die sie so schnell nicht mehr vergessen würden. Verbissen arbeiteten sie weiter, bis sie am Ziel waren.

Am Abend des fünften Tages nach der Lawine gelang es, die Leiche des achtzehnjährigen Thomas zu bergen. Er wurde in die Kapelle gebracht, und Bibiane, Elisabeth sowie die Zwillinge Leo und Julius gingen dorthin, um sich gemeinsam von ihren verstorbenen Familienmitgliedern zu verabschieden.

Martha mit ihrem gebrochenen Bein und die schwerverletzte Theresia verließen das Königenhäusle nicht, auch nicht am nächsten Tag, Freitag, den 1. März, als sechzehn Pferde bereitstanden, um die sechzehn Toten auf Schlitten auf den Friedhof nach Neukirch zu überführen. Eine nicht endende wollende Schlange an Menschen folgten den Särgen; jeder, der mitgegraben hatte, reihte sich ein und nahm nach den bedrückenden Tagen Abschied. Am Grab trafen die überlebenden Tritschler-Kinder ihren Bruder Mathäus, der kein Wort sprach und wie versteinert wirkte.

Unter größten Mühen hatten der Schreiner und sein Lehrling mit ihren Helfern eine riesige Grube in den eisigen Boden gegraben. Erschöpft standen sie an ihrem Rand und hofften, dass sie ausreichend groß für sechzehn Särge war.

Pfarrer Schilling nahm sein Weihwasserkesselchen und segnete wortlos das Erdloch. Es kam ihm endlos vor, bis anschließend jeder einzelne Sarg herabgelassen war. Wieder fühlte er sich zurückversetzt in seine Militärzeit, als er am Rande von Schlachtfeldern stand und unzählige junge Männer der Erde übergab.

»Möge Gott allen Dahingegangenen ein gnädiger Richter sein und ihre Verwandten vor weiterem Unheil bewahren«, sprach er.

Sechzehn Mal schlug er an diesem traurigen Tag das Kreuz über einem Sarg, und genauso oft musste er in die verzweifelten Gesichter der überlebenden Kinder blicken. Anton und Paul, die Söhne von Clara und Hilar, standen neben ihrem Onkel und ihrer Tante, die sich bereiterklärt hatten, die beiden aufzunehmen. Sie waren versorgt. Doch wie sollte es mit Elisabeth, Bibiane, Martha, Theresia, Leo und Julius weitergehen?

Teil IV
Neubeginn

April 1844

Fünf Wochen nach dem Unglück war der größte Teil des Schnees geschmolzen, um das Königenhäusle lag nichts als Matsch. Daneben erhob sich die verdreckte Ruine des Königenhofs nun ohne Schnee und wirkte dadurch noch bedrohlicher. Berge von Heu und Stroh lagen vermodert herum. Bibiane kletterte mit Leo und Julius zwischen kaputten Brettern und Gebälk umher auf der Suche nach Gegenständen, die man vielleicht noch gebrauchen könnte. Doch die Wucht der Lawine hatte alle Teller und Schüsseln zertrümmert, sämtliche Möbel zerbrochen und jedes Bild in Stücke geschlagen.

Bibiane tippte mit ihrem Schuh gegen ein Krautfass, das tief im Matsch lag. Der Deckel fehlte, und das Kraut hatte sich mit Heu und Dreck vermengt. Bibiane hatte das Kraut selbst zusammen mit Elisabeth geschnitten. Jetzt war es dahin.

Vom unteren Teil der Ruine ertönte Julius' aufgeregte Stimme. »Unser Ochsenkopf!«

Leo rannte zu seinem Zwillingsbruder, und Bibiane folgte. Der geräucherte Ochsenkopf, den Julius triumphierend an seinem Strick in die Höhe streckte, hatte von seinen Hörnern eines eingebüßt. Vor Unglück hat er uns auch nicht bewahrt, dachte Bibiane bitter und wandte sich ab.

Sie hob einen Bienenkorb hoch, den ihre Mutter nur wenige Stunden vor der fatalen Lawine unter das Dach neben das Brunnenhäusle gestellt hatte. Oder war es der Korb, den sie an jenem Abend nicht mehr gefunden hatten? Bibiane drehte ihn hin und her. Ob die im Winter ruhenden Bienen es überlebt hatten? Sie war sich nicht sicher. Vom Brunnenhäusle wiederum fehlte der Aufbau, die Deicheln waren weggerissen, aber die steinerne Tränke an sich sah intakt aus. Aber sogar sie war von der Lawine einige Fuß den Abhang hinuntergeschoben worden.

»Schau mal, Bibi.« Leo hielt ein paar durchgeweichte, dreckige Cego-Karten in die Höhe.

Bibiane spürte einen Stich. Vielleicht waren es Philos Karten.

»Sogar der Gstieß ist dabei«, stellte Leo fest. Für einen Moment hielt er inne und sah aus, als würde er in Tränen ausbrechen, aber dann fing er sich wieder und ließ die Karten fallen.

»Hier liegt noch Geld«, stellte Julius fest, den Ochsenkopf am Strick in seiner linken Hand. Mit der rechten streckte er Bibiane zwei Kreuzer entgegen. »Darf ich es behalten?«

»Natürlich«, antwortete Bibiane, »am besten teilt ihr. Jeder eine Münze.«

»Da unten ist die Pfeife vom Vater«, rief Leo. Er griff in eine Spalte, zog sie hervor und hielt sie in die Höhe. Sie war voller Schmutz.

Bibiane musste bei dem Anblick schlucken. Sie sah im Geiste noch einmal, wie dem Königenbauer die Tabakspfeife vor Schreck heruntergefallen war, als Bibiane verkündete, dass sie Philo heiraten wollte.

»Gib sie mir«, sagte sie bestimmt, und Leo fügte sich.

Bibiane rieb den Dreck an ihrer Schürze ab und steckte die Pfeife in ihre Rocktasche.

Die drei Tritschler-Kinder waren die letzten, die noch im Königenhäusle lebten. Theresia und Martha, beide körperlich noch nicht wieder ganz erholt, waren vor zwei Wochen vom Onkel aus Urach abgeholt worden. Martha konnte ihr frisch zusammengewachsenes Bein immer noch nicht belasten und lief am Stock. Theresia, die durch die Lawine so verletzt worden war, dass sie lange nicht einmal ihre Bettstatt hatte verlassen können, ermüdete schnell und musste sich oft hinsetzen. An Arbeiten im Haus oder auf dem Feld war bei beiden noch nicht zu denken.

Noch vor Martha und Theresia war Elisabeth fortgegangen; sie hatte eine Stelle als Magd auf einem Hof in der Nähe von Donaueschingen angetreten. Der Onkel hatte sie vermittelt. Seitdem hatten Bibiane und die Zwillinge die drei nicht mehr gesehen. Bibiane fragte sich täglich, wen sie mehr vermisste: ihre verstorbenen Familienmitglieder oder ihre lebenden Schwestern, die weit weg von ihr waren.

Leo und Julius hatten bitterlich geweint, als die Schwestern fortgingen. »Haben wir es nicht gesagt? Wir wollen doch mit euch zusammenbleiben.« Und während auch Martha und Theresia die Tränen hinabliefen, war der Onkel hart geblieben, dass er gerade nur die beiden, die am hilfsbedürftigsten waren, und nicht eine Person mehr aufnehmen könne. Aber er würde sich erkundigen, vielleicht gäbe es einen Hof, der beide Buben als Hütekinder gebrauchen könnte. Und für Bibiane würde sich sicher auch noch etwas finden, ergänzte er und schaute auf ihren Bauch.

Für Bibiane war damit klar gewesen, dass sie auf diesen Onkel nicht zu zählen brauchte. Eher würde sie sich eine Hand abhacken, als ihn um irgendeine Art von Hilfe zu bitten. Genauso spürte sie, dass es Zeit war, das Königenhäusle zu verlassen. Je früher, desto besser. Maria und Philipp Beha waren zwar freundlich zu ihnen, aber sie versanken in ihrem Leid und in ihrer Trauer, und für die Tritschler-Kinder war in diesen Momenten kein Platz. Philipp sprach schon davon, das Haus zum nächstmöglichen Zeitpunkt verkaufen zu wollen. Beide fänden keine Ruhe mehr, direkt neben der Ruine, in der ihre Söhne ums Leben kamen. Wie sollten sie hier je wieder einen glücklichen Gedanken haben können? Während Philipp den Tritschler-Kindern das erklärte, schluchzte Maria laut, und Bibiane spürte, dass ihr das ständige Heulen von Maria langsam auf die Nerven ging. Denn während Maria weinen und laut trauern konnte, fühlte sich Bibiane innerlich wie gelähmt. Sie funktionierte nur, tat im Haus, was es zu tun gab, und kümmerte sich um ihre Brüder. Aber ihr Herz fühlte sich eingefroren an.

Bibiane verstand die Behas und war dankbar für die Hilfe, die sie ihnen hatten zuteilwerden lassen. Es erschütterte sie allerdings, dass sie selbst in den Planungen von Maria und Philipp keine Rolle zu spielen schien. Immerhin trug sie doch das Kind ihres verstorbenen Sohnes unter dem Herzen. Aber da machte sich Bibiane nichts vor: Es war ein illegitimes Kind. Hätten Philo und sie es doch früher geregelt. Wäre er doch nicht gestorben! Jetzt stand Bibiane allein da, die werdenden Großeltern fühlten sich zu nichts verpflichtet. Sie musste wohl oder übel schauen, wo sie blieb. Und ihr Bauch wuchs.

Bibiane brauchte eine Lösung, die auch für Leo und Julius passte. Die zwei hatten sie angefleht, dass sie sie nicht auch noch verließ, und Bibiane versprach es. Sie fühlte sich verantwortlich, wenn es sonst schon keiner tat. Für die beiden war es hart ohne die Familie, aber sie hatten sich immerhin noch gegenseitig. Bibiane hatte nach dem Fortgang ihrer Schwestern niemanden mehr, der in ihrem Alter war und mit dem sie reden konnte. Es war, als würde sich niemand für ihr weiteres Schicksal interessieren. Sie musste es selbst in die Hand nehmen.

»Der Hochdobelhof sucht eine Magd«, hatte ihr eine Frau in Neukirch gestern nach der Andacht verraten. Bevor Bibiane antworten konnte, hatte sich die Frau davongemacht. So war es die ganze Zeit. Keiner in der Gemeinde wollte länger mit ihr sprechen. Bibiane fragte sich, ob man Angst vor ihr hatte. Oder trauten sie sich einfach nicht, weil sie nichts falsch machen wollten?

Der Hinweis mit dem Hochdobelhof war wichtig, und Bibiane war dankbar dafür. Sie hatte es jetzt die ganze Zeit hin und her überlegt. Sonntags in der Kirche sah sie Josef regelmäßig und grüßte ihn. Er hatte zuletzt zurückgenickt. Soweit sie gesehen und gehört hatte, gab es noch keine Braut für ihn. Bibiane dachte nach. Stolz war jetzt fehl am Platz. Sie gab sich einen Ruck.

Bibiane war außer Atem, als sie am Hochdobelhof ankam. Sie schaute sich um. Die Sonne schien, und Bibiane konnte weit über die Berge des Schwarzwaldes schauen. Die Hochebene war hell und offen, nicht dunkel und eng wie das Wagnerstal. Auf der Wiese blühten die ersten Blumen. Es kam Bibiane heute im Gegensatz zum Tag der Beschau sehr viel freundlicher vor.

Sie war aufgeregt. Die ganze Nacht und den ganzen Weg hierher hatte sie wieder und wieder geübt, was sie jetzt sagen wollte. Sie klopfte an die Tür des Bauernhauses und wartete. Schließlich war es Josef selbst, der öffnete.

»Das ist ja eine Überraschung«, sagte er. Sein vernarbtes Gesicht ließ nicht erkennen, ob er erfreut oder verärgert war. Er trat heraus und zog die Tür hinter sich zu. »Was willst du?«

»Ich … ich wollte mit dir sprechen«, antwortete Bibiane. »Gehen wir ein paar Schritte?«

»Nein, wenn du etwas sagen möchtest, dann sag es hier«, erwiderte Josef. Er hatte die Arme verschränkt, lehnte sich gegen die Hauswand und sah sie misstrauisch an.

»Also gut«, Bibiane räusperte sich. »Ich habe noch einmal darüber nachgedacht, über das Angebot damals, bevor der Königenhof … Also, ich würde das Heiratsangebot … wenn du noch möchtest … ich hätte nichts dagegen. Ich … ich habe sicher auch etwas Mitgift.« Bibiane wurde rot und ärgerte sich, dass sie so herumstotterte.

Josef schaute sie mit unbewegtem Gesicht an, bevor er

seinen Blick unverhohlen auf ihren Bauch senkte. »Ich soll dich heiraten?«, fragte er und verzog den Mund.

Bibiane hob die Schultern hoch und nickte.

»Du hast nichts mitzubringen außer einem Haufen Trümmerholz und«, wieder ging Josefs Blick auf ihren Bauch, »einem Balg, der sicher nicht von mir stammt. Warum sollte ich jetzt Ja sagen? Warum sollte mein Vater Ja sagen?«

»Ich bin kräftig, kann gut zupacken«, erklärte Bibiane.

Josef lachte auf. »Das glaube ich.«

Er wandte sich ab und ging zur Tür. Dort drehte er sich noch einmal um.

»Wir suchen eine Magd«, sagte er. »Vielleicht ist das das Richtige für dich.«

»Meinst du das ernst?«

»Sicher.« Josef schaute Bibiane spöttisch an. »Aber du wahrscheinlich nicht.«

Er öffnete die Tür.

»Warte«, rief Bibiane. »Können meine Brüder hier auch arbeiten? Ich meine … können wir zusammenbleiben?«

Josef drehte sich wieder zu ihr um. »Wenn du hier arbeiten willst, spreche ich mit meinem Vater wegen deiner Brüder. Komm morgen wieder.«

Josef ging ohne ein weiteres Wort ins Haus und die Tür fiel ins Schloss. Bibiane starrte ihm nach. Eine Mischung aus Hass und Hoffnungslosigkeit stieg in ihr hoch. Sie verabscheute, was sie gerade getan hatte, dass sie zu Josef gekrochen kam; dabei wusste sie doch, dass es keine Alternative für sie gab.

Bibiane lief vom Hochdobel hinüber nach Neukirch zum Friedhof. Das Grab ihrer Familie, der Winterhalters und der Beha-Söhne befand sich auf der Nordseite direkt an der Mauer. Sechzehn Holzkreuze waren aufgestellt worden, jedes einzelne mit Namen. Bibiane konnte immer noch kaum lesen, ihr sagten die Buchstaben wenig. Doch sie wusste, welche Kreuze welchen Namen ihrer Familienmitglieder trugen. Auch das von Philo. Der Pfarrer hatte ihr jeden einzelnen Namen gezeigt und vorgelesen. Die Kreuze halfen Bibiane zu begreifen, dass dort unter der Erde tatsächlich ihre Verwandten lagen. Und Philo. Manchmal redete sie mit ihm.

»Was soll ich machen?«, fragte sie jetzt. »Soll ich zum Hochdobelbauern gehen?«

Wäre Philo am Abend nicht zum Spielen gekommen, dann würde sie jetzt nicht allein dastehen, dachte Bibiane. Sie hatte gewollt, dass er kam, damit sie sich sehen konnten. Sie spürte, wie Tränen ihre Wangen hinabliefen. Sicher hatte Philo nicht geplant, so lange zu bleiben. Er hatte doch am nächsten Tag früh nach Urach laufen sollen. Wäre sie doch nur nicht ins Bett gegangen, sondern bei ihm geblieben. Hätte Philo gewollt, dass sie als Magd auf den Hochdobelhof ginge? Bibiane erhielt keine Antwort. Sie musste es selbst entscheiden.

Abends im Bett spielte Bibiane den Gedanken wieder und wieder durch. Sie konnte nicht schlafen, doch das war seit dem Unglück nichts Ungewöhnliches. Es ging schon besser, seit der Schnee weg war, aber es reichte nicht, um eine Nacht durchzuschlafen. Die Angst vor einer schlimmen Überraschung hielt Bibiane in der Dunkelheit wach und am nächsten Morgen war sie wie gerädert.

Sie roch in die Kissen. Der Geruch von Philo war nicht mehr wahrnehmbar. Neben ihr, im Bett von Blasius, schrie einer der Zwillinge auf. Auch das passierte regelmäßig in den Nächten. Die beiden Buben wurden wie Bibiane von Albträumen verfolgt. Bibiane setzte sich auf und zündete eine Kerze an. Licht half. Sie legte Julius die Hand auf die Stirn. Der Bub schluchzte auf und beruhigte sich nach einer Weile. Bibiane kehrte zurück in ihr Bett und blies die Kerze aus. Noch einmal versuchte sie, in den Kissen Philos Duft zu erhaschen, und stellte ihn sich in ihrem Kopf vor. Sie schaffte es nicht, etwas von ihm zu riechen. Auch das Bild von ihm in ihrem Kopf war heute nur schwach. Bibiane setzte sich wieder auf.

Sie mussten hier weg. Es musste weitergehen.

Gleich am nächsten Morgen lief Bibiane erneut zum Hochdobel und klopfte an die Tür. Die Hochdobelbäuerin machte auf. Bibiane schaute in ihr Pockengesicht und schauderte.

»Guten Morgen, Bibiane«, begrüßte die Frau sie, »warte einen Moment, ich hole den Josef.« Die Bäuerin schloss die Tür. Es war das erste Mal, dass Bibiane sie sprechen hörte.

Geduldig blieb sie vor dem Haus stehen. Seit der Lawine hatte Bibiane nichts dagegen, unter freiem Himmel zu sein, egal bei welchem Wetter, und wertete die verschlossene Tür nicht als Affront.

Josef ließ sich Zeit, bis er schließlich auftauchte. »Hast du es dir überlegt?«, fragte er.

»Ja.«

»Gut. Die Buben darfst du mitnehmen«, sagte er knapp, »sie können auf das Vieh aufpassen. Ihr bekommt eine gemeinsame Kammer.«

»Danke.« Bibiane fiel ein Stein vom Herzen.

»Zahlen tun wir nix. Kost und Unterkunft sind gestellt.«

Bibiane schluckte. Du Geizhals, dachte sie. Doch ihr blieb vorerst keine Wahl.

»Wann sollen wir kommen?«

»Ihr könnt gleich morgen anfangen.«

»In Ordnung.«

Sommer 1844

PFARRER SCHILLING SCHWITZTE unter seiner Soutane. Es war ein heißer Tag und selbst im sonst so kühlen Pfarrhaus herrschten hohe Temperaturen. Der Pfarrer bereitete seine Predigt für den nächsten Sonntag vor. Er war unkonzentriert, nicht nur wegen der Hitze. Am Vormittag war der Sattler bei ihm vorbeigekommen und hatte sich seinen Segen geholt. Er wollte nach Lourdes pilgern, er müsse das unbedingt tun, sagte er. Natürlich hatte ihn Pfarrer Schilling darin bestärkt. Seit dem verhängnisvollen Lawinenabgang im Wagnerstal wirkte der sonst so lebenslustige Sattler erschüttert. Damit war er nicht alleine. Schilling hatte mitbekommen, dass es mehreren Helfern so erging, auch ihn selbst als Geistlichen hatte das Unglück lange verfolgt. Der Pfarrer betete für den Sattler, dass dieser auf seiner Pilgerreise die erhoffte Linderung erfahren würde.

Von seinem Arbeitstisch aus konnte Schilling direkt auf den Platz mit dem Brunnen sehen. Daneben stand eine Linde und spendete Schatten. Das Wasser plätscherte, und während Schilling schrieb, stellte er sich vor, dass er sich in einem See abkühlte. Erinnerungen an seine Jugend wurden wach. Er blickte hoch und aus dem Fenster. Am Brunnen stand jemand und wusch sich das Gesicht. Die Person trug Hosen. Erst auf den zweiten Blick erkannte der Pfarrer, dass es sich um eine Frau handelte. Um den Rücken hatte sie ein Tuch gewickelt, in dem offensichtlich ein Kind lag. War das etwa …? Der Pfarrer schaute genauer hin.

»Anna«, rief er, »komm mal her.«

Seine junge Haushälterin öffnete die Tür und steckte den Kopf hinein. »Sie haben gerufen?«

»Komm hierher ans Fenster«, forderte Schilling sie auf. Er trat einen Schritt zurück und machte ihr Platz, damit sie hinausschauen konnte. Der Pfarrer kam nicht umhin, einen Blick auf die wohlgeformte Hinterseite seiner Haushälterin zu werfen. Nur mit Mühe widerstand er dem Impuls, sie anzufassen. Er räusperte sich.

»Anna, wer ist dort auf dem Platz beim Brunnen?«

Anna kniff die Augen zusammen, denn sie war kurzsichtig.

»Das ist Bibiane«, sagte sie schließlich, »vom Königenhof.«

»Bibiane. Dachte ich es mir doch. Was macht sie hier? Mitten in der Ernte. Ich hatte gehört, sie sei Magd auf dem Hochdobel.«

»Das war sie auch«, bestätigte Anna. »Aber nicht sehr lange. Sie ist irgendwann von dort verschwunden. Dort gab es ja nach Pfingsten einen Brand. Einen Tag vor der Hochzeit des Hoferben. Wissen Sie noch?«

Natürlich, der Pfarrer erinnerte sich. Er hatte ja den Hochdobeljosef und seine junge Braut vom Katzensteig am nächsten Tag getraut. Eine Aufregung war das gewesen. Das Feuer hatte oben auf der Dreschtenne seinen Anfang genommen, aber die Flammen waren Gott sei

Dank schnell entdeckt worden, noch bevor sie auf das Heu übergreifen konnten, und so wurde das Schlimmste verhindert. Es war ein Glück, dass der Heustock kurz vor dem ersten Schnitt so gut wie leer war. Tagelang hatte es Gerede gegeben, wie es dort, an so ungewöhnlicher Stelle, zu einem Brand hatte kommen können. Hatte Bibiane zu diesem Zeitpunkt den Hof schon verlassen?

»Und ihre Brüder? Die Zwillinge?«

»Die hat sie mitgenommen. Sind also auch verschwunden.«

»Wo kommt sie jetzt her?«, wollte Schilling genauer wissen. »Und wo sind die Zwillinge?«

Die Haushälterin zuckte mit den Schultern. »Ich habe sie lange nicht gesehen. Keine Ahnung, wo sie alle gesteckt haben.«

»Bibiane hat ein Kind dabei.«

Anna kniff wieder die Augen zusammen und schaute angestrengt nach draußen. »Kann sein. Davon weiß ich nichts.«

»Geh hinaus und frag sie, ob wir etwas für sie tun können.«

»Jawohl, Herr Pfarrer.« Anna machte sich auf den Weg.

Schilling blieb am Fenster stehen und beobachtete, wie seine Haushälterin auf Bibiane zuging und mit ihr redete. Er hörte ihre Stimmen, konnte aber leider nicht verstehen, worüber sie sprachen. Nach einer Weile drehte Anna sich um und kehrte ins Pfarrhaus zurück.

»Was ist? Was hat sie gesagt?«

»Wir können nichts für sie tun«, erklärte Anna.

»Mehr nicht?«

»Sie ist erst seit Kurzem wieder hier, hat sie gesagt«, fuhr Anna fort. »Mehr hat sie nicht erzählt.«

»Bring ihr etwas zu essen.«

»Jawohl, Herr Pfarrer.«

Die Haushälterin verschwand erneut, und Pfarrer Schilling beobachtete weiter Bibiane. Sie hatte ein Bündel neben sich am Brunnen abgelegt. Jetzt holte sie den Säugling aus dem Tuch hervor und knöpfte ihre Bluse auf, um ihn zu stillen. Mitten auf dem Platz. Der Pfarrer schaute zur Seite.

Nach einer Weile tauchte Anna auf und reichte Bibiane ein Päckchen mit Essen. Bibiane wirkte überrascht, als sie es in Empfang nahm. Anna wandte sich wieder ab, und Bibiane blickte hinüber zum Fenster. Sie lachte und winkte dem Pfarrer zu. Dieser wich zurück. Schließlich kam Anna zurück ins Zimmer.

»Was hat sie gesagt?«, wollte der Pfarrer wissen.

»Vergelt's Gott.«

Schilling sah ein, dass er über den Weg der Haushälterin keine Informationen bekommen würde, und beschloss, selbst mit Bibiane zu reden. Er wartete, bis sie fertig gestillt und die Bluse wieder über die Brust gezogen hatte, bevor er sich in Bewegung setzte.

Draußen traf ihn die Wärme des Tages mit voller Wucht. Er schwitzte noch mehr.

»Bibiane«, der Pfarrer öffnete seine Arme, während er Richtung Brunnen lief, »wie schön, dich zu sehen.«

»Guten Tag, Herr Pfarrer, vielen Dank für das Essen.«

Bibiane lächelte ihn an, während sie ihrem Kind sanft den Rücken klopfte.

Sie wirkt, als würde sie schon länger ohne Obdach leben, dachte Schilling, während er sich den Schweiß von der Stirn wischte. Aber die Traurigkeit, die er im Winter bei ihr gesehen hatte, nach dem Unglück, wo sie ihm trotz allem so unglaublich stark vorgekommen war, diese tiefe Traurigkeit schien aus ihrem Gesicht verschwunden.

»Wie geht es dir? Wo kommst du her?«

»Von unterwegs.« Bibiane zuckte mit den Schultern. »Ich war hier und dort. Nichts Besonderes. Jetzt bin ich wieder hier.«

»Wo lebst du denn?«

»Ich schlafe meistens draußen.« Bibiane lachte auf. »Da kann ich wenigstens schlafen. Drinnen ist es schwierig.«

Pfarrer Schilling war betroffen. Nie hätte er vermutet, dass sie freiwillig draußen lebte.

»Wo sind deine Brüder?«

Bibiane zuckte wieder mit den Schultern. »Ich weiß es nicht. Hab sie nicht mehr gesehen, seit wir vom Hochdobel weg sind.« Ihr Gesicht verfinsterte sich. »Beim Hochdobelbauern, das war nichts für uns. Dort wollten wir nicht bleiben. Das sind böse Menschen.«

Die Tritschler-Kinder ziehen heimatlos umher, dachte der Pfarrer betreten. Was für ein Skandal. Dabei hatte es haufenweise Spenden gegeben. Die Hofkapelle in Donaueschingen hatte ein Wohltätigkeitskonzert gegeben. Der Gemeinderat hatte einen großen Grabstein für alle Verstorbenen auf seine Kosten errichtet. Sogar der Großherzog hatte generös etwas springen lassen. Überall im Land waren die Menschen erschüttert gewesen von dem Schicksal des Königenhofs. Warum nahm sie jetzt keiner auf? Wo waren all die Spenden geblieben? Der Pfarrer hatte außerdem gehört, dass der Kajetansbauer die Reste des Hofes sowie fast das gesamte dazugehörige Land aufgekauft hatte. Gezahlt hatte er an den Onkel der Waisen, über 8.000 Gulden. Und für die Kinder blieb nichts übrig? Das konnte doch nicht sein.

»Schauen Sie mal, Herr Pfarrer, das ist mein Sohn«, riss Bibiane ihn aus seinen Gedanken.

»Ich wusste ja nicht, dass du ein Kind erwartet hattest«, erwiderte Schilling. »Er … ist wunderschön. Wie alt ist er?«

»Er ist kurz nach Johanni geboren. Am siebenundzwanzigsten.«

»Wie heißt er denn?«

»Philipp.«

Philipp. Der Pfarrer sah vor seinem geistigen Auge, wie Bibiane am Sterbebett von Philo saß und seine erfrorene Hand hielt. Jetzt war ihm klar, warum.

»Ist er getauft?«

»Nein, ich habe ihn noch nicht taufen lassen. Ich war ja … unterwegs.« Bibiane blickte den Pfarrer an. »Würden Sie ihn taufen?«

»Ja, gerne, aber«, der Pfarrer räusperte sich, »ist es denn ein eheliches Kind?«

»Natürlich nicht, das können Sie sich doch denken.«

Schilling wagte nicht laut zu fragen, wer der Vater war. Stattdessen streckte er den Arm aus.

»Gut, dann … wollen wir gleich hinüber in die Kirche gehen?«

»Jetzt? Ja, warum nicht.«

Bibiane stand überrascht auf und sammelte ihre Sachen zusammen. Mit einer so schnellen Taufe hatte sie nicht gerechnet. Aber es war ihr recht, wenn ihr Sohn unter Gottes Schutz gestellt wurde. Sie hatte auch nichts weiter vor, lebte im Hier und Jetzt. Da konnte sie nun genauso gut ihr Kind taufen lassen.

Pfarrer Schilling ging voraus in Richtung Gotteshaus. Ausgerechnet Philipp hieß das Kind. Musste das sein? Er schüttelte den Kopf, als er die junge Frau genauer betrachtete, die neben ihm aufschloss. Ihre Haare und ihr Gesicht wirkten trotz der Umstände nicht ungepflegt. Ihre Haut war braungebrannt. Und sie hatte tatsächlich Hosen an, das war ja was. Er war froh, dass er die Taufe jetzt schnell ohne Zuschauer in der Kirche abwickeln konnte. Und eine Sache störte ihn wirklich. Er wollte kein Gerede in seiner Gemeinde, das hatte Bibiane nicht verdient. Schilling öffnete die Kirchentür und drehte sich zu ihr um.

»Sag, wenn dein Sohn nach Johanni auf die Welt kam, wäre es dann nicht besser, wir nennen ihn Paul?«, schlug er vor. »Du weißt ja, Ende Juni sind die Tage von Peter und Paul. Das würde doch gut passen, meinst du nicht?« Dass Paul von den Bauern auch angerufen wurde gegen Unwetter, erwähnte er lieber nicht.

Bibiane blickte ihn irritiert an. Der Pfarrer wollte ihrem Sohn einen anderen Namen geben, und sie wusste, dass er das durfte, weil ihr Kind unehelich geboren wurde. Was soll's, dachte Bibiane, es ist ja unerheblich, wie der Bub heißt, wichtig ist, wie ich ihn nenne. Sie wollte mit dem Geistlichen nicht streiten. Er war freundlich zu ihr gewesen. Das Letzte, was Bibiane brauchte, waren Auseinandersetzungen. Wichtiger war ihr, dass ihr und Philos Sohn endlich getauft wurde.

»Von mir aus. Machen Sie nur«, antwortete sie. »Paul ist ja auch ein schöner Name.«

Der Pfarrer ließ sie in die Kirche eintreten.

Nach der Taufe ging Bibiane mit dem Pfarrer zum Grab und betrachtete den gestifteten Stein. Philos Name stand ganz unten rechts, er war der letzte in der langen Aufzählung, die mit Martin Tritschler begann. Spontan lud der Pfarrer Bibiane danach in sein Haus ein. Er wusste nicht, wie er sich von ihr verabschieden sollte. Wohin sollte sie gehen mit ihrem Säugling? Schilling spürte eine Verantwortung.

Anna servierte Tee und sogar süßes Gebäck, als sie am Esstisch Platz nahmen. Bibiane hatte sich noch nie in ihrem Leben auf einen gepolsterten Stuhl gesetzt und Gebäck gegessen, und sie fühlte sich dabei unwohl. Der frisch getaufte Paul lag in ihrem Arm und schlief.

»Schmeckt gut, danke«, sagte sie.

Schilling beobachtete sie eine Weile schweigend.

»Was ist auf dem Hochdobelhof passiert, Bibiane?«

Die junge Frau biss in einen Keks und kaute lange. Dabei schaute sie starr vor sich hin.

»Ich will nicht darüber reden«, sagte sie schließlich und schob den Rest des Gebäcks in den Mund.

»Und jetzt … wohin? Wovon willst du leben?«

»Ich komme schon zurecht«, erwiderte Bibiane. »Ich helfe den Bauern bei der Arbeit, und sie geben mir zu essen. Es reicht mir.« Sie machte eine Pause, bevor sie weitersprach. »Es ist nicht leicht, in einem fremden Haus zu leben und zu arbeiten. Drinnen, unter einem Dach … Ich bin lieber für mich allein. Und ich brauche wirklich nicht viel.«

Der Pfarrer versuchte, sie zu verstehen. Es fiel ihm schwer. Wie konnte sie das Herumtreiben einer festen Stelle vorziehen? Allein, als Frau, mit einem Säugling noch dazu.

»Ich möchte dir etwas geben«, sagte er schließlich. »Ich bin sofort wieder da.«

Er verließ das Esszimmer und kam bald darauf mit einem schweren, in ein Tuch eingeschlagenen Gegenstand zurück, den er behutsam auf den Tisch legte und aufdeckte.

Es war eine Jesusfigur aus Stein, von der nur noch der Kopf und der Leib intakt waren, Arme und Beine waren abgeschlagen und verstümmelte Reste. Bibiane stockte. Sie erkannte diese Jesusfigur.

»Der Kajetansbauer hat mir diesen Torso gebracht«, erklärte Schilling. »Du weißt ja sicher, woher er stammt. Er ist von eurem Kreuz, vom Königenhof.«

Vorsichtig strich Bibiane mit ihren Fingern über den Stein. Sie merkte, wie Tränen in ihr aufstiegen, und versuchte, sie zurückzudrängen. Es gelang nicht. Zum ersten Mal seit Monaten musste sie weinen. Mit dem Handrücken wischte sie ihr Gesicht trocken.

»Darf ich ihn haben?«, fragte sie.

»Natürlich«, antwortete Schilling, »er gehört euch. Ich habe ihn nur aufbewahrt.«

»Danke.«

»Wenn du …«, der Pfarrer zeigte auf den schlafenden Säugling, »wenn ihr Hilfe braucht, ich bin immer für euch da, Bibiane.«

»Danke. Ich weiß es zu schätzen.« Bibiane stand abrupt auf. »Ich muss jetzt gehen. Vergelt's Gott für alles.«

Der Pfarrer wirkte von dem plötzlichen Aufbruch überrascht. »Äh, ja. Bis bald, mach es gut, Bibiane.«

»Bis bald.«

Bibiane band ihren Sohn in seinem Tuch auf den Rücken, packte ihr Bündel und griff mit beiden Händen nach der Jesusfigur. Der Pfarrer fragte sich, wie sie das alles tragen wollte, verkniff sich aber jede weitere Bemerkung und brachte sie zur Tür.

Festen Schrittes ließ Bibiane Neukirch hinter sich und lief Richtung Gütenbach. Zwischendurch musste sie immer wieder anhalten und die steinerne Figur absetzen, so schwer wurde sie ihr. Aber sobald sie genug Luft geholt hatte, ging sie entschlossen weiter. Sie wollte dem Jesus vom Hofkreuz ihres Heimathofes einen geeigneten Platz geben, nicht bei der Ruine, deren Anblick sie nicht ertrug, sondern an einem Ort, an den sie frohe Erinnerungen hatte.

Sie kam schließlich an die Stelle im Wald, an der sie mit Philo ihre Zeit verbracht hatte. Zwei Auerhähne balzten auf der Lichtung und flüchteten aufgeschreckt ins Dickicht. Bibiane ging zielstrebig auf eine Weidbuche zu. Sie lehnte die abgeschlagene Jesusfigur an den Baum und richtete sich auf.

Mit ihren Fingern fuhr sie auf Augenhöhe die Linien der zwei eingeritzten Herzen entlang, die Philo für sie beide hinterlassen hatte. Er war tief mit dem Messer in die Rinde gegangen, die Herzen waren deutlich zu sehen und zu fühlen. Noch nicht mal ein Jahr war seither vergangen. Bibiane sah sich selbst mit dem Korb voller Pilze auf Philo zulaufen. Die Erinnerung ließ sie lächeln. Wie glücklich sie damals gewesen war. Jetzt war alles anders.

»Schau, Paul-Philipp, hier haben dein Vater und ich unsere Zeit verbracht«, sagte sie laut. Ihr Sohn im Tuch auf ihrem Rücken gab gurrende Laute von sich, sodass Bibiane lachen musste. Sie blickte hoch in den Himmel. »Philo? Wir sind da. Kannst du uns sehen?«

Ganz bestimmt konnte er das. Seit ihr Sohn geboren war, hatte Bibiane das Gefühl, dass sie mit Philo wieder in Kontakt stand. Er wachte über sie und gab ihr Kraft, dessen war sie sich sicher. Sie verbrachte viel Zeit damit, zu ihm zu sprechen.

Bibiane holte die Pfeife ihres Vaters aus ihrem Bündel und platzierte sie neben der steinernen Jesusfigur. Sie hielt inne und sprach ein Gebet. Dann breitete sie ihre Decken aus und legte ihren Sohn darauf. Er strampelte mit den Beinen und hob die Mundwinkel an. Liebevoll betrachtete Bibiane ihn.

Sie würde die heutige Nacht hier verbringen. Es gab keinen besseren Ort für sie, und es versprach trocken zu bleiben. Sie hatte keinerlei Verpflichtungen, musste nirgendwo sein, nur dort, wo sie es aushielt. Sie wunderte sich selbst, warum sie nicht schon viel früher zu der Weidbuche gegangen war. Vielleicht hatte sie Angst gehabt? Jetzt fühlte es sich richtig an. Bibiane holte das Essenspaket hervor, dass die Haushälterin Anna ihr gegeben hatte, und öffnete es. Es enthielt ein großes Stück frisches Brot und Speck, dazu einen Apfel. Bibiane griff erfreut zu.

Am nächsten Morgen wachte Bibiane ausgeruht auf. Es war die erste Nacht seit dem Unglück, in der sie entspannt geschlafen hatte. Kein Albtraum hatte sie aufschrecken lassen. Sie verspürte eine neue Ruhe in sich und war dankbar. Einige Tage noch verbrachte Bibiane an dieser Stelle, allein mit sich und ihrem Sohn, sammelte Heidelbeeren, fand Pilze und aß die Reste ihres Brotes. Sie schlief unter der Weidbuche mit den Herzen, ihr Kind fest in den Armen, den Kopf direkt neben dem zerbrochenen Kreuz vom Königenhof, bis schließlich ein Wetterumschwung einsetzte. Dann nahm sie ihren Sohn und zog weiter, auf der Suche nach einem trockenen Unterstand. Den Torso ließ sie dort.

Viele Jahre später hängte jemand die Figur an den Baum, über die zwei Herzen, und die Weidbuche umschloss Jesus mit ihrer Rinde, bis der Torso ganz eingewachsen war. Noch heute kann man zum *Balzer Herrgott* laufen und den Jesuskopf im Baum bewundern. Er ist eines der letzten Zeugnisse des einst so stolzen Königenhofs, den eine Lawine ins Verderben stürzte.

Was wir wissen

Der Untergang des Königenhofs im Wagnerstal bei Furtwangen ist bis in unsere Gegenwart im kollektiven Gedächtnis der Schwarzwälder verankert. Zu Jahrestagen taucht die Erinnerung an das Unglück regelmäßig in Zeitungen und Heimatbeiträgen auf, und es gibt die Tragödie als Theaterstück. Die Umstände und Gründe des Lawinenunglücks sind in mehreren Quellen ausführlich beschrieben; unter anderem die Chronik aus Neukirch berichtet davon; es gibt ein amtliches Vernehmungsprotokoll von Bibiane, das am Tag nach dem Unglück aufgezeichnet wurde, und den Brief eines Bauern, der unter den Eindrücken des Erlebten geschrieben wurde. Nicht zuletzt gibt der detailreiche Stich von Casimir Stegerer Aufschluss über das Ausmaß der Zerstörung. Auf dem Neukircher Friedhof steht heute noch der Grabstein mit den Namen der sechzehn Toten.

Wir wissen also, wer das Unglück überlebte und wer dabei in welchem Alter ums Leben kam. Wir wissen auch, dass Martin Tritschler seinen Wald in großem Stil abgeholzt hatte, ohne sich der Konsequenzen bewusst zu sein. Doch war er wirklich gierig, herzlos und unwirsch, wie es die Quellen gerne nahelegen? Oder wollte er nur das Beste für seine große Familie?

Überliefert ist, dass zum Zeitpunkt des Schneeabgangs der Königenbauer mit seinen Söhnen, seinem Gehausmann und den Nachbarn Karten spielte – jedoch macht ihn dies nicht zwangsläufig zu einem schlechten, unchristlichen Menschen, genauso wenig wie seine Mitspieler. Bei dieser Charakterzuweisung kann es sich einfach um die Fantasie der Nachwelt handeln, die sich dazu noch über die Weitergabe von Generation zu Generation verstärkt haben mag. Vielleicht war Martin Tritschler ein ganz netter Mann?

Vom jungen Philipp Beha, der in diesem Buch Philo genannt wird und der am nächsten Morgen mit seinem Bruder Blasius Uhrengestelle nach Urach bringen sollte, berichten die Quellen, dass er in einem »Kasten« festgeklemmt war und lange noch geredet hatte. Dabei fragte er auch nach Handschuhen. Kurz nach seiner Bergung verstummte er und verstarb im Elternhaus. Seine Eltern Philipp Beha und Maria, die in der Nacht ein »Schausen« gehört und sich nichts dabei gedacht hatte, wurden im Wagnerstal nicht mehr froh und zogen 1845 fort.

Die Überlebende Bibiane Tritschler war zum Zeitpunkt des Unglücks tatsächlich unehelich schwanger. Ihr Sohn Paul kam am 27. Juni 1844, vier Monate nach der verheerenden Lawine, auf die Welt. Ob der Nachbar der Vater des Kindes war, wie es die vorliegende Geschichte nahelegt, ist reine Spekulation. Von Bibiane ist bekannt, dass sie umherzog und auf verschiedenen Höfen rund um Furtwangen als Tagelöhnerin arbeitete. Sie heiratete nie, hatte jedoch mindestens vier Kinder.

Über deren Vater/Väter wissen wir nichts. Die »Königen Biber«, wie Bibiane genannt wurde, war – überliefert – ein eigenwilliger Charakter, die ungewöhnlicherweise sogar Hosen trug. 1888 starb sie 65-jährig.

Ob es Bibiane war, die den Jesustorso des Königenhofs in den Wald brachte und an eine Weidbuche lehnte? Ausgeschlossen ist es nicht. Man ist sich heute zumindest relativ sicher, dass die eingewachsene Jesusfigur des Balzer Herrgotts bei Gütenbach tatsächlich vom untergegangenen Königenhof stammt. Einen endgültigen Beweis dafür gibt es allerdings nicht. Der Vollständigkeit halber sei erwähnt, dass der steinerne Jesus noch an einem Eisenkreuz befestigt war, als er am Baum angebracht wurde. Als die Rinde ihn überwucherte, wurden die überstehenden Eisenreste abgeschlagen. Aber selbst ohne Eisenkreuz dürfte Bibiane es allein kaum vermocht haben, die schwere Figur zu transportieren. Der Legende nach waren es junge Burschen. Wer den Jesustorso schließlich um die Wende vom 19. zum 20. Jahrhundert am Baum anbrachte, werden wir wohl nie erfahren – auch nicht, ob dort zuvor zwei Herzen eingeritzt worden waren.

Über das weitere Schicksal der anderen sieben Überlebenden weiß man wenig. Pfarrer Schilling aus Neukirch notierte zwei Monate nach dem Unglück: »Die Tritschlerschen älteren Kinder ziehen heimatlos umher.« Theresia galt lange als ebenfalls beim Lawinenabgang verstorben, bis ihr Name im Kirchenbuch der Gemeinde Bräunlingen entdeckt wurde, wo sie verheiratet 1863 starb. Auch Elisabeth und Martha heirateten und bekamen Kinder. Wohin es die Zwillinge Leo und Julius verschlagen hatte, ist unbekannt, genauso wenig weiß man etwas über den Verbleib von Anton und Paul Winterhalter.

Bleibt Mathäus, der 1832 geborene Tritschler-Sohn, der in dieser Geschichte nur eine kleine Rolle spielt. Er verließ früh das Elternhaus, wahrscheinlich, um das Uhrmacherhandwerk zu erlernen. Dadurch blieb ihm das Lawinenunglück erspart. Wo er sich zu jenem Zeitpunkt aufhielt, ist nicht bekannt. Mathäus ging als Uhrenhändler nach England und kehrte in die Heimat zurück, wo er 1861 in Urach im jungen Alter von 29 Jahren verstarb. Sein aufwendig gearbeiteter Grabstein wurde 2010 zufällig bei Bauarbeiten in der Breg bei Vöhrenbach gefunden. Er hat heute auf dem Friedhof in Urach seinen würdigen Platz gefunden.

Der Kajetansbauer Paul Löffler kaufte bereits im Juli 1844 sowohl fast das gesamte Land als auch die Trümmer und die unbeschädigten Nebengebäude des Königenhofs für 8.830 Gulden auf, mit dem Plan, den Hof wiederaufzubauen. Doch wie der Familie Tritschler brachte der Hof auch der Familie Löffler kein Glück. Das Bauholz lag schon bereit, als nur ein gutes Jahr nach dem Lawinenunglück, am 27. Juni 1845, der Kajetansbauer 42-jährig überraschend verstarb. Der Königenhof wurde nicht wieder aufgebaut.

Spuren zu dem Untergang des Königenhofs finden sich neben dem Grabstein in Neukirch noch an der Unglücksstelle selbst. Wo einst der Königenhof stand, kann man heute zu einer Waldhütte mit Grillstelle und

Gedenktafel wandern. Das Königenhäusle ist ebenfalls verschwunden. Weiter am Bach entlang erinnert die historische Kajetanskapelle, die zum auch nicht mehr existierenden Kajetanshof gehörte, an das Unglück.

Danksagung

EINE SCHREIBT, ABER am Entstehungsprozess eines Romans sind mehrere Menschen beteiligt, ohne deren Unterstützung es nicht geht. Beim »Schneesturz« konnte ich auf viele Helfer bauen:

So erzählte mir Billy Sum-Hermann aus Hausach bereits vor Jahren in ihrer unnachahmlichen, begeisternden Art die Sagen vom Lohmattengeist und dem schwarzen Pudel.

Der Heimatforscher Siegfried Kleiser aus Vöhrenbach lieferte wertvolle Hinweise zum Unglück und zur Uhrmacherei im Schwarzwald.

Der Architekt und Spezialist in Schwarzwälder Bauhistorie, Dr. Stefan Blum, war mir eine sehr große Hilfe bei der Überlegung, wie genau der Königenhof ausgesehen haben mag. Seine fachliche Zeichnung dazu war großartig.

Prof. Edgar Tritschler – sein Nachname ist kein Zufall – ist Familienforscher aus Leidenschaft und Nachfahre des Königenbauers. Alles, was man über dieses Unglück weiß, vor allem aus genealogischer Sicht, weiß er.

Meine ersten Leser Conny Kappler, Dani und Alex Orth sowie Rainer Mueller waren sehr kritische Stimmen, und das war gut so. Ich erinnere mich gern an viele Stunden offenen Austauschs.

Karin Gutmann las nicht nur, sondern lief mit mir an die Unglücksstelle und ließ sich von der Geschichte mitreißen.

Gerhard Dilger vom Geschichts- und Heimatverein Furtwangen schaute als »Local« und Kenner der Königenhof-Tragödie aus heimatkundlicher Sicht auf das Manuskript.

Prof. Dr. Klaus Dorer überprüfte die Cego-Szenen auf ihre richtige Spielart.

Und Pfarrer Ludger Joos SJ war für die religiösen Aspekte im Buch der beste Korrektor, den man sich wünschen kann.

Ich danke Euch und Ihnen herzlichst für die große Hilfe, die Expertise und die genommene Zeit! Zu guter Letzt geht mein besonderer Dank an das Team des Gmeiner-Verlages, vor allem an Claudia Senghaas, für die so reibungslose und vertrauensvolle Zusammenarbeit.

Freiburg, im Oktober 2020 Julia Heinecke